Frederik Hetmann

Charlotte und die Indianer

Frederik Hetmann wurde 1934 in Breslau geboren. Nach dem Krieg studierte er Philosophie und Politische Wissenschaften, arbeitete als Privatschullehrer, absolvierte eine Dolmetscherschule und wurde schließlich freier Schriftsteller. Seither veröffentlichte er zahlreiche Bücher – insbesondere Biographien –, die häufig Auszeichnungen erhielten, darunter den Deutschen Jugendliteraturpreis.

Von Frederik Hetmann ist in den Ravensburger Taschenbüchern außerdem erschienen:
RTB 4099 Martin Luther King

FREDERIK HETMANN

CHARLOTTE UND DIE INDIANER

Ravensburger Buchverlag

Dieser Band ist auf 100 % Recyclingpapier gedruckt.
Bei der Herstellung des Papiers
wird keine Chlorbleiche verwendet.

Als Ravensburger Taschenbuch Band 4114
erschienen 1994

Die Erstausgabe erschien 1991
in der Ravensburger Jungen Reihe
im Ravensburger Buchverlag

Umschlagillustration: Quint Buchholz

Gesamtherstellung: Ebner Ulm
Printed in Germany

6 5 4 3 2 95 96 97 98 99

ISBN 3-473-54114-1

»Aber ein Mund braucht ein Ohr,
ein Ohr einen Mund.«

Osage, Die Kleinen Alten Männer

»Man wird müssen schreiben *viele* Bücher darüber,
aber wer will schon hören solche Geschichten.«

Art Spiegelman, Wladek in *Maus – die Geschichte eines Überlebenden*

Prolog
Nevada, Landstraße 306
Der Unfall
(1980)

»Mein Leben ein langes Haus,
darin wandere ich.
Ein Haus des Glücks, darin wandere ich.
Schönheit liegt vor mir, wenn ich wandere.
Schönheit liegt hinter mir, wenn ich wandere.«

Navajo

Der Unfall ereignete sich auf der Landstraße 306, als sie in der Nacht schon etwa zwei Stunden durch Nevada nach Norden unterwegs waren. Sie waren nach dem Sit-in am Atomversuchsgelände durch das Big Smokey Valley über den Paß in der Toiyabe Range und dann an den Simpson Park Mountains vorbei nach Nordosten gefahren. Charlotte hatte die Fahrtstrecke auf ihrem Rand McNally Road Atlas, Ausgabe 1979 verfolgt. Die Streckenführung hatte in etwa die Form eines indianischen Jagdbogens. Es konnte eigentlich nicht mehr sehr weit bis zur Dann Ranch im Crescent Valley sein. Aber sie hatte sich schon daran gewöhnt, daß man in diesem Land Entfernungen immer unterschätzt. Draußen war es stockdunkel, als es geschah. Charlotte hatte hinten gesessen und war eingenickt. Vorn saß Beth und neben ihr am

Steuer Keeok. Hinterher erzählte Keeok, plötzlich seien aus der Dunkelheit die Umrisse von zwei großen, springenden Tieren aufgetaucht – Hirsche. Er habe versucht, ihnen auszuweichen. Das sei ihm auch gelungen. Aber beim Abbremsen war der Wagen ins Schleudern geraten und von der Fahrbahn abgekommen. Charlotte war von einem dumpfen Knall aus dem Halbschlaf gerissen worden. Sie hatte Funken vor der Windschutzscheibe gesehen. Sie hatte Keeok brüllen hören: »Raus hier ... schnell!« Es hatte sie selbst erstaunt, wie rasch es ihr gelungen war, aus dem Wagen zu kommen. Sogar ihre große Reisetasche, die neben ihr auf dem Rücksitz gelegen hatte und in der sich Kleider zum Wechseln, ihr Waschzeug, der Fotoapparat und ihr kleines Tonbandgerät befanden, hatte sie mit sich aus dem Fond zerren können. Als sie zu dritt zitternd im dunklen Nirgendwo standen, brannte der Wagen schon. Jemand nahm die Reisetasche auf, packte Charlotte beherzt beim Arm und zog sie mit sich fort. Es war Keeok. Einen Augenblick später, während er in sicherer Entfernung berichtete, wie alles angefangen hatte, explodierte der Tank.

Erstaunlich rasch war danach das Feuer wieder in sich zusammengesunken. Sie hatten verstört und etwas ratlos dagestanden und auf den Fleck Helligkeit gestarrt, von dem die Dunkelheit immer mehr abbiß.

Und eben da, als Charlotte dankbar dachte, daß sie alle drei mit dem Schreck, aber im übrigen heil davongekommen seien, setzte der Anfall ein.

Es war fast genauso wie beim erstenmal vor drei Jahren in Berlin. Nur daß sie instinktiv wußte, diesmal würde sie es nicht überstehen. Es war wieder dieser Krampf, der in den Beinen begann und dann langsam im Körper aufstieg, bis er das Herz erreicht hatte und sie gleichzeitig an der Kehle würgte, daß sie meinte, ersticken zu müssen.

Sie stürzte hin, lag am Boden, der nicht hart war. Für einen Augenblick verlor sie das Bewußtsein, und als sie wieder zu sich kam, kniete Beth bei ihr. Sie hatte ihr die obersten Knöpfe der Bluse geöffnet, über der sie einen Pullover trug, aber der Krampf, der sie zu erwürgen drohte, hielt an.

»Besser so?« hörte sie Beth fragen. Sie nickte schwach und dachte fast mit einem Lachen: *Ich werde sterben. Sie haben recht gehabt. Eine solche Reise mit einundsiebzig Jahren ist heller Wahnsinn.* Sie dachte an Max und an Barbara. Einen Augenblick empfand sie Max gegenüber ein schlechtes Gewissen. Sie sah ihn vor sich in einem jener Augenblicke, in denen er so hilflos war. Sie sah Barbara vor sich, wie sie ihr in Tegel auf dem Flughafen zugewinkt hatte. Einen Moment lang kam die Furcht wieder über sie, wie das denn mit Barbara und Alex, der im Gefängnis saß, enden sollte. Das hätte sie zu gern noch erlebt und sich eingemischt. *Aber,* überlegte sie, *vielleicht habe ich mich bei Barbara immer viel zuviel eingemischt.* Die Falschgesichtmaske. Sie erinnerte sich daran, gelesen zu haben, daß diese Masken der Irokesen so etwas wie geronnene Angst waren, daß sie aber ihrem Schnitzer auch die Fähigkeit verliehen, zu heilen. Jetzt lag die Maske, die eine Zeitlang im Bibliothekszimmer in der Claudiusstraße in Berlin an der Wand gehangen hatte, wohl wieder im Magazin des Völkerkundemuseums draußen in Dahlem.

Es war lächerlich, wegen der Reise ein schlechtes Gewissen zu haben. *Nein, das mußte sein. Einmal in diesem Leben mußte ich zu den Indianern kommen.* Kahle graubraune Berghänge. Auf der anderen Straßenseite des Highway 95 die Zeltstadt der Umweltschutzorganisationen. Grüngraue Graspinsel, dazwischen Sand. Felsenbrocken, die so hart sind, daß man sich an den Bruchstellen schneidet. Im Hintergrund blaue Berge, manchmal eine Schattierung von Rosa. Der Wüstenstrich, den die Regierung als Atomtestgelände nutzt und den die Comanchen als ihr Stammesland beanspruchen. MOTHER EARTH COUNTRY stand in Schwarz auf das weiße Kreuz gemalt, das die jungen Leute mitten auf die Fahrbahn schleppten und dort hochhielten. Im Nu gab es einen Stau auf dem Highway. So laufe es immer, hatte Beth erzählt. Und einmal hatte es wütende Autofahrer gegeben, die einfach durchstarteten und in die Gruppe auf der Fahrbahn hineinfuhren. Zwei Tote, der junge Mann querschnittgelähmt. Die Autofahrer kamen mit einer Buße davon. Die Sheriffs hatten angeblich unter sich gesagt: »Von mir würde der Bursche noch 'ne Auszeichnung kriegen. So muß man gegen dieses Pack vorgehen. Alles Kiffbrüder, Lesben und Schwule. Vielleicht schaffen solche Rowdys das, was wir nicht geschafft haben.«

Die Stelle, an die sie Charlotte geschickt hatten, war bei weitem nicht so gefährlich. Vor dem Tor im Drahtzaun, das für die Versorgungsfahrzeuge offenstand. Neben dem Schild OFFICIAL PARKING ONLY stellte sich Beth frech hin. Einssechzig groß ist sie nur. Sie hat pfiffige, kleine Augen. Augen wie die eines Vogels. Eine Brille mit großen runden Gläsern. *Männliche Augen, obwohl sie eine Frau ist.* Charlotte stand fünf Schritte weiter. Beths Stimme klang heiser im schneidenden Wüstenwind.

»Angeblich sind Menschen die intelligentesten Kinder

der Mutter Erde. Aber wenn sie so intelligent sind, warum töten sie dann ihre Mutter, warum zünden sie Bomben in ihrem Leib?«

Dann kam der Jeep, der so scharf bremste, daß es eine Staubwolke gab. Die Sheriffs sprangen heraus. Zuerst fühlte sich Charlotte an ein Kasperltheater erinnert, aber dann verging ihr das Lachen. Ehe sie sich's versah, hatten die Männer sie zu Boden geworfen, auf den Bauch gerollt, ihr die Hände auf den Rücken gebogen und mit Handschellen gefesselt. *Staubige Erde zwischen den Zähnen. Spuck's aus.* Sie war von zwei Männern zu einem VW-Bus getragen und dann bis zu einer Baracke gefahren worden, die von den Behörden eigens für die Registrierung und Aburteilung der Demonstranten aufgestellt worden war. Dort hatten sie ihre Personalien aufgenommen. Der Polizist, dem sie ihren Paß vorweisen mußte, hatte ihr erklärt, sie könne an die Grenze gestellt werden. »Was heißt ›könnte‹?« hörte sie sich den Mann fragen. Der hatte, sich seiner Macht wohlbewußt, gegrinst und geantwortet: »Das hängt von mir ab.«

»Von mir aus, dann stellen Sie mich eben an die Grenze, übermorgen wollte ich ohnehin heimfahren.«

Er spielte mit ihrem Paß, als sei er sich noch nicht schlüssig, was er nun tun solle. »Sie kommen aus Berlin«, sagte er schließlich. »Wissen Sie, ich bin als GI in Berlin stationiert gewesen. Kaiser-Wilhelm-Gedächtniskirche, Ku'damm, Brandenburger Tor, Schöneberger Rathaus, Freiheitsglocke«, zählte er auf, als müsse er seine Behauptung beweisen. »Nein«, sagte er jetzt auf deutsch mit starkem Akzent, »jemanden aus Berlin stelle ich nicht an die Grenze. Aber machen Sie so was nie wieder.« Er gab ihr ihren Paß zurück. Das könne und wolle sie nicht versprechen, war ihre Antwort gewesen, sie habe weiterhin vor, etwas dafür zu tun, daß diese Welt für Menschen und Tiere bewohnbar bleibe. »Diese Welt ist ziemlich stabil«, hatte er noch kopfschüttelnd gesagt.

Darauf waren sie einem Richter vorgeführt worden, der sie im Schnellverfahren wegen Betretens eines militärischen Sperrgebietes zu einer Ordnungsstrafe von zwanzig Dollar verurteilt hatte, zahlbar an der Kasse am nächsten Tisch. Sie hatte gezahlt und war wieder frei gewesen. *Blödes Spiel. Lief immer gleich ab.* Tag für Tag setzten sich Leute unmittelbar vor den Drahtzaun und auf die Fahrbahn. Immer länger wurde die Liste der verurteilten Demonstranten. Ihre Strafsache trug die Nummer 3207. Dreitausendzweihundertsieben mal Nein zu einem weiteren Atomversuch. *Egal ob über der Erde oder unterirdisch.*

»Eine Volksabstimmung durch Sitzen«, hörte sie Beth erklären. Und sie hörte die Männer und Frauen, die sich hinsetzten, als die Sheriffs ihre Gruppe fortschleppten, singen: *When Rosa Parks sat down, the whole world stood up.* Und: *This little light of mine, I will let it shine.* Die alten Lieder der Bürgerrechtsbewegung. Wenn es gegen Ende des Jahres fünftausend Strafbefehle waren, würden die Indianer mit dieser Zahl an die Öffentlichkeit gehen.

»In Amerika brauchst du immer eine Sensation, damit die Medien darüber berichten.« Keeoks Stimme. »Für amerikanische Verhältnisse liegt das Testgelände am Ende der Welt. Wen kümmert es in New York, Chicago oder New Orleans, was in der Wüste von Nevada geschieht. Wen interessierte das? Und dabei müßte es sie doch interessieren«, hörte Charlotte Keeok sagen, »auch bei den unterirdischen Versuchen wird Radioaktivität frei. Du hast ja die Belüftungsschächte für die unterirdischen Anlagen gesehen.«

Sie erinnerte sich jetzt, wie sie nach ihrer Freilassung wieder auf Keeok gestoßen war. Er hatte etwas durch einen Feldstecher beobachtet, von der Straßenseite aus, auf der man stehen durfte. Wortlos hielt er ihr das Glas hin. Nachdem sie die Linsen gerichtet hatte, bot sich ihr ein Bild, das sie nie vergessen würde. Eine unerhört weite, leere Landschaft, die im Hintergrund von zwei Bergketten begrenzt wurde. Blaßblau der nackte Fels unter dem Hitzedunst. Der Mittelgrund sah aus wie ein Wollteppich: ein erdiges Rot in langen Streifen, unter das sich Fäden von Schwarz und Grün mischten. Bis zu einer bestimmten Entfernung im Vordergrund sah man die Büschel und Stauden von Mesquitegras und die stoppelartigen salzharten Pflanzen, manche grün, manche gelb, manche graublau, mit einem leichten Stich ins Lilafarbene. Dort aber, wo offenbar die Steppenlandschaft zur Wüste hin abfiel, sah sie, was wohl auch Keeok zuvor beobachtete hatte: ein Rudel Wildpferde. Sie zählte insgesamt neun Tiere, die in einer lockeren Reihe dort entlanggaloppierten. Der Hengst, der den anderen weit voraus war, war fast schwarz. Er ging mit gesenktem Kopf, hatte große Nüstern, und der Schweif stand wie eine schwarze Welle im Wind. Die Stuten, die etwas weiter zurückhingen, waren fahlgelb und braun.

Nach einer Weile hatte Charlotte Keeok das Glas zurückgegeben, und sie waren zu der Stelle zurückgegangen, an der sie den Wagen geparkt hatten, um dort auf Beth zu warten.

»Schön, nicht wahr?« hatte Keeok gesagt.

»Schön?« hatte sie geantwortet.

»Wild«, hatte Keeok vorgeschlagen. »Unbezähmbar.«

»Ich denke, du kannst sie zähmen?«

»Manchmal schafft man's, manchmal auch nicht«, sagte Keeok, »wer etwas anderes behauptet, der lügt.«

»Ich glaub's dir«, hatte sie ihm versichert. Was denn aus diesen Tieren, die sie dort drüben beobachtet hätten, nun werde?

Keeok hatte im Gehen die Schultern gehoben. »Sie grasen im Sperrgebiet. Früher oder später wird sie's erwischen. Wolfsfutter. Oder das Militär schießt sie ab. Vielleicht sagt ihnen auch ihr Instinkt, daß sie gut daran tun würden, sich davonzumachen, über einen Bergrücken, an einer Stelle, an der nicht abgesperrt ist. Sonst werden sie bald mißgebildete Fohlen haben... Tiere mit zwei Köpfen.«

Keeok stieß ein bitteres Lachen hervor. »Tolle Zuchtleistung, was?« fügte er sarkastisch hinzu.

Charlotte dachte jetzt: *Was kann man anderes tun, als sich dagegen wehren. Man mag scheitern, aber man muß es tun, solange man die Kraft dazu hat.*

Der Krampf schien etwas nachzulassen, und wie damals nach dem ersten Anfall kam nun eine große Müdigkeit über sie. Sie schlief ein.

Als sie erwachte, wußte sie nicht, wie lange sie geschlafen hatte.

Sehr weit entfernt, und wie hinter einer Trennwand aus Plastikfolie, hörte sie Keeok und Beth miteinander sprechen. *Mir ist kalt... vielleicht werde ich sterben.* Beth kam, kniete sich neben sie hin, sagte zwei, drei Sätze auf indianisch, dann fiel ihr ein, daß Charlotte sie nicht verstehen konnte, und sie redete auf englisch weiter.

»Wir werden versuchen, einen Wagen anzuhalten«, hörte sie Beth sagen. »Ich bleibe bei dir. Keeok wird in den nächsten Ort trampen und dort Hilfe holen. Allerdings gibt es um diese Zeit nicht mehr allzuviel Verkehr auf dem Highway.«

Keeok kam heran. Er war ein für einen Indianer ungewöhnlich großer, schlanker junger Mann mit einem schmalen Kopf und lachenden Augen. Charlotte dachte daran, daß er Rechtsanwalt, aber auch Rodeoreiter war, und bei dieser Vorstellung mußte sie lächeln.

»Wie fühlst du dich, Ma'm?« fragte er.

Er hatte sie von Anfang an immer »Ma'm« genannt, und es war nicht herauszukriegen gewesen, ob es »Madam« heißen sollte oder »Mama«. Vielleicht ein bißchen von beidem, hatte er gesagt, als sie ihn danach fragte, und war rot geworden dabei. Er mochte vier- oder fünfundzwanzig Jahre alt sein, und er gefiel ihr sehr, auch wenn sie nicht begriff, was er am Rodeoreiten fand.

»Mir ist scheußlich kalt«, sagte sie.

»Dann werde ich dir ein Feuer machen«, sagte Keeok.

»Bestimmt ist das hier verboten.«

»Von mir aus. Auf diese Art und Weise wird vielleicht die Highwaypatrol auf uns aufmerksam.«

Es wurde ein prächtiges Feuer. Die Farbe der lodernden Flammen gefiel Charlotte. Die Flammen waren warm und hell. Beth und Keeok betteten sie so, daß die Wärme zu ihr hin abstrahlte. Wie gebannt starrte sie in die lodernden Flammen. Sie fror immer noch, aber der Lichtschein des Feuers war hilfreich gegen die Angst, die der Anfall ausgelöst hatte.

Als das Feuer gut brannte, sah sie Keeok zur Straße hinübergehen. Sie nahm Beths schwere Gestalt als einen braunen Stein wahr, der bei ihr Wache hielt und manchmal auch wieder lebendig wurde, immer dann, wenn sie aufstand, um etwas Holz nachzulegen. Im Feuer entstand ein Kern von Glut. Charlotte versuchte ihren Blick darauf zu konzentrieren, und da geschah etwas Seltsames. Jedesmal, wenn sie ihren Blick in die Glut versenkte, konnte sie zurückgehen bis in ihre Kindheit. Sie sah nicht nur ihre Kindheit, sie sah ihr ganzes Leben noch einmal ablaufen. Nein, nicht ihr ganzes Leben. Es waren Augenblicke – die Augenblicke, die vor allem wichtig gewesen waren. Sie dachte daran, wie Barbara sie immer gedrängt hatte, doch ihre Lebenserinnerungen aufzuschreiben.

»Was du alles erlebt hast. Und all das, was du über Indianer weißt.«

»Sein Leben aufschreiben heißt, sich wichtig zu nehmen«, hörte sie sich abweisend zu Barbara sagen.

»Könntest du es nicht für mich tun?«

»Schreiben geht so langsam, Kind, und die Finger werden einem dabei steif.«

»Dann sprich's doch auf Kassette. Ich hätte dann auch noch deine Stimme. Du erzählst doch gern.«

»Darüber ließe sich reden. Aber all die Knöpfe und Tasten...« hatte sie abgewehrt, voll Mißtrauen, ob sie damit zurechtkommen werde.

»Das ist einfacher, als du denkst, Charlotte.«

Barbaras Fragelust. Sie liebte Barbara heiß und innig. Dieses Lächeln, wenn sie die Augen so zusammenkniff wie bei einem solchen Satz. In solchen Augenblicken gönnte sie sie diesem Alex ganz und gar nicht.

Ehe Charlotte nach Amerika aufbrach, hatte Barbara ihr den *Sony Professional* geschenkt.

»So als Notizbuch für unterwegs. Und hier ist noch ein Stapel Kassetten. Langt für zehn Stunden. Vielleicht, daß du in der Wüste doch mal dazu kommst, mir dein Leben zu erzählen.«

Charlotte hatte zugeben müssen: Das Gerät war einfach zu bedienen. Es mußte eine Menge Geld gekostet haben.

»Halb so schlimm«, sagte Barbara, »das Geld habe ich Dad abgeluchst. Er verdient neuerdings ohnehin zuviel.«

Dieser Dad, ihr Vater, war Maler, Neorealist, Gemälde von Müllbergen an der Havel, komische Typen vor einem Wasserbüdchen, der Oberbürgermeister, wie er aus einer U-Bahnstation am Ku'damm kommt, inmitten seiner Berliner.

Die Bilder des Mannes, der für Barbara einfach »Dad« hieß, hingen im Schöneberger Rathaus, in Villen im Grunewald und in städtischen Amtsstuben. Aber in der Nationalgalerie hing noch keines. »Schafft er auch noch, wirst sehen«, sagte Barbara. »In letzter Zeit bläst er sich vor Ehrgeiz und Ruhmsucht auf wie ein Ochsenfrosch. Pumpt und pumpt wie ein Maikäfer. Eines Tages wird er davonfliegen, oder er wird platzen. Und seine Freundinnen werden auch immer jünger.« Man hätte meinen können, das Mädchen hasse seinen Vater. Tatsächlich war sie nur etwas schnoddrig bei allem, was mit ihm zusammenhing. Hinter dieser Schutzwand aus abfälligen Äußerungen liebte sie diesen Mann heiß und innig. Aber wenn sie ihn in seinem Atelier im fünften Stock eines alten Lagerhauses hoch über der Spree heimsuchte, nannte sie das: Ich geh einen Bankeinbruch machen.

Charlotte tastete nach ihrer Reisetasche und zog sie zu sich heran. *Du bist ja verrückt. Damit hättest du früher anfangen müssen.* Sie zog am Reißverschluß und suchte mit der Hand in der Tasche herum. *Immer noch besser, als hier untätig zu warten und nur zu grübeln.* Das Kästchen war nicht viel größer als ein Notizbuch. Das Metall fühlte sich kühl an. Der Anfall war vorerst wohl vorbei. Sie klemmte das kleine Mikrofon in den Ausschnitt ihres Pullovers. *Das letzte Mal wurde es nach drei Stunden noch einmal kritisch.* So lange hatte sie Zeit. Sie legte eine der Neunzig-Minuten-Kassetten ein und begann leise zu sprechen:

»Eins, zwei, drei, vier, fünf, sechs, sieben
eine alte Frau kocht Rüben
eine alte Frau kocht Speck
schneidet sich den Finger weg.«

Besser auch noch die zweite Strophe:

»Eins, zwei, drei, vier, fünf, sechs, sieben
ja, die ham wir ausgetrieben
Galgen, Gas und Gelber Fleck
ja, die sind nun endlich weg.«

Sind sie das wirklich? Ein Zauberspruch, um sich zu schützen. Ein anderer aus ihrer Kindheit fiel ihr ein, der ihr damals sehr imponiert hatte. »Hinter mir dunkel und vor mir klar, daß niemand sehe, wohin ich fahr.« Oder wenn die Liebenden im Märchen, die von einem Monster verfolgt wurden, drei Zauberdinge hinter sich warfen: einen Spiegel, ein Büschel Haare aus dem Fell ihres Pferdes und endlich die Peitsche, mit der sie es angetrieben hatten.

Verse von einem gewissen Felix Pollak, *in der Jüdischen Tageszeitung in New York gelesen und nie vergessen.* Pollak war gegen sein Lebensende hin erblindet. *Max wird taub sein.*

Sie ließ die Kassette zum Anfang zurückschnurren und hörte dann ab. *Ausgezeichnete Tonqualität*, würde Barbara sagen. *Man könnte eine Schallplatte davon machen.* Charlotte drückte gleichzeitig »Start« und »Rec« und begann zu sprechen. Erst noch zögernd, dann so, als sitze ihr Barbara gegenüber ... ruhig und verwundert darüber, daß sich die Worte wie von selbst fanden. Barbara würde sich freuen.

Worms und Oxford
oder Eine Doktorarbeit über den Zeltkreis der Osage (1910 – 1932)

Seht ihr mich . . . ?
Helft ihr mir alle?
All meine Worte sind eingebunden in eines,
sind eingebunden in die großen Gebirge,
sind eingebunden in die großen Felsen,
sind eingebunden in die großen Bäume.

Yokut

Von Manhattan aus, wo ich Henriette besucht hatte, flog ich über Denver nach Farmington. Unterwegs las ich das Manuskript eines jungen Indianers, das mir Henriette ans Herz gelegt hatte. Dir davon zu erzählen, hebe ich mir auf für später. Ich flog mit einer ganz kleinen Maschine über die Rockies. Die höheren Gipfel waren alle noch verschneit. Wir gerieten in ein Gewitter, und plötzlich verwandelten sich die Berge in den Leib einer riesigen Echse, die schlafend dalag und mit den Menschen verdammt wenig im Sinn hatte, sondern nur darauf zu warten schien, daß die Menschheit ob ihrer Torheit ausstürbe. Dann würde sie erwachen. Nach Farmington flog ich, um die Akten über einen Prozeß gegen zwei weiße Jugendliche einzusehen, die dort einige Jahre zuvor einen betrunkenen Indianer auf bestialische Weise umgebracht hatten.

Um es gleich zu sagen: Ich fand nichts auf dem Gericht. Die entsprechende Mappe gab es in der Registratur, aber sie war leer. Die Akten waren verschwunden. Farmington ist eine Wildweststadt, ein Einkaufszentrum, in dessen Nähe große Kohlevorkommen liegen, die im Tagebau abgebaut werden. Viele Indianer sind gezwungen, im Kohlebergbau zu arbeiten. Sie wohnen in trostlosen Wohnwagen ohne Räder, aber fast immer mit Fernsehantennen auf dem Dach. Diese Männer helfen mit, die Erde zu verwüsten, von der sie wissen, daß sie heilig ist.

Farmington machte auf mich einen fürchterlichen Eindruck. Brutal, verkommen. Die Maschine springt beim Anflug noch einmal über eine Schlucht, dann bist du raus aus der Wildnis und in einer Zivilisation voll Schutt, Werbung und Fetzen. *'ne ganz schön fiese Galaxis*. Der Flughafen liegt auf einem Tafelberg weit draußen. Es gibt nur ein Taxi, das herbeitelefoniert werden muß. Ehe es kam, verging fast eine Stunde. Ich stehe vor dem kleinen Flughafengebäude. Es ist warm. Und da ist ein Geräusch. Ein Geräusch, das ich nicht kenne. Ich sehe auf das Stück Sandweg dort, wo die asphaltierte Straße aufhört. Der Staub fliegt in kleinen Windhosen auf. Das Geräusch ist der Wind. Ein heißer Wind. Ich stehe da und mache Bekanntschaft mit dem heißen Wind. Fast eine Stunde stehe ich da und unterhalte mich mit dem Wind. Ich bin richtig enttäuscht, als das Taxi kommt. Ein stotternder Junge fährt mich. Der Ort besteht eigentlich nur aus zwei parallel nebeneinanderher laufenden Straßen. Dahinter kahle Hügel und die riesige Kohlenabbauhalde. Es sieht wirklich aus, als zögen sie der Erde bei lebendigem Leibe die Haut ab.

Auf einer der beiden Parallelstraßen läuft der Durchgangsverkehr. Das ist die 64, die nach Bloomfield führt und dann nach Südosten in die Naciemiento Mountains und nach Los Alamos. Sie verbindet die südlichen Rokkies bei Shiprock mit dem Tal des Rio Grande. Aus den blauen Felsengebirgen durch die Wüste in das grüne Tal. Nach Albuquerque bin ich eine Woche später gekommen. Ich habe dort eine Stadtrundfahrt mitgemacht. Als erstes hat man uns zum Luftwaffenstützpunkt gekarrt, wo die verschiedenen Modelle der Atombombe stehen und die beiden Flugzeuge, die die Bomben über Hiroshima und Nagasaki abgeworfen haben. Mich hat es geschaudert. *Sehr heiße Sonne und Gänsehaut auf dem Rücken*. Die Fremdenführerin hat so fröhlich gezwitschert, wie sie es wahrscheinlich auch angesichts der Niagarafälle und des Empire State Buildings tun würde.

»Was wollen Sie«, hat eine Frau aus Coventry gesagt, die die deutschen Luftangriffe auf die Stadt im letzten Weltkrieg noch mitgemacht hatte. »Die Atombombe gehört für immer zu Amerika wie Doughnuts und Coca Cola. Die USA haben die große Bombe in die Welt gebracht. Daran sollten wir uns erinnern.«

Halt, noch bin ich in Farmington. An der 64 gibt es die übliche Kette von Tankstellen, Fastfoodrestaurants, Supermärkten und Firmen, die mit Gebrauchtwagen handeln. Die Straße selbst kam mir vor wie eine Rennbahn von Nirgendwo nach Nirgendwo. *Fegefeuerlandschaft*.

Auf der rechten und linken Seite der zweiten Straße liegen die Bank, die Handelskammer, zwei, drei Cafés, ein Autosalon, die Praxis des Zahnarztes und die des Rechtsanwalts. Geschäfte mit Indianerschmuck und Teppichen gibt es gleich mehrere, weil viele Touristen auf der Fahrt zur *Mesa Verde* hier durchkommen. Ich wollte dir eine Kassette mit indianischer Musik mitbringen und ging deshalb in einen Laden mit indianischem Schmuck und indianischen Teppichen im Schaufenster. Sie hatten da ein Angebot von vielleicht zwanzig Kassetten. Ich fragte die weiße Verkäuferin: »Welche würden Sie mir empfehlen?« Sie sagte: »Sie glauben doch nicht, daß ich mir diesen Scheiß auch noch anhöre.«

Und die Akten waren, wie gesagt einfach verschwunden, hatten sich in Luft aufgelöst. Auf dem Gericht taten sie so, als habe es sie nie gegeben. Als sei die ganze Geschichte die Ausgeburt meiner Phantasie. Ich bekam Kopfschmerzen, rasende Kopfschmerzen.

Dann rief ich John an, den Indianer, dessen Manuskript und Adresse mir Henriette gegeben hatte. Es interessiere ihn sehr zu hören, sagte er, wie seine Geschichte auf mich, eine Deutsche, gewirkt habe. Er kam von Window Rock herüber.

Ich wohnte in einem lächerlich aufgetakelten Hotel, das genau dort hingesetzt worden ist, wo die 64 ihre einzige Kurve macht. Man wagt kaum, zu Fuß die Fahrbahn zu überqueren. Ein Hotel, in dem die Leute logieren, die in die Stadt kommen, um mit der Kohlenfirma Geschäfte zu machen. Dort saßen wir am Schwimmbecken im Innenhof und tranken Kaffee. John erklärte mir, daß sein Text dem Leben seines Großvaters nachgeschrieben sei. Damals habe man angenommen, daß die indianische Bevölkerung langsam aussterben oder völlig im *melting pot*, im großen Schmelztiegel, aufgehen werde. Das Bureau of Indian Affairs sei dazu übergegangen, die indianischen

Kinder ihren Eltern fortzunehmen und sie in weißen Schulen zu Weißen zu erziehen.

Es stank nach Chlor in dem Innenhof des Hotels. John und ich verstanden uns sofort ausgezeichnet. Er war einer jener breitgesichtigen Indianer mit lackschwarzem, fast bläulichem Haar, das einen an Mongolen denken läßt. Sein Vater war ein Navajo, seine Mutter eine Hopi. »Sie müssen sich wohl geliebt haben«, sagte er lächelnd, »trotz der Konflikte, die zwischen diesen Stämmen bestehen. Sonst wäre ich nicht in dieser Welt.« Ich sagte, mir werde übel von dem Chlorgeruch hier. »Das Wasser des Schwimmbeckens«, sagte John. »Schön blau und voller Chlor.« Dann erzählte er, daß eine Anzahl von Großstädten, die an der Peripherie der Reservation liegen, in Zukunft auch ihr Wasser im Indianerland fördern wollten. »Und am liebsten würden sie uns auch noch ihren ganzen Müll in einen unserer Canyons kippen. Sie wollen ihn innerhalb von drei Jahren randvoll machen und ihn dann wieder verschließen, sagen sie. Ich bin dagegen, aber die Mehrheit im Stammesrat ist dafür. Das Geräusch der Grille und das Geräusch des Geldes, verstehen Sie...!«

Ich verstand nicht, und John erzählte mir die Geschichte von dem Indianer, der in eine Großstadt kommt und mitten im Verkehrslärm an einer Mauer eine Grille zirpen hört. Sein weißer Begleiter aber hört die Grille nicht. Er will dem Indianer zuerst nicht glauben, daß es in der Stadt eine Grille gibt. Der Indianer führt ihn zu einer Hauswand, streift den wilden Wein beiseite und zeigt ihm das Tier. Klar doch, sagt der Weiße, ihr Indianer könnt eben besser hören als wir. Stimmt nicht, sagt der Indianer und wirft ein Fünfundzwanzig-Cent-Stück aufs Pflaster, worauf sich gleich mehrere Leute umdrehen und sich bücken, um es aufzuheben. Siehst du, sagt der Indianer zu dem Weißen, das Geräusch des Geldstücks war nicht lauter als das der Grille. Nur eben: Ein jeder von uns hört auf das, worauf er zu achten gewohnt ist.

John kam dann auf den Unterschied zwischen weißem und indianischem Denken zu sprechen.

»Die Weißen«, sagte er, »haben sich das Wort aus der Bibel zu Herzen genommen: Gehet hin in alle Welt und macht euch die Erde untertan. Alle Dinge auf der Welt und im Kosmos sind zu *ihrem* Nutzen da; das meinen sie jedenfalls. Ein Indianer ... nun, der glaubt, daß Steine, Pflanzen, Luft, Gestirne gleichberechtigt sind mit dem Menschen. Der Mensch ist nicht besser und nicht schlechter als sie. Allerdings ist er die einzige unter allen Wesenheiten, die das große, wunderbare Mobile, das die Schöpfung darstellt, in Unordnung bringen kann. Deswegen muß er auch besonders vorsichtig sein.«

»Wir sind nicht besonders vorsichtig gewesen«, sagte ich. Unvermittelt wechselte John das Thema.

»Ich würde Ihnen raten«, sagte er, »graben Sie hier in der Mordsache nicht weiter nach. Es könnte gefährlich werden für Sie.«

»Na, kommen Sie«, sagte ich, etwas unsicher lachend, »wer soll schon einer alten Frau etwas tun?«

Farmington sei ein Ort mit schlechten Vibrationen, sagte John. Vor hundert Jahren hätten sich Spieler und Viehdiebe hier getroffen. Oft seien beide identisch gewesen. Es habe viel Mord und Totschlag gegeben. Und heutzutage der ganze Krach von den Maschinen, die die Erde aufreißen. Noch mehr *bad vibration*.

»Man sollte Schraubenschlüssel nehmen und sie in die Getriebe werfen«, sagte John grinsend.

»Na, dann fangen Sie mal an, Schraubenschlüssel zu bestellen«, sagte ich.

Wir schimpften gemeinsam auf Farmington. Ich erwähnte mehr beiläufig, der Ort habe mir tatsächlich Kopfschmerzen gemacht.

»Sehen Sie«, sagte John und bestand darauf, mich am Tag darauf zu einer Heilungszeremonie im Canyon de Chelly mitzunehmen. Was hätte mir Besseres passieren können?

Am anderen Morgen fuhren wir also los. Vier Stunden über die Hochebene. Die weiten Horizonte mit den bizarren Felstürmen hier und da. Indianerrot oder ockergelb. Die Grasflächen: ein stahlblauer Bart in einem riesigen Gesicht. Wir ließen den Wagen oben auf der Abbruchkante stehen und stiegen auf einem Ziegenpfad zum Canyonboden hinab.

»Haus aus Morgendämmerung, Haus aus Abendlicht.
Haus aus schwarzer Wolke.
Haus aus männlichem Regen. Haus aus dunklem Nebel.
Haus aus weiblichem Regen. Haus aus Blütenstaub.
Haus aus Heuschrecken. Dunkle Wolke über der Tür.
Die Spur, die herausführt, ist eine dunkle Wolke.
Zickzackblitz steht hoch über ihr.
Männliche Götter, euch bringe ich Opfer.
Ich habe Rauch für euch bereitet.
Gebt ihren Füßen neue Kraft.
Gebt ihrem Körper neue Kraft.
Gebt ihrem Erinnerungsvermögen neue Kraft.
Gebt ihrem Bewußtsein neue Kraft.«

Ich habe den Tonfall des ledergesichtigen Heilers noch im Ohr. Die Sprache des Liedes, das er sang, war Dineh. John flüsterte mir sehr leise die Übersetzung auf englisch zu:

»Bedien dich noch heute deines Zaubers.
Hol für sie deinen Zauber hervor.
Weit fort war deine Kraft von ihr.
Jetzt aber wird sie glücklich genesen.
Ihr Inneres wird kühl werden.
Glücklich wird sie hervortreten.
Wenn ihr Inneres kühl ist, wird sie zu gehen vermögen.
Wenn ihr Inneres kühl ist, wird sie sich zu erinnern vermögen.
Unangreifbar von Schmerzen vermag sie zu gehen.
Wieder lebendig geworden, vermag sie sich zu erinnern.
So wie die ersten Wesen alle Dinge sahen, vermag sie sich zu erinnern.«

Als ich da mit John und dem Heiler auf dem Sandbild von den heiligen Wesen in der kühlen Abendbrise unter einem Pfirsichbaum saß, fiel mir plötzlich so vieles wieder ein. Szenen, Ereignisse, die weit zurücklagen. Merkwürdigerweise als erstes, daß ich einmal als Kind einen Brief an den Reichspräsidenten Ebert geschrieben hatte. Das ist gewesen ... warte mal, 1923. Da war ich dreizehn. Man hatte den Cheyenne wegen Ölfunden noch ein Stück ihrer Reservation fortgenommen. Das machte mich fuchsteufelswild. Nach dem »Marsch der Tränen« neues Unrecht. Aber niemand beachtete meine Empörung, wollte für sie das rechte Verständnis aufbringen. Ebert erschien mir damals unerhört vertrauenerweckend. Wahrscheinlich imponierte er mir, weil er ein bißchen meinem Vater ähnlich sah. Mein Vater konnte vieles. Von Ebert erwartete ich alles. Ich stellte mir vor, in seiner Macht stünde es, die Gerechtigkeit wiederherzustellen, wo sie von anderen mit Füßen getreten worden war. Und was hat der Reichspräsident Ebert auf deinen Brief geantwortet? wirst du fragen. Pah, der hat überhaupt nicht geantwortet. Der hatte andere Sorgen. Die Inflation war auf ihrem Höhepunkt. In München der Hitlerputsch und der Streik im Ruhrgebiet. Als ich meiner Mutter erzählte, daß ich an den Reichspräsidenten geschrieben hatte – und es kostete mich viel, ihr das zu erzählen –, meinte sie nur: »Kind, wenn sich der Reichspräsident um jede Ungerechtigkeit, die tagtäglich auf der Welt geschieht, persönlich kümmern wollte, hätte er viel zu tun.«

»Muß er aber«, antwortete ich ihr trotzig. »Sonst werd ich ihn später mal nicht wählen.«

Sie schüttelte verwundert den Kopf. »Darüber redest du besser mit deinem Vater«, sagte sie.

Aber nach der Reaktion meiner Mutter, fand ich dann nicht mehr den Mut, bei meinem Vater damit anzufangen.

Ich hörte wieder den Heiler. Ich hörte John die Übersetzung flüstern:

»Glücklich mit vielen schwarzen Wolken vermagst du zu gehen.
Glücklich mit vielen Regenschauern vermagst du zu gehen.
Glücklich auf einer Spur Blütenstaub vermagst du zu gehen.«

Und während der Heiler weitersang und mich mitzog, mich voranstieß oder wie immer man es nennen will, fielen mir noch andere Bilder aus meiner Kindheit ein, von denen ich meinte, ich hätte sie längst vergessen. Die Biberburg. Da war ich vielleicht neun. Ich sehe diesen hochaufgeschossenen Jungen in dem viel zu langen Militärmantel wieder vor mir. Ich sehe den zum Boden weisenden Doppellauf des Gewehrs. Ich konnte plötzlich auch an Oxford denken. Ich fürchtete mich nicht mehr, mir Toms Gesicht vorzustellen. Als ich nach Oxford ging, war ich nur um weniges älter als du heute, Barbara. Ich habe zwei Jahre in Oxford studiert. Die ganze Zeit über habe ich mich ausschließlich mit dem Zeltkreis der Osage beschäftigt. Das war das Thema meiner Doktorarbeit...

Vier Tage später, als mich John in Albuquerque auf den Flughafen fuhr, waren meine Kopfschmerzen völlig weg, und ich wußte, daß sie nie wiederkommen würden. Ja, man muß sich erinnern. Sich genau erinnern. Erinnern hat mit Erlösung zu tun. Von Albuquerque flog ich nach Las Vegas, wo Beth mich abholen kam und mich auf ihre Ranch fuhr.

Tut mir leid, ich glaube, ich habe einen Fehlstart gebaut. Noch geht alles wie Kraut und Rüben durcheinander.

Um dich nicht zu verwirren, Barbara, fang ich wohl besser noch einmal ganz von vorn an. Aber ich kann nicht versprechen, daß ich nicht hin und wieder in der Zeit springe, wie es ja meine Gedanken auch tun. Da mußt du schon sehen (oder hören), wie du damit klarkommst.

Also: Worms. Was sehe ich, was fällt mir ein, wenn ich an Worms denke? Der Blick aus meinem Kinderzimmer in der Schloßgasse auf den Dom. Der Blick von einem der Domtürme ins Land. Die schnurgerade Straße, die vom anderen Rheinufer unbeirrt ostwärts strebt und sich in der Ferne im Dunkelviolett eines Waldsaums verliert. Wie die hochauflaufende Brandung eines Meeres stehen die Odenwaldhöhen über den dunklen Wäldern des Rieds. Davor das Tischtuchmuster der Korn- und Rübenfelder, der Kartoffel- und Gurkenäcker. Das brakige Wasser der Altrheinarme. Weidenstrünke, Schilf und Pappeln, hoch drüber hin die Milane, aufgescheuchte Entenschwärme. Dann nach Süden die Fabrikschornsteine von Frankenthal, Ludwigshafen und Mannheim. Über den westlichen Hügeln der Donnersberg, an schönen Sommertagen in eine Lichtflut getaucht, *mons Jovis*, der dem Thor und dem Jupiter geweihte Berg. Wie viele Völker, Kelten, Römer, Burgunder, Franken, Juden, wie viele Religionen eingesargt in dieser Erde. Als die Franzosen die Ideale der bürgerlichen Revolution mit ihren Regimentern in die Gegend brachten und die Freiheitsbäume dort aufpflanzten, benannten sie die südliche Pfalz, zu der auch der Wormsgau gehörte, nach dem Donnersberg *Departement Mont Tonnerre*.

Bilder von der Weinernte, wie in den Wingerten sich die Butten füllen mit prall platzenden Trauben, wie es in den Bottichen, die in den Kelterhäuschen stehen, gärt und brodelt. Im Stadtmuseum der Altar der römischen Erdgöttin Gaya. Die Tochter des Chaos, die den Schlüssel über Leben und Tod in der Hand hält. Die Judengasse, die alte Synagoge, an der Rabbi Schomoh ben Isaac aus Troyes um 1060 bei den berühmtesten Auslegern der Bibel und des Talmud in die Lehre ging. Die Tradition der Gelehrsamkeit dieser Stadt. Sie flog mich ganz beiläufig an in meiner Kindheit. In der Nikolauskapelle beschäftigte der Drei-Jungfrauenstein aus dem abgerissenen Kloster meine Phantasie: Embede, Warbede und Willebede. Angeblich Gefährtinnen der heiligen Ursula, ursprünglich aber wohl die drei höchsten Gottheiten der Kelten, die junge, die jungfräuliche Frau, die erwachsene, die mütterliche Frau, die alte, die dem Tode nahe Frau.

Warte, ich darf mich nicht wieder verlieren in das Labyrinth der Bilder. Ich bin 1910 geboren. Ich war das einzige Kind meiner Eltern. Mein Vater war Kinderarzt in Worms. Meine Mutter stammte aus Darmstadt. Daß meine Eltern Juden waren, ist mir als Kind erst ziemlich spät bewußt geworden. Jüdische Feiertage wurden bei uns nicht eingehalten. Ich habe höchstens mal erlebt, daß mein Vater eine Bemerkung machte, er habe vergessen, seiner Mutter, die in Bacherach wohnte, zum Neujahr zu gratulieren. Das jüdische Neujahrsfest liegt in einer anderen Zeit des Jahres als das christliche.

In die Synagoge bin ich als Kind ein einziges Mal zusammen mit meiner Freundin Liesel Stern gekommen. Wir gingen auf die Frauenempore. Die geheimnisvolle Atmosphäre des heiligen Raumes rührte mich an, gerade weil ich nicht verstand, was ich sah. Die alten Juden mit ihren bestickten Käppchen und Schläfenlocken. Sie bewegten ihren Oberkörper hin und her, und ich fragte die Liesel, was sie denn da täten. »Ach«, sagte sie, »sie schimpfen mit Gott, weil sie so arm sind.« Also, meine religiöse Erziehung ist auch durch den Besuch in der Synagoge nicht gefördert worden.

Mein Vater gehörte einer Loge an, die christliche und jüdische Mitglieder hatte. Seine Ideale waren die der philosophischen Aufklärung und der Emanzipation der Juden aus dem äußeren und inneren Ghetto. Dabei machte er keineswegs ein Geheimnis daraus, Jude zu sein. Schon als ich noch ein ganz kleines Kind war, erzählte er mir beispielsweise, daß unsere Vorfahren bereits mit den Römern in die Stadt gekommen seien. Ich hörte, daß wir mit dem Judenbischof Salman verwandt waren, jenem Vorsteher der Wormser Judenschaft im Mittelalter, den Kaiser Heinrich IV. in Audienz empfangen hatte, als er 1090 in die Stadt kam. Mein Vater sorgte dafür, daß ich jede nur mögliche kulturelle Information über die Traditionen des Judentums bekam, aber Religion war für ihn Aberglaube.

Er war tolerant genug, mich bei meiner Großmutter traditionell Sabbat halten zu lassen, mit den Kerzen auf dem Tisch, dem Weinbecher, der die Runde machte, und an dem selbst ich, das Kind, nippen durfte, das im Salz gestippte Berches, das Sabbatbrot, und dem Segen »Git Schabbes ... es mache dich G'tt wie Sara, Rebekka, Rachel und Lea.« Bei uns zu Hause aber gab es das alles nicht. Und meine Mutter, der etwas mehr Religion ganz recht gewesen wäre, ordnete sich viel zu sehr dem Wunsch und Willen ihres Mannes unter, als daß sie dagegen aufbegehrt hätte.

Meine Mutter war eine Frau, die voll und ganz in ihrem Haushalt aufging und bestrebt war, aus diesem Haushalt eine Art von Kunstwerk zu machen. Hätte jemand ihre Umsicht und ihr Organisationstalent in Frage gestellt, dann hätte sie sich solche Kritik energisch verbeten. Aber bei allem, was jenseits des Haushaltes lag, fühlte sie sich nicht zuständig, zeigte auch keinen Ehrgeiz, dazu ein Urteil abzugeben, wozu sie durchaus in der Lage gewesen wäre. Mich empörte diese Zurückhaltung manchmal, und wenn ich sie schon an ihr nicht ändern konnte, so nahm ich mir doch vor, es selbst einmal anders zu machen.

Ich hatte als Kind einen Freund, der aus einer christlichen Familie kam, den Fritz Wolters. Um die Weihnachtszeit ging ich besonders gern zu den Wolters, denn bei ihnen gab es einen Weihnachtsbaum und eine Krippe mit dem Jesuskind, Josef, Maria und den Hirten auf dem Feld. So etwas gab es bei uns natürlich nicht, ich bekam aber wie alle Kinder Weihnachtsgeschenke, und vor allem war die Mutter bemüht, für unsere Dienstboten, die Köchin und das Dienstmädchen, Geschenke zu finden, an denen die beiden ihre Freude hatten. Es gab am Heiligen Abend ein gutes Essen, meist eine gebratene Gans mit Bratäpfeln, die der Vater von den Eltern einer seiner kleinen Patienten auf dem Land geschickt bekommen hatte. Aber wir feierten weder Pessach noch Purim, noch gab es bei uns, wie bei der Großmutter, eine Mesusa, jenen handgeschriebenen Pergamentstreifen mit den Worten aus dem fünften Buch Mose:

»Höre, Israel, der Herr ist unser G'tt, der Herr allein. Und du sollst den Herrn, deinen G'tt lieben von ganzem Herzen, von ganzer Seele und mit all deiner Kraft.«

Die Mesusa bringt man mit Nägeln an der rechten Innenseite der Türpfosten in Augenhöhe an. Mir gefiel dieser Zauberzettel, aber als mein Vater sah, daß an der Tür meines Zimmers ein solches Papier hing, fragte er mich, was das denn wäre. Meine Antwort muß unbefriedigend ausgefallen sein. Er befahl mir daraufhin nicht etwa, die Mesusa abzumachen, sondern sagte nur: »Wenn die Großmutter dir so etwas gibt, sollte sie dir auch erklären, was es bedeutet. Sonst ist es nichts als Aberglaube.«

Aber ich wollte dir von der Biberburg erzählen. Es muß 1919 gewesen sein. Unruhige Zeiten; die Stadt hatte französische Besatzung. Uns blieb die Einquartierung eines französischen Offiziers erspart, weil mein Vater, als die Franzosen erschienen, um die Häuser für die Einquartierung in Augenschein zu nehmen, sie beiläufig darauf hinwies, daß er als Arzt häufig mit Patienten zu tun habe, die unter ansteckenden Krankheiten litten.

Für mich war es die Zeit meiner seligsten Indianerspiele mit Fritz. Wir hatten auf dem Boden der Villa seiner Eltern eine Ausgabe von Coopers *Wildtöter* gefunden. Die grellfarbigen Bilder waren es, die mich zuerst anlockten. Dann lasen wir beide das Buch und waren davon so beeindruckt, daß wir uns für eine Weile völlig mit den Personen der Handlung identifizierten. Fritz mit Hurry Harry, ich aber nicht etwa mit Judith Hutter, der Tochter des Trappers, sondern mit dem Delaware-Indianer Chingachgook. Wir waren ja nur zu zweit und mußten deshalb immer mehrere Rollen übernehmen, wenn wir den Roman nachspielten oder vielmehr nacherlebten, doch die Gestalt, die meinen Wünschen am nächsten kam, war eindeutig Chingachgook.

Nun besaßen Fritz' Eltern am Rande der Stadt ein größeres Grundstück, auf dem sie später einmal ein Haus bauen wollten und das bis dahin als Gartenfeld benutzt wurde. Es gab auch eine weite Wiese mit Obstbäumen. Eben dort errichteten Fritz und ich in langwieriger Arbeit, die sich über die ganzen großen Ferien hinzog, ein Gebilde, das zumindest in unserer Phantasie eine gewisse Ähnlichkeit mit dem Hausboot des Trappers aufwies. Da wurde gesägt und gehämmert, immer neue Auf- und Umbauten vorgenommen. Von einem alten Rheinschiff hatte

Fritz ein Steuerrad besorgt. Ja, es fand sich sogar ein Sternenbanner, das an einem Flaggenstock gehißt wurde. Eines Tages kamen unsere Eltern im offenen Wagen meines Vaters, der nun ein Automobil für seine Fahrten aufs Land besaß, während er vor dem Krieg mit einem Landauer und einem Kutscher gefahren war. Unsere Eltern staunten, schüttelten verwundert den Kopf. Und ich höre Fritz' Vater noch lachend sagen: »Wenn der Kerl nur in Latein halb so eifrig wäre.«

Wir hatten uns solche Mühe gegeben und waren, als der Bau endlich fertig war, so glücklich, daß noch heute dieser Sommer in meiner Erinnerung als die schönste Kindheitszeit überhaupt dasteht.

Eines Tages nun, es ging gegen den Herbst, erschienen drei oder vier Jungen, die ein, zwei Jahre älter sein mochten als wir. Eine ganze Bande war das, die da auftauchte. Ihr Anführer trug einen abgelegten Uniformmantel, der ihm viel zu lang war, und er hatte – woher auch immer – eine doppelläufige Flinte. Es war wohl diese Waffe, die den hochaufgeschossenen bleichen Jüngling zum Anführer der anderen machte. Sie spielten wohl immer noch »Siegreich woll'n wir Frankreich schlagen«.

Ich hörte, daß ihn die anderen Helmut nannten. Die Bande erschien, sah sich um, fragte, ob sie mitspielen könne. Ich sagte: »Ich glaube, lieber nicht.«

Dieser Helmut baute sich vor Fritz auf, musterte ihn skeptisch von Kopf bis Fuß und fragte dann: »Na, und was sagst du?«

»Du hast es ja gehört. Sie mag euch nicht«, sagte Fritz unbeeindruckt.

»Läßt du dir von einem Mädchen Vorschriften machen?« sagte Helmut. »Ist wohl dein Schatz, was?«

»Jetzt reicht's mir aber«, sagte Fritz mit einer Entschlossenheit, die mir gefiel. Die anderen waren sichtlich gespannt, was nun geschehen werde.

Helmut trat noch etwas näher zu Fritz heran. Er machte eine rasche Bewegung, und ich sah voller Entsetzen, wie plötzlich der Doppellauf seiner Flinte unter Fritz' Kinn war und Helmut den Finger am Abzugshahn hatte.

»Also, wie isses nun«, fragte er hämisch, »entweder du läßt uns mitspielen, oder ich drück ab und blas dir die Zähne aus dem Maul.«

Fritz schien wie verwandelt. Mit soviel Unverschämtheit und Brutalität war er wahrscheinlich noch nie konfrontiert worden. Er sagte vorerst einmal gar nichts. »Ihm hat's die Sprache verschlagen«, stellte Helmut lachend fest, »vielleicht hat er nie richtig reden gelernt.«

Ich war mit einem Sprung bei den beiden und warf mich auf Helmut, um Fritz zur retten. Helmut aber versetzte mir einen Stoß mit dem Gewehrkolben, daß ich zu Boden stürzte.

»Kümmert euch mal um die kleine Hexe da«, wies er die anderen an.

Sie kamen auf mich zu. Zu zweit fesselten sie mich mit einer Wäscheleine. Ich hieb um mich, kratzte, spuckte, biß. Das hinderte sie nicht daran, mit mir am Ende doch fertig zu werden. Nachdem sie mit Fritz genau so verfahren waren, legten sie uns wie zwei Pakete auf den Rasen in einiger Entfernung von der Biberburg.

»Gut«, sagte Helmut, als er uns dort liegen sah, und stellte sich wieder vor Fritz hin.

»Sich mit Mädchen abzugeben«, sagte er kopfschüttelnd, »und dann auch noch nach ihrer Pfeife tanzen.«

Er knöpfte seinen Hosenschlitz auf und urinierte grinsend vor uns ins Gras.

Als er fertig war, sagte er zu den Mitgliedern seiner Bande: »So, und dann wollen wir mal das Rattennest ausräuchern.«

Sie trugen Reisig und Lumpen herbei, zündeten die Biberburg an, und als sie lichterloh brannte, machten sie sich aus dem Staub.

Außer der Tatsache, daß sie uns beschimpft, bedroht und besudelt hatten, daß von unsrer Biberburg nur noch ein Häufchen Asche übrig blieb, kamen wir heil davon. Leute wurden auf den Brand aufmerksam, kamen herbei und befreiten uns. An Löschen war nicht zu denken. Fritz und mich schickte man nach Hause. Als ich daheim war, schloß ich mich in mein Zimmer ein und wollte nicht mehr herauskommen.

Mein Vater konnte mich schließlich überreden, die Tür zu öffnen. Er holte nach und nach den genauen Verlauf dieses Überfalls aus mir heraus. Da wir die Jungen nicht näher kannten und nur von dem Anführer den Vornamen wußten, erstattete er Anzeige gegen Unbekannt. Nach mehreren Monaten kam es auch zu einer Verhandlung, bei der Fritz und ich als Zeugen vernommen wurden. Das Gericht aber sah das Ganze als Dummejungenstreich an und erklärte die Ängste von Fritz und mir für übertrieben. Von vernachlässigter Aufsichtspflicht unserer Eltern war die Rede. Von einer Kriegsgeneration, die ohne Väter aufgewachsen sei. Jedenfalls kam Helmut mit einer Verwarnung davon. Als das Verfahren vorbei war, wurde ich die Vorstellung nicht los, alles wäre anders gelaufen, wenn ich nicht die Tochter einer Jüdin und eines Juden gewesen wäre.

Ein paar Tage später sprach mein Vater mit mir. Er fragte mich nach meinen Eindrücke während der Verhandlung. Ich erzählte ihm offen von meinem Empfinden. Er sagte, das decke sich mit seinen Beobachtungen, aber das bewege sich in einem Bereich, in dem man nichts unternehmen könne. Ich erinnere mich noch, daß ich ihn fragte: »Warum hassen sie uns?«

»Komplizierte Geschichte«, sagte mein Vater, »erst einmal: Einen Sündenbock braucht es immer und überall. Wir sind anders, also als Sündenböcke sehr geeignet.«

»Sind wir anders?« fragte ich.

»Bravo«, sagte er erfreut, »Mamas und meine Erziehung scheint ja wirklich etwas gefruchtet zu haben. Du hast ganz recht. Wir sind wie alle Menschen, und als solche sind wir alle einzigartig, und jeder ist vom anderen verschieden. Darin aber sind wir gleich. Alle.«

Viel später habe ich ihn mal gefragt, warum er sich nicht habe taufen lassen, warum ich nicht getauft sei.

»Daß ich nicht an den Messias glaube, heißt ja nicht, daß ich an Jesus als an Gottes Sohn glauben würde«, sagte er, »daß ich weder an den Messias noch an Gottes Sohn glaube, heißt erst recht nicht, daß ich kein Jude wäre.«

Ich sah ihn ziemlich erstaunt an.

»Denk nach«, rief er, »gebrauch deine grauen Zellen.«

Bei der Entwicklung meiner grauen Zellen spielte, sobald ich ins Gymnasium gekommen war, dann ein anderer Mann eine nicht unwichtige Rolle. Er hieß Herr Elias Feigelboim, war groß und hager, mit einem riesigen Adamsapfel. Er ging immer schwarz gekleidet, und in Kreisen der jüdischen Gemeinde sprach man von ihm als von einem verkommenen Genie. Wir waren drei jüdische Schüler in der Klasse. Horst Grünberg, meine Freundin

Liesel und ich. Wenn die christlichen Schüler zu ihren Pfarrern gingen, sollte Herr Feigelboim uns jüdische Glaubenslehre erteilen. Herr Feigelboim aber spekulierte während dieser Religionsstunden vor allem über sein Lieblingsthema: die hebräische Sprache.

Er erklärte uns, daß sich im Alphabet die Grundlage für die ganze Schöpfung vorfinde. Da seien die zweiundzwanzig Konsonaten, die für die eine Seite des Gesetzes stünden, das Gott Moses für sein Volk gegeben habe, für jenen Teil des Gesetzes nämlich, dessen Gebote dazu da seien, daß das Leben in Zeit und Raum erhalten bleibe. Durch die Variierbarkeit der Vokale, der Ton- und Satzzeichen fließe die andere Seite des Gesetzes, die Gnade, die Barmherzigkeit, die Liebe und die Freiheit in das System der Sprache ein. Derart könne die ganze Vielschichtigkeit des Lebens durch die Buchstaben erfaßt werden.

Mich faszinierten solche Erläuterungen. So, wenn Feigelboim uns erklärte, daß die Zeichen d-m-h durch Einfügung der Vokale entweder zu *dome* würden, welches »gleichen« bedeute, oder zu *duma*, was »Stille« heiße. Adam – das A hier ist der stumme Konsonat Aleph, nicht der Vokal A – heiße dann also »ich gleiche«, nämlich Gott. Wie das alles zusammenhing, das grenzte wirklich an Zauberei mit den Buchstaben und der Sprache. Es war geheim, und doch konnte man es aufdecken, und dann war es ganz klar. Davon konnte ich gar nicht genug bekommen.

Aber leider hatten die Eltern von Liesel Stern und von Horst Grünberg ganz andere Vorstellungen vom Sinn und dem Lehrstoff eines jüdischen Religionsunterrichts. Sie drangen darauf, daß Feigelboim durch den Kantor der jüdischen Gemeinde abgelöst wurde. Darüber beschwerte ich mich dann bei meinem Vater und er setzte durch, daß mir Feigelboim in der jüdischen Religionsstunde Hebräischunterricht erteilte. Dazu war ein Gespräch mit dem Vorsteher der jüdischen Gemeinde nötig gewesen. Selbst ein liberaler Jude, war er sich bald mit meinem Vater darin einig, daß Schrift und Sprache etwas Heiliges seien und zudem eine Voraussetzung zum Verständnis jüdischer Kultur.

So hatte ich also von der ersten Gymnasialklasse bis zum Abitur Hebräisch, was zunächst geradezu verschwendeter Eifer erschien, sich dann aber in einer bestimmten Lebenssituation als außerordentlich nützlich, ja man könnte fast sagen als lebensrettend erweisen sollte. Dann nämlich, als ich wegen dieser Kenntnisse in New York eine Stelle an der Public Library ergattern konnte.

Ich muß hier zugeben, daß ich eine gute Schülerin war, fast eine zu gute. Ich übersprang zwei Klassen und trat bereits mit sechzehn Jahren zum Abitur an. Weil das bei einem Mädchen offenbar ungewöhnlich war, meinte man, mir bei der Prüfung ganz genau auf die Finger schauen zu müssen. Das konnte mir aber nichts anhaben. Meine schlechteste Note war eine Zwei in Geschichte. Der Prüfer war kaisertreu, und mir war irgendwann herausgerutscht, das Kaisertum sei eine Institution, die nicht mehr in unsere Zeit passe. Auf eine Drei konnte der Herr Schulrat nicht plädieren, ohne sich lächerlich zu machen, aber die Zwei setzte er durch.

Ich begann dann mein Studium an der Universität Heidelberg, hörte fünf Semester Philosophie, Anglistik und Ethnographie; letzteres natürlich wegen der Indianer. 1929 wechselte ich – nicht zuletzt, um den richtigen Akzent zu kriegen – nach England, nach Oxford. Dort lebte ich in dem einzigen Frauencollege. Ich bereitete mich auf meine Doktorarbeit bei Professor Heatherwield vor. Er war Spezialist für archaische Gesellschaften, ein Gelehrter ohne die sonst immer noch weitverbreiteten Vorurteile gegenüber Frauen in der Wissenschaft. Das Thema, auf das wir uns schließlich einigten, war der Zeltkreis der Osage.

Um das Jahr 1910 besuchte eine Delegation des Osage-Stammes Washington. Im dortigen Bureau of American Ethnology arbeitete zu dieser Zeit ein Omaha-Indianer und Häuptlingssohn, Joseph La Flesche. Er und seine Frau Alice freundeten sich mit einem Mann aus der Delegation näher an, der den für unsere Ohren etwas merkwürdigen Namen *Spielkalb* trug. Sprachschwierigkeiten gab es nicht, denn Omaha und Osage gehören zu einer Untergruppe der Nation der Sioux und sprechen den gleichen Dialekt.

Es dauerte dennoch bis zum Tag vor der Abreise, ehe Spielkalb seine Zurückhaltung gegenüber La Flesche aufgab. Erst bei einem Gespräch unmittelbar vor seiner Rückkehr zu seinem Stamm sagte er:

»Mein Volk und zumal die jüngere Generation wird gleichgültig gegen die alten Riten. Die noch Interesse zeigen, werden immer weniger. Es sieht so aus, als seien die Reden der Alten bald verloren und vergessen. Vielleicht kommst du eines Tages nach Oklahoma, dann werden wir dir die Riten meiner Wegatsche, des Feuerkreises, an den ich gehöre, rezitieren, damit du sie auf Papier schreibst. Ich weiß, die Kleinen Alten Männer pflegen ohne die vorgeschriebenen Formalitäten und ohne Lohn niemanden diese Dinge zu lehren, aber – in allem Ernst – es müßten dennoch zumindest einige Rituale zu Papier gebracht werden, damit auch in Zukunft Männer und Frauen der Osage erfahren können, was ihre Ahnen gedacht haben.«

Das war bestimmt das erstaunlichste Angebot, das je einem Völkerkundler gemacht worden ist. Zuerst zögerte La Flesche, weil er die Aufgabe als zu schwierig ansah, aber dann erinnerte er sich an einen Satz, den Spielkalb bei ihrer letzten Unterredung hatte fallenlassen: »Das Ohr braucht den Mund, und der Mund braucht das Ohr.« Das bewog ihn, schließlich doch zu den Osage zu reisen und den Kleinen Alten Männern zuzuhören.

Nun, die vier großen Aufzeichnungen der Osage-Riten erschienen ab 1921 in den Jährlichen Berichten des Büros für Amerikanische Völkerkunde. In meiner Doktorarbeit setzte ich mich nun speziell mit der Bedeutung auseinander, die der Zeltkreis der Osage hat. Die Osage sind Prärie-Indianer. Wenn sie ihr Lager aufschlagen, verkörpert der Kreis der Tipis die gesamte sichtbare, hörbare und fühlbare Welt. Von den Gestirnen angefangen bis zu den im Gras krabbelnden Insekten. Kometen, Wolken, Taubenschwärme, Büffelherden, gelbe Kegelblumen, Friedenspfeifen, Totengeister und Hagelkörner sind ebenso einbezogen wie Maisbrot und Holzschüsseln. Das reicht bis hin zum Menschenlied und so fort bis ins Unendliche.

Die Zelte des Kreises heißen nicht nur wie diese Wesenheiten, sie *sind* diese Tiere, Dinge, Wesen, nach denen sie heißen. Für jedes dieser Dinge gibt es eine Entstehungsgeschichte, *Wiegie* genannt. Es gibt im Stamm Klane. Jeder Klan besitzt ein Lebenssymbol, ein Totem oder eine Gottheit, dessen Namen er annimmt: Puma, Schwarzer Bär, Königsadler, Junger Hirsch und so weiter. Die Abgesandten der Klane im Stamm sind die *Nonhongschinga*, die vierundzwanzig Kleinen Alten Männer. Bei der sogenannten Versammlung aller Feuerplätze brüllt ein jeder von ihnen in höchster Lautstärke das *Wiegie* seiner eigenen Wegatsche, ohne sich im geringsten durch den anderslautenden Text seines Nebenmannes irremachen zu lassen. Dieses etwa fünfzehn Minuten dauernde Wortgetöse, das sich von ferne wie das Brausen eines Zikadenschwarms anhört, dient natürlich der Vergegenwärtigung der Einheit und des Aufeinanderbezogenseins aller Dinge im Kosmos.

Die ganze unerschöpfliche Fülle des Kosmos teilen die Osage-Indianer im Zeltkreis in zwei Hälften. Eine von Osten nach Westen laufende Straße trennt die Zelte im Norden, die den Himmel verkörpern, und die Zelte im Süden, die die Erde darstellen. Der südliche Halbbogen ist dann noch einmal unterteilt, in ein Wasser- und Landviertel im Südosten und Südwesten. Und keiner der Teile ist wichtiger als der andere. Diese Ordnung ist für die Osage ewig gültig, und deswegen müssen sie sich diese in den Ritualen von Zeit zu Zeit immer wieder sinnlich vergegenwärtigen.

Nur einmal kehrt sich diese Abbildung der kosmischen Ordnung völlig um, nämlich in Kriegszeiten. Im Frieden orientiert sich das Lager nach Osten, zum Ursprungsort des Lichtes und des Lebens. Bei der Begegnung mit Feinden aber rückt der Himmel auf die Südseite, die Erde auf die Nordseite; die Himmelsmänner wohnen dann links oder südlich der Lagerstraße, die Erdmänner rechts oder nördlich. Das bedeutet: Im Krieg steht die Welt kopf. Alle Ordnung ist gestört, und man tut gut, sie bald wieder auf die Beine zu stellen, das heißt also: den Krieg zu beenden. Sonst gibt es eines schönen Tages keine Welt mehr.

Die Beschäftigung mit diesen Vorstellungen der Indianer machte mir ausgesprochen Spaß. Übrigens erinnerte mich ihr System in seiner Ausgeklügeltheit und Kompliziertheit durchaus an das, was ich bei Feigelboim über die hebräischen Buchstaben gelernt hatte. Hier wie dort erfuhr ich, daß das Denken der frühen Menschen an zwei verschiedenen Plätzen der Erde höchst tiefgründig und sinnstiftend gewesen war und von Primitivität keine Rede sein konnte.

Nun hätte ich also wirklich glücklich und zufrieden sein können. Oxford – ich liebte diese Stadt, die breite Hauptstraße aus alter Zeit mit den schönen Buchläden und der Kirche als Abschluß. Ich hatte die Bodley Library, eine der großartigsten Bibliotheken, in nächster Nähe meines Colleges. Ich hatte einen freundlichen, mich fördernden Doktorvater. Nun, wie heißt es im Deutschen? Wenn es dem Esel zu wohl ist, geht er aufs Eis tanzen. Wie alle Sprichwörter stimmt es und stimmt zugleich nicht. Aber mit Eistanzen hat es tatsächlich begonnen. Es war ein strenger Winter, und ich war mit einer meiner Kommilitoninnen zum Eislaufen auf einen zugefrorenen Teich gegangen. Dort begegnete ich zum erstenmal Thomas Benson. Ich weiß noch, daß ich hingefallen war und mein Po ziemlich schmerzte. Er fuhr zu mir und hielt mir die Hand hin, zog mich hoch und ließ dann meine Hand so rasch nicht mehr los. Wir trafen uns wieder, und am dritten Nachmittag lernte ich Eistanzen, in seinen Armen gewissermaßen, und auch sonst war er es, der in mir eine bis dahin nicht gekannte Tanzwut entfachte. Er tanzte mit mir auf dem Eis und auf den Studentenbällen. Von Oxford fuhr er mit mir in seinem kleinen Zweisitzer nach London ins Ballett und anschließend nach Soho essen, wobei ich mir unerhört verworfen vorkam. Bis dahin hatte es für mich immer nur das Studium gegeben. Nun gab es auch noch Tommy Benson.

Im Frühjahr, mit den Narzissen auf den Wiesen und Kirchhöfen, begann die Affäre erst recht zu blühen. »*O now to be in England that April is there!*« Immer wenn ich später diese Gedichtzeile gehört oder gelesen habe, wurden Szenen aus diesen Monaten wieder lebendig. Tommy, wie er mich in der Bodley Library abholte und mit mir zum Kricket fuhr, dessen Spielregeln für mich wohl immer ein Geheimnis mit sieben Siegeln bleiben werden. Wenn ich ins British Museum mußte, brachte er mich mit dem Auto hin. Tommy war charmant, witzig, mit merkwürdigen Anfällen von Melancholie. Er stammte aus einer Kleinstadt in den amerikanischen Südstaaten. Sein Doktorat in Rechtswissenschaften hatte er schon in den USA gemacht. In Oxford war er zu *postgraduate studies*. Nach einem Jahr, so erzählte er mir, wolle er in die USA zurück und sich an der Staatsuniversität in Baton Rouge, Louisiana habilitieren. »Und du«, sagte er spielerisch, »kommst mit und kannst ja dann über deine Indianer forschen.« Er sagte es so, daß man es nicht ganz ernst nehmen mußte. Ich nahm es immerhin so ernst, daß ich meinen Eltern davon schrieb. Mein Vater antwortete, ehe ich in die Neue Welt entschwände, wollten Mama und er sich den jungen Mann doch erst einmal anschauen, wenn ich nichts dagegen hätte. In einem indischen Restaurant nach einem feinen Curry fragte ich Tom: »Hättest du etwas dagegen, wenn ich meine Eltern im Sommer einladen würde?«

»Darling«, sagte Tom, »hast du nicht im August dein Rigorosum?«

»Das geht in Ordnung«, sagte ich. Mit Heatherwield würde die Prüfung eine reine Fachsimpelei, zu der die anderen, wenn sie sich nicht blamieren wollten, nur ja und amen sagen konnten. Tom hatte aber noch einen Einwand parat: »Ich wollte dir im Sommer mal Rye zeigen.« Bei meinem Vorschlag, wir könnten uns Rye auch zusammen mit meinen Eltern ansehen, verzog er das Gesicht. »Ich würde es lieber mit dir allein machen. Du kannst sie ja für später im Jahr einladen.«

»Wie meinst du das, später im Jahr? Ich werde nach der Promotion nach Deutschland zurückgehen.«

»Nun«, sagte er, lässig, wie das seine Art war, »ich glaube, das wirst du nicht, denn dann werden wir erst einmal heiraten, und im Januar gehen wir nach Amerika zurück.«

»Soll das ein Antrag sein, Tommy?« fragte ich. »Nun ja«, sagte er etwas verlegen, »nennen wir es doch einfach so.«

Er fragte mich dann, was für einen Beruf mein Vater habe. Ich sagte es ihm. »Konfession?« fragte er weiter.

»Wir sind Juden.« Ich redete mir ein, daß ich mir sein Zusammenzucken nur eingebildet hätte, aber das hatte ich schon richtig beobachtet.

»Oh«, sagte er, »warum hast du mir das nie gesagt?«

»Ist es von Bedeutung?« fragte ich. »Wir sind alle nicht religiös, verstehst du.«

»Tja«, sagte er, »weißt du, ich habe natürlich keine Vorurteile. Meine Eltern denken da allerdings anders. Aber mach dir nichts draus, das kriegen wir schon hin.«

Im Juni fuhren wir fünf Tage nach Rye. Das ist ein altes

Schmugglernest an der Küste. Es gibt dort einen Tudor-Gasthof, in dem angeblich schon die erste Elisabeth übernachtet haben soll. Ich erinnere mich noch heute an das Pflaster in den Gassen. Man spürte bei jedem Schritt spitze, alte Steine durch die Schuhsohlen. Was den Gasthof anbelangt, so war man bestrebt gewesen, alles so zu erhalten, wie es früher gewesen war. Fachwerk gab es, Butzenscheiben mit Bleieinfassung, enge Treppen, verräuchertes Gebälk, im Restaurant einen riesigen Kamin, in dem immer ein Feuer brannte. Was die Betten anbelangt, so halte ich es durchaus für möglich, daß sie noch aus der Zeit der ersten Elisabeth stammten. In einem dieser unbequemen Betten, schwarzangestrichenes Holz, über der Bettstatt ein Baldachin, verlor ich meine Unschuld. Es war eine schöne Zeit in Rye mit langen Spaziergängen am Strand. Wir spannen Pläne für Amerika und machten uns lustig über die historische Kulisse. Die Liebe war schön, bei Tag und in der Nacht, im Streit und in der Versöhnung. Ich liebte Tom sehr. Ich war felsenfest davon überzeugt, daß wir nach meiner Promotion heiraten würden. Ende Juli wußte ich, daß ich schwanger war. Ich wollte es zuerst nicht glauben. Ich wartete. Schließlich ging ich zum Arzt. Ich *war* schwanger. Ich war nicht sehr bestürzt, aber auch nicht himmelhochjauchzend. Für mich hing viel davon ab, wie Tom reagieren würde. Würde er sich freuen, würde ich mit den Schwierigkeiten, die auf mich zukamen, schon fertig werden.

Wir trafen uns. Ich sagte es ihm. Eine lange Zeit sagte er nichts und machte nur ein unglückliches Gesicht. Das erste Wort, das er dann sagte, war »*Mist*.«

»Nenn das Kind in meinem Bauch nicht Mist«, fuhr ich ihn an. Es war in einem Restaurant. Wir erregten Aufsehen. Die Leute schauten sich nach uns um. Tom rief: »Zahlen.« Das weitere Gespräch spielte sich draußen in seinem Sportwagen ab. Wieder saß er eine Weile stumm da, wie ein bockendes Kind.

»Was ist denn?« fragte ich.

»Das kommt sehr ungelegen.«

Und ich Idiotin hatte geglaubt, er würde sich freuen.

»Charlotte«, sagte er, »begreif doch... Mit einem schwangeren Mädchen heimzukommen – und dann noch mit einer Jüdin.«

»Thomas Benson«, sagte ich, »gleich reicht's mir.«

»Tu doch nicht so, als gäbe es in Deutschland keinen Antisemitismus«, sagte er.

Mehr hatte er dazu nicht zu sagen. Mir wurde plötzlich heiß. Das lag nicht nur an der Enge im Zweisitzer. Es waren seine Sätze.

»Ich muß raus hier«, sagte ich.

Wir machten einen Spaziergang. Nach langem Schweigen sagte Tom: »Du mußt doch selbst sagen: Das kommt höchst ungelegen.«

Mir fiel auf, daß er immer *das* sagte. Und wie befangen er war! »Na gut«, sagte ich, »zusammen eingebrockt, zusammen ausgefressen.«

»Das ist doch Wahnsinn, so etwas jetzt durchstehen zu müssen. Für dich wie für mich...«

»Vor allem für deine Eltern in Tuscaloosa, meinst du wohl.«

»Ja, auch für meine Eltern.«

Wieder Schweigen. Lange. Das Geräusch seiner und meiner Schritte. Die glänzenden, regennassen Platten des Bürgersteigs.

»Was denkst du?« fragte ich.

»Ich fühle mich unter Druck gesetzt«, sagte er. »Das verdirbt mir meine ganze Karriere.«

»... an die du vorher nie gedacht hast«, sagte ich.

»Charlotte, ich habe doch nie im Leben erwartet...«

Wieder diese Befangenheit. Nein, einen solchen Mann konnte ich nicht heiraten. Mein Gott, warum habe ich das vorher nie bemerkt. Jemand, der kneift, wenn es mal ernst wird. Der nur den Ärger sieht, den ich ihm bereite, weil ich ein Kind von ihm kriege und zudem auch noch jüdisch bin.

Nein. Ich blieb stehen.

»Tom, ich möchte dir jetzt adieu sagen.«

»Wie meinst du das?«

»Daß ich mich von dir trennen werde. Für immer. Du wirst all deine Sorgen los sein. Ich will dich nicht wiedersehen.«

Er versuchte nicht einmal einzulenken, sondern sagte nur: »Du mußt das verstehen.« Und: »Wir hatten doch eine schöne Zeit, nicht wahr?«

Ich hätte ihm gern noch einen Kuß gegeben, aber der letzte Satz machte mir auch das unmöglich.

Im College war schon Sperrstunde gewesen, aber wir hatten unsere Schleichwege. Ich weckte meine Freundin Hettie und erzählte ihr alles. Sie hörte geduldig zu. Danach nahm sie meine Hand und sagte: »Daß du mit Tom Schluß gemacht hast, finde ich gut. Das einzig Richtige. Das tut weh, aber du hast recht. Nun zu der Schwangerschaft. Willst du das Kind kriegen oder nicht? Es ist allein deine Entscheidung, und sonst hat da niemand reinzureden. Schlaf noch ein paar Nächte drüber. Und wenn du dich für eine Abtreibung entscheiden solltest, wird sich ein Weg finden.«

Ja, ich entschied mich schließlich für die Abtreibung. Es schien mir, als hätte ich allein nicht die Kraft, dieses Kind durch die Welt zu bringen. Wenn Tom anders reagiert hätte, wäre ich bereit gewesen, alles mit ihm durchzustehen. Wer, habe ich mich später oft gefragt, hat die Männer zu solchen Feiglingen gemacht. Sie spielen immer dort den Helden, wo Heldentum verdammt leicht ist, aber wo es nur ein bißchen Tapferkeit bedürfte, da ... na, vielleicht bin ich ungerecht. Vielleicht ist das überhaupt das Wesen des Menschen, nicht sehr tapfer zu sein.

Wie dem auch sei: Ich ließ eine Woche vor meinem Doktorexamen die Abtreibung machen. Ambulant, von einem Arzt, dessen Adresse Hettie verschafft hatte. Auch in England war ein solcher Eingriff damals ungesetzlich. Es ging mir danach nicht sehr gut. Ich bekam Fieber. Bei der Prüfung jedoch lief alles wie am Schnürchen. Wir unterhielten uns über meine These, daß im Zeltkreis die Vollständigkeit des Welthauses nicht nur zwei-, sondern gleich dreimal repräsentiert ist, nämlich durch die Anwesenheit eines *Nonhongschinga*, eines Kleinen Alten Mannes für jede Feuerstelle, durch die Anwesenheit sämtlicher namenführender Lebensbilder und schließlich durch die Rezitation der *Wigies*. Drei Sinne, Sehen, Hören, Fühlen, werden angesprochen, und das Gemeinschaftsgefühl wird bestärkt.

Diese These mußte ich in der Prüfung verteidigen. Das spielte sich in einer Atmosphäre ab, als säßen wir bei einem *five o'clock tea* zusammen. Drei Männer und ich. Keine Komplikationen. In meinem Fachgebiet war ich sicher. Ich fühlte mich wohl, vergaß meinen Kummer und schloß mit der besten Note ab. Beim Festessen später, zu dem mich Professor Heatherwield und seine Frau Edith eingeladen hatten, wurde es mir plötzlich schwarz vor den Augen. Und von den nächsten sechsunddreißig Stunden weiß ich nichts mehr. Als ich wieder aufwachte, lag ich in einem englischen Krankenhaus, und auf dem Bettrand saß mein Vater.

»Du machst ja schöne Geschichten«, sagte er. »Gratuliere zur Promotion.«

Den Anlaß, aus dem ich im Krankenhaus lag, sprach er erst später an, bei einem Spaziergang an der Themse in der Nähe von Kelmscott. Auch da fiel kein Wort des Vorwurfs. Er sagte nur, ich möge doch in Zukunft etwas besser auf mich aufpassen. Ich erinnere mich auch, daß er mich gefragt hat: »Was willst du denn jetzt machen?«

»Das weiß ich noch nicht«, sagte ich gelassen, »irgend etwas, was mir Spaß macht, wird sich schon finden.«

»Stell dir das nicht zu leicht vor«, sagte er mit einer vorsichtigen Warnung im Tonfall. »Trotz des Doktortitels. Mutter wird dir sagen, du solltest möglichst rasch heiraten.« Das sagte er mit etwas Spott in der Stimme. »Sie hat auch schon einen Mann für dich ausgeschaut. Etwas Grundsolides nach diesem Windhund von Amerikaner, sagt sie.«

»Und was sagst du?« fragte ich ihn.

»Ich denke«, antwortete er mit einem Lächeln, bei dem man ihn sehr genau ansehen mußte, um es in seinem Gesicht zu entdecken, »Eltern machen sich Sorgen, meinen dreinreden zu müssen, haben Wünsche und Erwartungen, vergessen, daß man Erfahrungen selbst machen muß. Unter uns gesagt: Ich bin da auch nicht viel anders.«

»Ich werde meinen eigenen Weg gehen. Mach das

Mama klar. Ich glaube, für sie ist das schwieriger zu begreifen.«

Eine Weile sagte er nichts, schaute auf den Weg vor sich, und das Lächeln in seinem Gesicht blieb. Ich wollte gerade fragen, ob es ihm die Sprache verschlagen habe, da sagte er: »Ich glaube, in diesem Punkt unterschätzt du sie. Gewiß ist sie nicht ihren eigenen Weg gegangen, und was sie dir vorschlägt, ist das, was die Konvention nahelegt. Aber du kannst sicher sein, wenn du dich nicht daran hältst, wird sie es auch begreifen, ja, sie wird vielleicht sogar stolz auf dich sein.«

Berlin
oder Die Reise der Zwillinge zum Vater
(1932 – 1935)

Schön sieht sie aus
diese eben geschaffene Welt,
über die ganze Länge und Breite
der Erde hat unsere Großmutter
den grünen Widerschein
ihres Bettüberwurfes ausgebreitet
und die Gerüche, die aufsteigen,
sind angenehm und heilsam
für unsere Lungen.

Winnebago

Ende 1932 kam ich nach Berlin. Das Fräulein Doktor als Buchhändlerin. Ich war es leid, daheim in Worms nur rumzusitzen, die höhere Tochter zu spielen und beim Basar für die jüdische Gemeinde mitzuhelfen. Eines Tages habe ich den alten Blumenthal gefragt, Hirsch Blumenthals Vater. Ihn einfach gefragt, ob sein Sohn nicht jemanden brauchen könne, der ihm helfe, Bücher zu verkaufen.

Wie mein Vater war auch Hirschs Vater Arzt in Worms gewesen, Chefarzt am Städtischen Kankenhaus. Zu dieser Zeit hatte er sich schon zur Ruhe gesetzt. Unsere Familien waren seit langem befreundet. Manchmal fuhren die beiden Ehepaare mit Vaters Wagen in den Pfälzer Wald oder besuchten ihren Winzer im Hügelland. Auf einem dieser Ausflüge kam das Gespräch auf meine Berufssituation. Angesprochen darauf wurde mein Vater, aber die Antwort gab ich. Trotz meines guten Abschneidens in Oxford war es gar nicht so einfach, eine Stelle zu finden. In Deutschland herrschte Arbeitslosigkeit, und Völkerkunde und Philosophie sind nicht gerade Fächer, die glänzende Aussichten für einen Brotberuf bieten. Eine Universitätskarriere – das wollte ich nicht. Gewünscht hätte ich mir eine Anstellung bei einem Museum. Aber da fand sich nichts. Zu einem Verlag vielleicht? Ich bewarb mich bei Brockhaus in Leipzig. Da war nichts frei. Ich erzählte von all diesen gescheiterten Versuchen und sagte schließlich: »Was meinen Sie, Herr Blumenthal, ob wohl Ihr Sohn mich in seinem Geschäft brauchen könnte? Mit Büchern umzugehen, das würde mir Spaß machen.«

»Aber Kind!« höre ich meine Mutter ausrufen.

»Nein, nein«, meinte der alte Blumenthal, »ich glaube, Hirsch könnte schon jemanden brauchen. Trotz der schlechten Zeiten geht sein Geschäft gut. Er sucht jemand. Schreiben Sie ihm doch mal, Fräulein Charlotte. Und wenn es nur vorübergehend ist oder ein Sprungbrett zu etwas anderem.«

Ich schrieb, und Hirschs Antwort klang sachlich und vernünftig.

Es gäbe eine einzige Bedingung: Wer mit ihm arbeite, müsse eine Leidenschaft für Bücher haben, für schöne Bücher.

Hirsch war der zweitjüngste Sohn. Er kam verwundet und mit dem Eisernen Kreuz ausgezeichnet aus dem Ersten Weltkrieg heim. Er hatte Kunstgeschichte studiert, sein Examen als Bibliothekar abgelegt. Dann gab ihm sein Vater Geld aus seinem Erbe, und 1928 eröffnete er in Berlin eine Bücherstube.

Durch alle Fährnisse des Jahrhunderts habe ich jene Anzeige aus der *Vossischen Zeitung* aufgehoben, die mir der Vater damals nach Norderney geschickt hatte, wo ich mich nach meiner Rückkehr aus England erst mal erholte.

»In diesem neuartigen Unternehmen«, hieß es da, »wie ähnliche bereits in großen Städten des Reiches bestehen, ist insofern den Wünschen der Kundschaft weitgehend Rechnung getragen, als hier die Möglichkeit gegeben ist, in einem separaten Raum ohne irgendwelchen Kaufzwang in die ihr interessant erscheinenden Bücher Einsicht zu nehmen.«

Also Berlin. Ich sehe die Pension von Frau Schimmelpfennig, in der ich mich einquartierte. Ich rieche diesen Geruch nach Mottenpulver, der mir aus dem Schrank entgegenwehte, als ich meine Kleider einräumte. Ich weiß nicht warum, aber ich sehe die Schale für die Visitenkarten im Flur, eine Jugendstilschale mit zwei Sphinxköpfen. Ich sehe mich in der *Charlottenburger Bücherstube* am Freitagmorgen voller Spannung die Pakete mit den Neuerscheinungen aus Leipzig auspacken. Ich sehe mich im Park des Charlottenburger Schlosses in der Mittagspause spazierengehen. Ich erinnere mich an meine Ausflüge am Spreeufer entlang, stadteinwärts, und wie ich mich immer ein bißchen weiter gewagt habe.

Meine Anstellung als Buchhändlerin bei Blumenthal wurde bald von einem Provisorium in eine Anstellung mit Vertrag umgewandelt. Noch vor Ablauf der Probezeit war es keine Frage, daß ich bleiben würde. Nur hatte mir Hirsch geraten, die Gehilfenprüfung nachzuholen. So kam es dahin, daß eine junge Frau mit Doktortitel auf der Industrie- und Handelskammer vorsprach und sich nach den Prüfungsbedingungen erkundigte. Das löste dort einiges Erstaunen aus. Ich mußte diese Prüfung nicht mit den anderen Lehrlingen ablegen, sondern wurde lediglich von einer Kommission in Buchhaltung, Bestellwesen und Literaturgeschichte geprüft. Danach hat man mir gratuliert und die Urkunde überreicht. Hirsch, der mich auf die Prüfung vorbereitet hatte, war sehr zufrieden mit seiner Schülerin. Er hat mir erzählt, daß auch er die Prüfung extern abgelegt hatte.

Mein Gott, was konnte man damals in Berlin alles erleben. Ich ging ins Varieté, ins Konzert, ins Theater und »innen Kintopp«, wie Hirsch es nannte. Es gab keinen Sonntagvormittag, den ich nicht draußen in Dahlem im Völkerkundemuseum verbrachte. Da sich einige Verehrer um mich bemühten, sogar Herren mit Auto, sah ich Werder, Potsdam, den Müggelsee, kam bis nach Wiepersdorf, auf das Gut Achim von Arnims und Bettina Brentanos. Ich war von Berlin begeistert, Berlin schien wie für mich geschaffen. Genauso begeistert war ich von meinem Beruf. Ich bewunderte Hirsch Blumenthal ob seines Enthusiasmus, seiner Liebe zu Büchern, seiner versponnenen Entrücktheit. Manchmal erschien er mir nicht ganz von dieser Welt. Ein Geistwesen, das hierher versetzt worden ist, um den Menschen klarzumachen, was für Schätze Bücher sind.

Mit der Kundschaft kam ich gut zurecht. Die Bücherstube hatte einen großen Kreis an Stammkunden, die beraten werden wollten, die erwarteten, daß man auch ein Gespräch über Bücher mit ihnen führte.

Manche Kunden redeten mich mit »Fräulein Doktor« an. Ich sprach mit Blumenthal darüber, ob das denn sein müsse. Er sagte nur: »Man braucht sein Licht nicht unter den Scheffel zu stellen. Wenn es Ihnen gegen den Strich geht, sagen Sie einfach: Es ist gut fürs Geschäft.«

Rotlackierte Sessel zwischen roten Bücherregalen. Hirsch Blumenthal machte seinem Namen alle Ehre: Winter wie Sommer stellte er riesige Blumensträuße auf. Berühmt war die *Bücherstube* auch für den vorzüglichen Tee, den man bei uns zu trinken bekam, und unsere Kunden erzählten Bekannten schmunzelnd von der Sammlung japanischer Holzschnitte, die nie verkauft wurden, weil sie Blumenthal selbst so gut gefielen.

Max gehörte gewissermaßen zum Inventar. Gleich zu Anfang führten wir ein sehr intensives Gespräch über Indianer. Max fragte mich, was mich an den Indianern so interessiere. Wie die meisten anderen Menschen hielt er mein Interesse wohl für eine bloße Schwärmerei. Da wußte er noch nicht, daß ich Völkerkunde studiert hatte.

Ich schaute eine Weile auf die Bücherregale, als stände die Antwort dort geschrieben, und dann sagte ich: »Vielleicht, weil die Indianer spüren und wissen: Diese Erde ist unsere Mutter. Und alles, was auf ihr lebt, sind ihre Kinder. Wir Menschen ebenso wie ein Hund, eine Ameise, ein Apfelbaum oder ein Stein. Der Adler, sagen die Indianer, ist mein Bruder, die Pinie meine Schwester. Daß wir ein Teil der Natur sind – ich denke manchmal, das haben wir Europäer fast völlig vergessen.«

»Und Sie meinen«, fragte Max, »die Indianer seien dazu da, uns daran zu erinnern?«

Das fand ich einen originellen Einfall, und erstaunt fragte ich zurück: »Wie kommen Sie denn darauf?«

»Ach wissen Sie«, sagte Max, »das ist mir gerade so eingefallen. Ich habe in den letzten Tagen mal wieder Ringelnatz in der Hand gehabt. Bei dem steht der Vers: ›Es gibt so viel Bekanntes auf dieser Welt, drum hat der Cervantes den Don Quijote aufgestellt.‹«

So entdeckte ich, daß er auch eine lyrische Ader hatte. In der Bücherstube kaufte er vor allem politische Literatur. In dieser Zeit, das muß nun schon Ende 32, Anfang 33 gewesen sein, schaute Max mindestens zweimal in der Woche herein. Es war nicht zu übersehen, daß er sich um mich bemühte. Ich gab mich höflich, aber reserviert. Was Männer anging, hatte ich die Nase gestrichen voll. Deshalb galt ich als schwierig, impulsiv, vergnügungssüchtig, intellektuell und kokett. Ich hatte Spaß daran, eine Nacht durch zu tanzen und gegen Morgen am Schildhorn spazierenzugehen. Ich mochte Tempo, und ich hatte vielseitige Interessen. Mir konnte man eine ebenso große Freude damit machen, wenn man mich zum Sechstagerennen mitnahm wie in eine Max-Reinhardt-Aufführung oder zu einem indischen Feuerschlucker. Das verwirrte die Leute. Hin und wieder gab einer der jungen Männer, mit denen ich ausging, erschöpft auf, weil ihm mein Lebenstempo zuviel wurde. Max blieb, war hartnäckig, aber auf eine vorsichtig-zurückhaltende Art. Desto überraschter war ich dann über das Buch, das er mir zum Geburtstag schenkte. Ein Blumenstrauß, das hätte ja noch angehen können. Aber ein so kostbares Buch? Ich witterte eine Verschwörung zwischen Hirsch und Max, und das ließ mich bockig werden. Andererseits war ich auch wieder gerührt und geschmeichelt, weil Max Kolbe sich solche Mühe gegeben hatte, um mir eine Freude zu machen.

Ich habe im Januar Geburtstag. Über Weihnachten war ich in Worms gewesen. Meine Eltern hatten gefunden, ich sei geradezu aufgeblüht. Ob ich einen Freund hätte? Ich wollte Max nicht als meinen Freund bezeichnen. Für mich war er ein Kunde, mit dem man sich ernsthaft unterhalten konnte, ein Bewunderer (der Bücher oder von mir?), ein Mensch, vor dem man Achtung haben konnte. Aber das konnte ich nicht erklären, und deswegen sagte ich, ich hätte sechs Verehrer. Meine Mutter riß Mund und Augen auf. »Mama!« sagte ich lachend. Nein, der Beruf mache mir einfach Spaß. Und im übrigen sei Berlin eine aufregende Stadt. Ich gab ihr Beispiele dafür, was ich innerhalb einer Woche alles so sah und erlebte. Zwischen Weihnachten und Neujahr ging ich auf den jüdischen Friedhof, um über mich nachzudenken. Die Sache mit den zahlreichen Verehrern gefiel mir nicht. Sie hätte mir gefallen, wenn ich sie für Mama bloß erfunden hätte. Mir war klar, meine Mutter würde es nicht ungern sehen, wenn ich nun bald heiraten würde, wenn sie sich auch mit entsprechenden Bemerkungen zurückhielt.

Aber wollte ich das auch? Ich wollte leben, etwas erleben, vielleicht auch einmal eine Reise ganz weit weg, nach Amerika, zu den Indianern. Und danach konnte man mal überlegen, ob eine Ehe ein so wünschenswerter Zustand sei. Aber nicht eher.

An meinem Geburtstag, in der zweiten Januarwoche, stand ich schon wieder im Laden. Was den Verkauf anging, so war noch nicht viel los, ab und zu kam jemand, um noch ein Weihnachtsgeschenk umzutauschen, aber Blumenthal und ich waren an der unangenehmen Arbeit der Inventur.

Kurz nach zehn hörte ich Hirsch Blumenthal aus dem

Hinterzimmer rufen: »Ach, Fräulein Charlotte, würden Sie wohl eben mal kommen?«

Er saß an dem Tisch mit der schwarzen Lackplatte und der Bambuseinfassung und wies auf einen der tomatenroten Sessel. »Darf ich Ihnen auch eine Tasse Tee einschenken?« fragte er. »Ich habe zur Feier des Tages von dem guten Assam genommen. Köstlich ... Wem, sagten Sie, verdanken wir ihn gleich noch?«

»Frau Hagemann, Sie wissen doch. Die Dame, die alles von Bethke kaufte.«

Und Blumenthal zitierte:

»Die Nachtigallen sind mir eng befreundet.
Der Ostwind und die Rosen und Narzissen.«

»*Gesänge des Hafis.*«

»Bravo.«

»Das war nicht schwer, ich habe mir das Buch angeschaut, ehe ich es der Kundin verkaufte. Ach, wenn ich nur Ihr Gedächtnis hätte, Herr Blumenthal. Stimmt es tatsächlich, daß Sie den gesamten Raskolnikow auswendig hersagen können?«

»Es stimmt, aber das ist nun wirklich kein Verdienst. Es ist angeboren. Ich lese etwas, und es ist in meinem Gedächtnis eingegraben. Aber wir wollen doch einmal von Ihnen sprechen. Erst einmal: herzlichen Glückwunsch. Hier ist eine Kleinigkeit von mir. Und das soll ich Ihnen von Herrn Kolbe überreichen: *Navajo Myths* von Washington Matthews. Ich habe es aus Amerika bestellen müssen.«

Ich wurde rot und murmelte: »Mein Gott ... das sollte er doch nicht. Das muß ja ein Vermögen gekostet haben.«

Blumenthal richtete sich im Sessel auf und zupfte an seinem Jackett. Sein Gesichtsausdruck wurde ernst.

»Nun, es kann Ihnen ja nicht entgangen sein, daß er Sie verehrt. Er war gestern hier und hat sich wieder einmal mit politischer Literatur eingedeckt. Also, was er daran nur findet? Er ist doch Musiker. Und recht erfolgreich, glaube ich.«

»Meinen Sie?« sagte ich, nur um überhaupt etwas zu sagen.

»In dem Alter zweiter Geiger bei den Berliner Philharmonikern, das ist schon was. Und im Quartett der Orchestervereinigung spielt er auch. Glauben Sie mir, Charlotte, da liegt seine Stärke. Das Intime, Empfindliche ...«

»Ich weiß gar nicht, ob ich so ein wertvolles Geschenk von ihm annehmen soll«, unterbrach ich Blumenthal.

»Aber selbstverständlich nehmen Sie das Buch an. Sie können doch einen so liebenswürdigen Menschen nicht vor den Kopf stoßen.«

»Ja, wirklich«, sagte ich, »liebenswürdig ist er.«

»Liebenswert, Charlotte. Ein guter Mensch. Ein Mensch mit Güte. Das ist selten heutzutage.«

Ich sah Blumenthal scharf an.

»Ich sagte ›liebenswürdig‹ und nicht ›liebenswert‹«, erklärte ich mit Nachdruck.

»Vom Wortsinn her ist es eigentlich dasselbe«, meinte Blumenthal mit seinem feinen gutmütigen Lächeln, mit dem er mich immer drankriegen würde, weil es so jüdisch ist, weil so viel durch Generationen gefiltertes Leid darin steckt. Bloß gut, dachte ich, daß er um die Wirkung dieses Lächelns auf mich nichts weiß.

Er machte eine Pause. Es sah so aus, als nähme er innerlich Anlauf, und dann sagte er einen Ton ernster: »Ich weiß, Sie haben viele Verehrer ... Das geht mich natürlich nichts an, Fräulein Charlotte. Aber wenn Sie mir diese

Bemerkung dennoch gestatten: Auch wenn er ein Goi ist und kein Jude – ich plädiere für Kolbe.«

Natürlich habe ich das Buch behalten. Es ist eines meiner Lieblingsbücher geworden. Ich habe es verschlungen, obwohl ich zunächst immer ein schlechtes Gewissen hatte, wenn ich darin las, weil ich mir wohl darüber im klaren war, daß dieser Max Kolbe in mich verliebt war, ich aber nicht in ihn.

Nur ein paar Tage später trug sich ein nicht weniger denkwürdiges Erlebnis zu.

Ein SA-Mann in Uniform betrat die *Charlottenburger Bücherstube*.

Er grüßte mit »Heil Hitler«.

Ich spürte, wie mein Herz etwas schneller schlug aus Empörung über den Hitlergruß, der um diese Zeit durchaus noch nicht so selbstverständlich war, wie er es dann später wurde. Zu dieser Zeit war es eine Provokation, mit »Heil Hitler« zu grüßen.

Aber dann hatte ich mich wieder in der Gewalt und versuchte, den Mann wie jeden anderen Kunden zu behandeln.

»Guten Tag. Sie wünschen?«

Der Kunde hatte eine merkwürdig schludrige Art zu sprechen, es war weder Hochdeutsch noch Berliner Dialekt, zudem schien er jemand zu sein, den es noch nicht allzuoft in eine Buchhandlung verschlagen hatte.

»Sajen Se mal«, begann er, »da soll et von einem Engländer ein Buch geben, in dem wird bewiesen, daß Jesus kein Jude war. Haben Se das da?«

»Sie müßten mir schon den Titel nennen . . .«

»Den weeß ich eben jrad nich. Da steht auch drinne, unter den Germanen seien die Deutschen die Bejabtesten, und die Juden, das sind eine Bastardrasse. Wissen Se jetzt, welches Buch ick meine?«

»Es tut mir leid ... wenn Sie den Titel nicht kennen ...«

»Rufen Sie mir mal Ihren Chef, Fräuleinken.«

»Der wird Ihnen auch nicht weiterhelfen können.«

»Rufen Sie ihn mir«, beharrte der Mann.

Ich rief also in Richtung Hinterzimmer, die Tür war immer nur angelehnt: »Herr Blumenthal, ein Kunde möchte Sie sprechen ...!«

»Moment mal«, sagte der SA-Mann, »wat haben Se da gerade jesacht ... wie heißt Ihr Chef?«

»Herr Blumenthal.«

»Ach, so is det!«

»Wie meinen Sie das?«

»Is doch wohl 'n Jude, wa?«

»Ja und, haben Sie was dagegen?« erwiderte ich trotzig. »Ich bin auch aus einer jüdischen Familie.«

»Hab ich's mir doch gedacht. Eine ganze jüdische Sippschaft also. Ein Rattennest. Na wartet ...« Er begann, was merkwürdig, nein, wahnwitzig genug war, zu singen, und dabei verrutschten seine Gesichtszüge. Sie entglitten gewissermaßen. War er bis eben trotz der Uniform ein eher unauffälliger Mensch gewesen, so verformte sich nun sein Gesicht zu einer Grimasse, die mich für einen Augenblick wie gebannt dastehen ließ. Es gibt für jeden von uns eine Faszination des Schrecklichen.

Der Mann hatte die Hand zum Hitlergruß hochgerissen und grölte das Horst-Wessel-Lied:

»... dann wehen Hitlerfahnen über allen Straßen,
die Knechtschaft dauert nur noch kurze Zeit.«

Als er fertig war, schlug er die Hacken zusammen, stieß noch hervor: »Mit euch werden wir schon noch aufräumen« und war, ehe ich aus meiner Erstarrung wieder recht erwacht war, aus dem Laden. Die Ladenklingel wirkte geradezu eingeschüchtert.

Jetzt tauchte Blumenthal aus dem Hinterzimmer auf.

»Wer wollte mich da sprechen? Habe ich richtig gehört: hat da jemand das Horst-Wessel-Lied gesungen?«

»Ein Kunde«, sagte ich fast tonlos, »ein Wahnsinniger. Nun ist er fort ... glücklicherweise. Er suchte ein Buch, in dem angeblich bewiesen wird, daß die Deutschen die Begabtesten unter den Germanen und die Juden eine Bastardrasse sind. Ist das nicht fürchterlich? Wer denkt sich denn so etwas aus?«

»Ein krankes Hirn.« Hirsch atmete tief durch, versuchte sich den Anschein zu geben, als sei er nicht weiter beeindruckt. Dabei sah ich, wie seine Hände zitterten.

»Sagen Sie, Charlotte, wie ist das eigentlich bei Ihren Indianern? Gab es da auch bessere und minderwertige Rassen?«

»Nicht, daß ich wüßte, Herr Blumenthal. Aber kennen Sie dieses Buch, das der Kunde haben wollte?«

»Ja.«

»Und wie heißt es?«

»*Die Grundlagen des neunzehnten Jahrhunderts*. Der Verfasser ist ein gewisser Houston Stewart Chamberlain. Es hat zwölfhundert Seiten und strotzt vor Dummheit. Da halten Sie sich mal lieber an Ihre Indianer.«

Am Wochenende ging ich nicht aus. Ich las und las. Nicht in dem Chamberlain, sondern in dem Band, den Max als Geburtagsgeschenk für mich extra hatte aus Amerika kommen lassen. Ich geriet in eine andere Welt, ganz eingesponnen war ich von den Erzählungen der Navajo. So möchte ich heute noch einmal lesen können. So völlig konzentriert und versunken in eine Geschichte. Damals erlebte ich lesend noch einmal die Schöpfung der Welt mit, und das schien mir aufregender als alles, was an wirklichen Ereignissen in der Welt um mich herum vor sich ging...

Die Navajo lebten inzwischen weit verstreut, weil die Ungeheuer das Volk verfolgt und viele Menschen verschlungen hatten. Aus der Gruppe, die einst am Stehenden Fels gelebt hatte, waren nur vier übriggeblieben. Nachdem sie in diese Gegend gekommen waren, fanden sie ein kleines Abbild einer Frau aus Türkis, das sie aufbewahrten. Eines Tages nun erschien Hasteyalti, der Sprechende Gott, vor diesen Leuten, einem alten Mann, einer alten Frau und ihren zwei Kindern. Er hieß sie, nachdem zwölf Nächte vergangen seien, auf die Spitze des heiligen Gebirges zu steigen und das Türkisabbild der Frau mitzubringen.

An dem Morgen des festgelegten Tages taten sie, wie ihnen geheißen worden war. Sie erstiegen das Gebirge auf einem heiligen Pfad. An einer flachen Stelle nahe dem Gipfel trafen sie auf eine Gruppe von Wesen, die sie schon erwartete.

Es waren dies die Götter Hasteyalti, Hastehogan, Weißer Körper (jener, der aus der unteren Welt mit dem Volk gekommen war), die elf Brüder der Bärenfrau, die Bildsteinleute, die Tageslichtleute, die im Osten wohnen, die Blauer-Himmel-Leute aus dem Westen und die Dunkelheitsleute aus dem Norden. Weißer Körper stand im Osten unter den Tageslichtleuten und hielt ein kleines

Ebenbild der Frau, gemacht aus weißer Muschel, in der Hand.

Hasteyalti legte eine heilige Rehhaut mit dem Kopf gegen Westen aus. Die Bildsteinleute legten die zwei kleinen Figuren aus Türkis und weißer Muschel auf die Haut und gaben zwei Maiskolben dazu, einen weißen und einen gelben. Dann deckte Hasteyalti diese Dinge mit einer weiteren heiligen Rehhaut ab, deren Kopfteil nach Osten wies, und darunter tat er *Nich'i*, Wind. Dann bildeten die Götter und die anderen Wesen einen Kreis. Sie ließen im Osten eine Öffnung. Durch die traten Hasteyalti und Hastehogan ein und aus und sangen ein heiliges Lied dazu. Viermal kamen und gingen die Götter und hoben die Abdeckung auf. Und als sie es viermal getan hatten, sah man, daß sich die Abbilder und die Maiskolben in lebendige Wesen verwandelt hatten. Aus dem Türkis-Abbild war Estsanatlehi, die Frau der Veränderungen, geworden und aus dem weißen Abbild aus Muschelkalk war Yolkai Estsan entstanden, die Muschelfrau.

Vier Nächte blieben die beiden Frauen an diesem Ort, und am vierten Morgen sagte die Frau der Veränderungen: »Jüngere Schwester, was haben wir hier verloren? Laß uns noch etwas höher hinaufsteigen und uns umschauen.«

Also erstiegen sie den höchsten Punkt im Gebirge. Und als sie mehrere Tage dort gewesen waren, sprach die Frau der Veränderungen: »Es ist einsam hier. Wir können mit niemandem sprechen, außer untereinander. Wir sehen nichts, außer dem, was über unseren Köpfen dahinzieht, nämlich Tshonanoai, den Träger des Sonnengestirns, und was unter uns tropft, nämlich einen kleinen Wasserfall. Ich frage mich, wie daraus Menschen werden können. Ich werde hier bleiben und warten, bis sich morgen die Sonne wieder zeigt. Steig du hinab und suche die anderen.«

Am Morgen legte sich die Frau der Veränderungen mit den Füßen nach Osten auf einen kahlen, flachen Felsen, und die aufgehende Sonne schien auf sie hin. Die Weiße Muschelfrau aber stieg hinab zu dem tropfenden Wasser und ließ es über ihren Leib rinnen. Zu Mittag trafen sich die beiden Frauen auf der Höhe des Gebirges wieder, und die Frau der Veränderungen sprach zu ihrer Schwester: »Es ist traurig, einsam zu sein. Wie können wir Gefährten machen, damit wir andere unserer Art um uns haben?«

»Denk nach, ältere Schwester, vielleicht wirst du es nach ein paar Tagen herausgefunden haben.«

Vier Tage nach dieser Unterhaltung sagte die Weiße Muschelfrau:

»Ältere Schwester, ich fühle, wie sich etwas in meinem Leib bewegt. Was kann das sein?«

»Es ist ein Kind. Du hast es empfangen, als dir das Wasser über deinen Leib rann. Auch ich spüre die Bewegung eines Kindes in mir. Und ich habe es von dem Mann empfangen, der das Sonnengestirn trägt.«

Bald darauf hörte man die Stimme dessen, der das Sonnengestirn trägt, und die Stimme des Wasserversprühers, und nachdem die Götter viermal einen Gruß gerufen hatten, zeigten sie sich den beiden Frauen. Sie waren gekommen, um ihnen bei der Geburt beizustehen. Eine Frau bekam ein Stück Regenbogen, die andere ein Stück Seil aus Sonnenstrahlen. Daran hielten sie sich fest, als die Wehen einsetzten, so wie auch noch heute die Navajo-Frauen, wenn sie gebären, an einem Stück Seil zerren. Das Kind der Frau der Veränderungen wurde zuerst geboren. Deshalb war es der ältere Bruder des Jungen, den die Weiße Muschelfrau zur Welt brachte. Als die Götter sich von den Frauen verabschiedeten, hatten die Kinder die Größe von zwölfjährigen Knaben, und sie nahmen rasch weiter an Größe und Stärke zu. Eines Abends fragten die Jungen die Frauen, wer ihre Väter seien.

»Ihr habt keine Väter«, war die Antwort, »die Muschelfrau und ich haben keine Ehemänner.«

»Wer sind unsere Väter?« fragten die Zwillinge.

»Nun, der Kaktus ist euer Vater.«

»Das glauben wir nicht«, sagten die Zwillinge.

Am nächsten Tag fertigten die Frauen Spielzeugbogen für die beiden an und sprachen: »Nun geht und spielt. Aber lauft nicht zu weit von der Hütte weg. Und geht vor allem nicht nach Osten.«

Natürlich waren die Jungen neugierig und liefen trotz des Verbots gleich am ersten Tag in östlicher Richtung. Als sie lange Zeit gelaufen waren, sahen sie ein Tier mit bräunlichem Fell und einer spitzen Nase. Sie legten ihre Bogen auf das Tier an, aber ehe sie abschießen konnten, war es schon verschwunden. Als sie heimkamen, erzählten sie den Frauen, was sie gesehen hatten, und diese sagten zu ihnen: »Das war der Kojote. Er spioniert für das Teelget-Monster.«

Am darauffolgenden Tag wanderten die Jungen weit nach Süden, und dort sahen sie einen großen schwarzen Vogel auf einem Baum sitzen. Wieder legten sie mit ihren Pfeilen auf ihn an. Aber der Vogel breitete seine Flügel aus und flog davon. Die Jungen kehrten in ihren Hogan zurück und sprachen zu den Frauen: »Ihr Mütter, wir sind heute nach Süden gegangen. Da haben wir einen schwarzen Vogel getroffen. Aber ehe wir unsere Pfeile abschießen konnten, flog er davon.«

»Das war der Rabe. Er spioniert für das geflügelte Ungeheuer, das Menschen verschlingt.«

Am dritten Tag schlichen die Jungen wieder fort. Diesmal gingen sie nach Westen. Dort sahen sie einen dunklen Vogel mit einem rosa Kopf, auf dem keine Federn wuchsen. Auch ihn versuchten sie zu erlegen, aber auch er konnte entkommen. Und als sie daheim ihre Mütter fragten, hörten sie, daß dies der Bussard gewesen sei, der Kundschafter jenes Ungeheuers, das die Menschen von den Klippen wirft.

Am nächsten Tag sahen sie die Elster. Sie spionierte für das Monster, das die Menschen mit einem Blick tötet. Und als sie davon ihren Müttern berichteten, sagten diese: »Ach Kinder, was sollen wir nur tun, wenn ihr euch ständig in solche Gefahr begebt? Warum hört ihr nicht darauf, was wir euch sagen? Die Kundschafter all der Ungeheuer, die in den verschiedenen Himmelsrichtungen wohnen, haben euch jetzt gesehen. Sie werden ihren Herren und Meistern davon berichten, und bald werden die Ungeheuer da sein und euch verschlingen, wie sie schon so viele Wesen verschlungen haben.«

Während ich nachts von den Zwillingen träumte und tagsüber Bethke-Übersetzungen und den *Alexanderplatz* verkaufte, passierte noch so manches andere auf der Welt. Die Nazis kamen an die Macht. Ob du mir es glaubst oder nicht, ich selbst habe von der »Machtübernahme« erst viel später erfahren oder ihre Rekonstruktion in Büchern nachgelesen. Damals habe ich das aktuelle Geschehen gar nicht wahrgenommen.

Am 28. Januar 1933 findet ein Gespräch zwischen Hitler und von Papen statt. Die Nationalsozialisten, durch einen Wahlerfolg in Lippe-Detmold ermutigt, verlangen nun für Adolf Hitler das Kanzleramt, für Frick das Innenministerium und für Göring das Amt des preußischen Innenministers. Die nächsten beiden Tage vergehen mit hektischen Verhandlungen. Bei den Vertretern der bürgerlichen Parteien verstärkt sich die Überzeugung, man könne durch Übernahme von Ministerien in einer Regierung unter einem Reichskanzler Hitler die Nazis »einrahmen«, also unter Kontrolle halten. Unterdessen hofft man in der Umgebung des Reichspräsidenten, die Reichswehr werde putschen und Hindenburg in Schutzhaft nehmen. In einem vertraulichen Gespräch aber sind General Schleicher und der Chef der Heeresleitung, General Hammerstein, zu dem Ergebnis gekommen, daß ein Putsch gegen Hitler und den populären Hindenburg undenkbar sei.

Weißt du noch, Barbara, wie wir uns kennengelernt haben? Ich wußte, daß du mit deiner Mutter und zu Anfang noch mit deinem Vater einen Stock über uns wohntest. Wir waren uns hin und wieder im Hausflur begegnet. Aber über ein »guten Abend«, ein »guten Morgen« und ein Kopfnicken war unsere Bekanntschaft nie hinausgekommen. Und dann bist du irgendwann mal bei uns unten erschienen, um dir Bücher für ein Referat über die Indianer auszuleihen. Daraus ist über die Jahre hin eine Freundschaft geworden. Damals, als du zum erstenmal auftauchtest, gingst du in die elfte Klasse, jetzt stehst du kurz vor dem Abitur... Mit dir haben Max und ich so einiges erlebt. Darüber könnte ich auch einen Roman schreiben. Aber warum es nicht zugeben: Ohne die Bekanntschaft mit dir wäre unser Leben in den letzten Jahren ärmer gewesen. Durch dich haben wir erlebt, was es heißt, heute jung zu sein. Durch dich hat sich für uns erwiesen, daß die Kluft zwischen den Jungen und Alten ganz und gar nicht unüberbrückbar ist.

Es hat uns leid getan, daß die Ehe deiner Eltern in die Brüche ging. Dein Vater zog aus. Deine Mutter kam ja oft erst spät aus ihrem Architekturbüro heim, und du mochtest nicht oben in der großen Wohnung allein sitzen. Du hast bald behauptet, nirgends sei es gemütlicher als bei uns. Die vielen Bücher, die Schallplatten. Du hast auch mal gesagt, als ich dich fragte, was denn anders sei bei uns unten als bei euch oben: »Hier kriege ich Antworten, wenn ich etwas frage.«

Viele deiner Fragen betrafen merkwürdigerweise die Vergangenheit. Ich sage »merkwürdigerweise«, weil man häufig Klagen hört, die jungen Leute interessierten sich nicht für das, was früher geschah.

Also, du jedenfalls hattest immer etwas zu fragen. Über die Nazizeit und über die Indianer. Wie merkwürdig sich das auch nebeneinander ausnimmt – so hast du gefragt: »Charlotte, was ist ein Wampum?« Und zwei Minuten später:

»Charlotte, was bringt Menschen dazu, Menschen durch Gas zu töten ... einfach umzubringen?«

Ich muß gestehen, daß ich mich gern manchmal um eine Antwort herumgedrückt hätte.

Aber man konnte dich doch nicht enttäuschen, nachdem du uns einmal das Prädikat verliehen hattest, bei uns sei es so schön, weil man uns alles fragen könne und immer eine Antwort bekomme.

Das schmeichelte selbst Max, der zuvor nur selten über das Damals sprach.

Es war aber noch etwas anderes. Du konntest eine Art von Empörung und Betroffenheit an den Tag legen, die uns oft verblüffte. Da war eine Art von Solidarität, die Max und mir gutgetan hat.

Ich sehe jetzt noch deine empört aufgerissenen Augen, als ich dir freimütig eingestand, die politischen Ereignisse hätten mich damals nicht im geringsten interessiert.

»Soll das heißen, daß du von all dem nichts mitgekriegt hast. In Berlin? Wo es doch um die Ecke herum geschah?«

Du nahmst es dir auch heraus, uns Vorwürfe zu machen. Du hast dein Erstaunen, deine Bestürzung, deinen Zorn, deine Freude, deine Begeisterung, deine Verzweiflung nie versteckt.

»Ja und nein«, habe ich an diesem Abend geantwortet. »In den Zeitungen las unsereiner die Theaterkritiken, die Berichte über Konzerte, in denen Max mitspielte, die Rezensionen über Neuerscheinungen. Gewiß, im Hinterzimmer der *Bücherstube* gab es ein Radio. Wir schalteten es meist nur an, wenn klassische Musik übertragen wurde. Aber sonst ...«

»Ihr müßt verrückt gewesen sein«, höre ich dich sagen.

Und ich antworte: »Irgendwie waren wir das auch, wenn ich ehrlich bin. Blumenthal schwärmte von Thomas Manns Reden zum Goethe-Jahr, und ich schwelgte in meiner Schöpfungsgeschichte der Navajo. Du kannst das unpolitisch nennen, realitätsfern. Heute ist das ein Vorwurf, damals war es die Norm. Jetzt, im nachhinein, kommt mir das auch unfaßbar vor. Aber es war auch schön. Schön verrückt.«

Am nächsten Morgen machten die Frauen einen Maiskuchen und legten ihn in die Asche zum Backen. Dann trat die Muschelfrau vor den Hogan, und sie sah Yeitso, das größte und gefährlichste unter allen Ungeheuern, herankommen. Sie machte rasch kehrt, und die Frauen verbargen ihre beiden Söhne in der Hütte unter Holzbündeln und Reisig. Yeitso aber kam und schaute herein, gerade als die Frauen den Maiskuchen aus der Asche holten. Er sagte: »Der Kuchen ist gewiß für mich. Wie köstlich er duftet. Du wolltest ihn mir doch schenken. Oder?«

»Nein«, sagte die Frau der Veränderungen, »der ist nicht für dein Maul bestimmt.«

»Auch recht«, sagte das Monster, »ich fresse ohnehin viel lieber kleine Jungen. Zartes Fleisch... Wo sind eure Söhne? Man hat mir gemeldet, es gäbe hier kleine Jungen. Da bin ich gekommen, um sie zu fressen.«

»Nicht bei uns. Alle kleinen Jungen sind schon in die feisten Bäuche von deinesgleichen gewandert.«

»Keine kleinen Jungen«, sagte Yeitso voller Selbstmitleid. »Und woher stammen dann alle die Spuren ums Haus?«

»Ach, diese Spuren«, sagte die Frau der Veränderungen, »diese Spuren habe ich zum Spaß selbst gemacht. Wir sind einsam. Wir haben die Spuren gemacht, um uns einzubilden, hier gäbe es Leute.«

Und dann haben wir doch öfter Radio gehört – auch die Nachrichten.

Der Morgen des 30. Januar. Die Ministerliste ist fertig, und der Reichspräsident ist bereit, sie zu unterschreiben.

Nur zwei Nationalsozialisten erhalten Ministerämter: Frick und Göring. Alle Fachressorts sind mit Vertretern der bürgerlichen Parteien besetzt. Hitler ist Kanzler, von Papen Vizekanzler. Das Motto lautet: Hitler, der Trommler, soll den Wirbel der nationalen Erneuerung schlagen und die praktische Politik den Fachleuten überlassen.

Und wieder deine Fragen, Barbara. Unermüdlich, unerbittlich, wißbegierig.

»Und wie sah es denn Max ... ich meine, dein Mann?«

»Er war noch nicht mein Mann, wenn ich das anmerken darf. Auch bei Max stand seine Musik im Mittelpunkt. Aber Max war immer ein politischer Mensch.«

»Das gab es also auch?«

»Gewiß ...«

So eine Tochter hätte ich mir gewünscht – wenn ich je eine gehabt hätte. Max wollte nie Kinder. Kinder, sagte er, machten ihn hilflos. Also war es vielleicht sogar ganz gut, daß wir selbst keine hatten.

Mitte Februar 1933 wollte Blumenthal im Grünen Salon hinter dem Verkaufsraum der *Bücherstube* mit der Orchestervereinigung, in der Max mitspielte, einen Quartettabend veranstalten.

An ein Gespräch, in dem auch Politik zur Sprache kam, erinnere ich mich recht genau. Ich hörte es gewissermaßen fragmentarisch durch die angelehnte Tür. Während ich vorn Kunden bediente, unterhielten sich in dem rückwärtigen Raum die beiden Männer.

Da war Max' erstaunte Stimme, die sagte: »Und Sie wollen tatsächlich, daß die Orchestervereinigung in vierzehn Tagen in der *Bücherstube* spielt?«

Und Blumenthal, der bei all seiner schüchternen und weltentrückten Art sehr eigensinnig und unnachgiebig sein konnte, antwortete: »Ja, warum denn nicht? Morgen gebe ich die Einladungskarten in Auftrag.«

Als ich dann dazu kam, das Gespräch weiter mit anzuhören, sprach wieder Max, etwas gedämpft, aber mit einer merkwürdig intensiven Sachlichkeit, wie immer, wenn er jemandem etwas erklärte.

»Die Situation wird sich noch weiter zuspitzen. Sie könnten gezwungen werden, die Buchhandlung zu schließen!«

Und Blumenthal: »Jetzt machen Sie aber mal ’nen Punkt.«

»Im Ernst, Blumenthal. Ich mache mir Sorgen ... um Ihr Schicksal und das von Charlotte.«

»Sie meinen, weil wir Juden sind?«

»Sie sind sich doch wohl hoffentlich darüber im klaren, daß Hitler ein rabiater Antisemit ist?«

Nun wieder Blumenthal: »Na gut und schön. Aber es gibt auch noch Leute, die anders denken in diesem Land. Ich bin davon überzeugt, daß in ein paar Monaten niemand mehr von diesem Herrn Hitler sprechen wird. Der kann ja nicht einmal richtig Deutsch.«

»Also, Blumenthal«, rief Max, »das sehe ich nun völlig anders. Hitler wird Wahlen anstreben. Zuvor wird er seine politischen Gegner ausschalten. Er wird die Mehrheit bekommen. Und dann wird der Tanz erst richtig losgehen.«

»Wer sagt Ihnen das?«

»Haben Sie mal *Mein Kampf* gelesen?«

»Diesen Schund? Nein.«

»Es steht genau drin, was er vorhat.«

»Ach, Sie sehen zu schwarz, Kolbe. Die Deutschen sind ein Kulturvolk.«

»Ihr Wort in Hindenburgs Ohr...!«

»Machen wir ein schönes Konzert. Es wird alles nicht so heiß gegessen, wie's gekocht wird.«

Es muß schon nach sechs gewesen sein, denn ich hatte die Ladentür bereits abgeschlossen. Da kamen die beiden zu mir nach vorn, offensichtlich erhitzt von ihrem Meinungsaustausch. Blumenthal wirkte ganz verstört. Am liebsten hätte ich Max deswegen ausgeschimpft. Aber das hätte vielleicht als ein Anzeichen wachsender Vertraulichkeit ausgelegt werden können, und ich war bestrebt, Distanz zu halten.

Unvermittelt fragte Max: »Darf ich Sie heute heimbringen, Fräulein Charlotte?«

»Ach, ich glaube...« setzte ich an. Ich wollte seinen Vorschlag abwehren. Aber Blumenthal ermunterte Max sofort.

»Ja, tun Sie das nur, Herr Kolbe.«

»Fräulein Charlotte, wo ist Ihr Mantel?« fragte Max, als habe er einen Polizeiauftrag, mich abzuführen. Männer sind manchmal unerhört komisch. Da ich mich ohnehin für die *Navajo Myths* bedanken wollte, ließ ich es schließlich zu, daß Max mich zur Pension Schimmelpfennig begleitete.

Draußen war Sudelwetter. Wir fuhren mit der U-Bahn. Das letzte Stück gingen wir zu Fuß. Max nahm mich unter seinen Schirm, dabei mußte ich mich bei ihm einhängen.

»Ja, was ich Ihnen noch sagen wollte, Herr Kolbe...« Mir blieb nun nichts anderes mehr übrig, als die fällige Dankesarie anzustimmen, »mit den *Mythen der Navajo* haben Sie mir wirklich eine ganz große Freude gemacht.«

»Ehrlich gestanden«, antwortete er, »mir ist das alles ein wenig zu exotisch. Aber wenn Sie eine solche Freude daran haben!«

»Es gibt heute nicht mehr viel, was noch wirklich schön ist. Man hat solch ein Verlangen nach Schönheit und Harmonie«, sagte ich.

Und nach einer Pause, weil ich Lust bekam, ihn auch einmal herauszufordern: »Meinen Sie wirklich, daß man das Buch von diesem Hitler lesen sollte? Wie heißt es doch gleich?«

»*Mein Kampf*. Gewiß sollten Sie es lesen, aber das tun Sie ja doch nicht.«

Der letzte Satz klang nicht arrogant oder bevormundend, sondern eher resigniert. Ein Rufer in der Wüste.

Aber am Abend nahm ich natürlich nicht *Mein Kampf* vor (wo hätte ich ihn auch hernehmen sollen? Blumenthal weigerte sich, das Buch zu führen). Nein, ich habe abends weitergelesen in den *Mythen der Navajo*. Über denen konnte ich vieles vergessen, was mir wüst und verwirrend vorkam in diesen Tagen.

Da erstieg die Muschelfrau die Kuppel des Hügels. Von dort sah sie viele Monster aus allen Himmelsrichtungen auf ihren Hogan zustreben. Sie machte rasch kehrt und verständigte ihre Schwester. Und die Frau der Veränderungen nahm vier farbige Reifen und warf sie in die vier Himmelsrichtungen. Sogleich erhob sich ein Sturm, und der Wind blies so heftig nach allen Seiten, daß keines der Ungeheuer dagegen ankam.

Am nächsten Morgen aber standen die Jungen vor Tagesanbruch auf und stahlen sich fort. Die Frauen vermißten sie bald, konnten aber in der Dunkelheit die Spur nicht verfolgen. Doch als es hell geworden war, erkannten sie, daß die Jungen in Richtung der *Huerfano Mesa* davongegangen waren. Mehr als acht Fußabdrücke konnten sie nicht finden. Daraus schlossen sie, daß die Jungen einen heiligen Pfad gegangen seien, also ohne Hindernisse geschwind über Regenbogen, Sonnenstrahlen und Blitze.

Bald nach Sonnenuntergang kamen die Zwillinge an eine Stelle, an der sie Rauch aus einem Loch im Boden aufsteigen sahen. Sie kletterten über eine Leiter in das Loch hinab. In einer unterirdischen Kammer wurden sie von einer alten Frau, der Spinnenfrau, willkommen geheißen.

»Wohin seid ihr unterwegs?« fragte die Alte.

»Wir haben kein bestimmtes Ziel«, erwiderten die Zwillinge. »Unser Weg führt uns hier vorbei, weil wir irgendwohin unterwegs sind.«

»Sucht ihr vielleicht euren Vater?« fragte die Spinnenfrau.

»Ach, wenn wir doch nur wüßten, wo er wohnt!«

»Es ist ein langer und gefährlicher Weg bis zum Haus des Mannes, der das Sonnengestirn trägt. Es gibt viele Hindernisse, und vielleicht wird euer Vater auch gar nicht so erfreut sein, euch zu sehen. Ich werde euch Zauberutensilien mitgeben, damit ihr die Hindernisse überwinden könnt und am Leben bleibt. Und dann will ich euch eine Zauberformel lehren. Wenn ihr sie vor euren Feinden aussprecht, wird deren Zorn und Bösartigkeit vergehen.«

Dieser Zauberspruch lautete:

Deine Füße stehen auf Blütenstaub.
Auf deinen Händen liegt Blütenstaub.
Auf deinem Kopf sei Blütenstaub.
In deinen Gedanken sei Blütenstaub.
Unser Weg ist der Weg der Schönheit,
also laß uns in Frieden ziehn.

Bald nachdem die Jungen das Haus der Spinnenfrau verlassen hatten, standen sie vor einem engen Spalt zwischen zwei Klippen. Dies war das Felsenungeheuer, das wie die Menschen dachte.

Wenn Reisende kamen, taten sich die Felsen weit auf und luden dazu ein, näherzutreten. Ließen sich die Fremden aber dazu verlocken, so schlossen sich die Felsen wie zwei Hände und zerschmetterten die Ahnungslosen. Dieses Schicksal hatte das Ungeheuer auch den Zwillingen zugedacht. Die Jungen aber waren geschickt genug, jedesmal rasch zurückzuspringen und sich so zu retten.

Viermal täuschten sie auf diese Weise das Felsenungeheuer. Und nachdem es viermal vergebens zugeschnappt war, fragte es: »Wer seid ihr beiden, und wohin wollt ihr?«

Und die Zwillinge antworteten: »Wir sind die Kinder des Mannes, der das Sonnengestirn trägt. Wir sind unterwegs zum Haus unseres Vaters.

Deine Füße stehen auf Blütenstaub.
Auf deinen Händen liegt Blütenstaub.
Auf deinem Kopf sei Blütenstaub,
in deinen Gedanken sei Blütenstaub.
Unser Weg ist der Weg der Schönheit,
also laß uns in Frieden ziehn.«

»So geht denn weiter zum Haus eures Vaters. Ich kann verstehen, daß ihr ihn finden wollt.«

Und als sie durch den Spalt gingen, schlossen die Felsen sich nicht, und sie kamen unversehrt und wohlbehalten vorüber.

Einmal in diesen Tagen stand ich vorn im Laden. Ich hörte eine Stimme aus dem Radio, fern und doch irgendwie nah. Eine Stimme, die ich fortschicken wollte und die sich nicht fortschicken ließ.

»... hat der Reichspräsident den Reichstag aufgelöst und für den 5. März Neuwahlen ausgeschrieben. Demonstrationen und Versammlungen der KPD unter freiem Himmel sind mit sofortiger Wirkung verboten.«

Also haben wir vielleicht doch nicht nur feinsinnige Vorträge und Konzerte klassischer Musik gehört. Ich weiß noch, wie Blumenthal sagte: »Wahlen und abermals Wahlen ... und was wird dabei herauskommen? Nüscht. Stellen Sie das Radio ab, Fräulein Charlotte.«

Die Zwillinge liefen weiter, bis sie zu einer weiten Ebene kamen, die mit Binsengras bedeckt war. Die Binsen hatten Halme so scharf wie Messer und versperrten ihnen den Weg. Doch als die Zwillinge ihren Zauberspruch sagten, konnten sie ungehindert passieren. Schließlich erreichten sie den Landstrich der gefährlichen Kakteen. Diese Kakteen hatten Füße, mit denen sie auf Wanderer zuliefen, um sie dann erbarmungslos aufzuspießen. Doch die Zwillinge blieben verschont. Nachdem sie Auskunft über ihr Ziel gegeben und die Zauberworte gesprochen hatten, ließen die Kakteen sie unbehelligt weiterziehen. Danach kamen die Zwillinge in das Land des sich erhebenden Sandes. Es war dies eine gewaltige Sandwüste. Der Wind wirbelte den Sand wie kochendes Wasser in einem Topf umher. Als die Jungen sich der Sandwüste näherten, tobte der Sturm besonders wild. Die Zwillinge blieben stehen und sahen erschreckt seinem Wüten zu.

»Wer seid ihr?« fragte der Sandsturm.

»Wir sind die Kinder des Mannes, der das Sonnengestirn trägt, und wir sind unterwegs zum Haus unsres Vaters.

Deine Füßen stehen auf Blütenstaub.
Auf deinen Händen liegt Blütenstaub.
Auf deinem Kopf sei Blütenstaub,
in deinen Gedanken sei Blütenstaub.
Unser Weg ist der Weg der Schönheit,
also laß uns in Frieden ziehn.«

Der Abend des Konzerts. An diesem Abend wurde mir bewußt, wozu die Nazis fähig waren. Es muß um den 15. Februar 1933 gewesen sein, jedenfalls noch vor dem Reichstagsbrand am 27. Du weiß, daß die Nationalsozialisten dann behaupteten, die Kommunisten hätten den Brand gelegt, als Signal für den Beginn eines kommunistischen Aufstandes in ganz Deutschland. Alles erstunken und erlogen. Schon damals konnte Max uns klipp und klar beweisen, daß es nur eine Partei gab, der dieser Brand des Reichstages wirklich gelegen kam: die NSDAP.

Die *Charlottenburger Bücherstube* war für ihre Veranstaltungen im sogenannten Grünen Salon hinter dem eigentlichen Buchladen berühmt. »Eine Bücherstube ist eben mehr als bloß eine Buchhandlung«, pflegte Blumen thal stolz zu sagen. Es gab Ausstellungen mit Graphiken von Käthe Kollwitz, Picasso und Vlaminck zum Beispiel. Und natürlich Lesungen. Arnold Zweig las seine *Novellen für Claudia*. Martin Buber, Kurt Tucholsky und René Schickele wurden in der Bücherstube vorgestellt. Konzerte waren seltener. Ich erinnere mich an einen Jazzabend, gleich nachdem ich bei Blumenthal angefangen hatte, und an einen Abend mit Liedern junger Komponisten aus dem Kreis um Arnold Schönberg. Und dann lud Blumenthal das Quartett der Orchestervereinigung ein.

Zwei oder drei Tage vor diesem Abend schenkte mir Max eine Karte für die Philharmonie. Nach dem Konzert führte er mich in eine Weinstube an der Nikolaikirche aus und machte mir auf seine unbeholfene Art einen Heiratsantrag. Es war merkwürdig. Damals gab es, wie gesagt, eine ganze Anzahl von Männern, die sich um mich bemühten. Unter ihnen gab es welche, die mir gewiß näher standen als Max. Ich liebte Max nicht. Doch hätte ich in diesem Augenblick beinahe ›ja‹ gesagt. Max war ... wie soll man das erklären ... eben mehr als nur liebenswert. Er hatte etwas Verletzbares, was nicht verletzt werden durfte. Vielleicht war es auch nur die Faszination des Augenblicks. Das alte Gemäuer, Kerzen auf dem Tisch. Die Erinnerung an das Konzert, in dem er mitgespielt hatte.

Gleich darauf hatte ich mich wieder in der Gewalt.

»Laß mir etwas Zeit für die Antwort. Bitte!«

Er nickte. »Aber das muß ich noch sagen: Ich liebe dich sehr, Charlotte.«

Zuvor war von Liebe mit keinem Wort die Rede gewesen. Wir hatten von Musik gesprochen, von Büchern, von Herrn Hitler, aber nie von Liebe.

Zu unserem Musikabend in der *Bücherstube* kamen

weit mehr Gäste, als wir erwartet hatten. Tatsächlich war die Veranstaltung zu einer stillen Demonstration all jener Kunden geworden, die die Rassenpolitik der Nazis mißbilligten. Die Musiker begannen. Das Musikstück werde ich nie vergessen. Es war Beethovens Streichquartett. Opus 127.

Ich hörte das Quartett einsetzen, mit diesem Auftakt, der einen aus dieser Welt in eine andere reißt.

Zu Beginn des Konzerts stand ich an der Ladentür, um Zuspätkommende abzufangen. Auch während der Pause betrat ich den Grünen Salon nicht. Ich wollte Max nicht in die Augen blicken. Es bedrückte mich, daß ich ihm noch eine Antwort schuldig war.

Der zweite Teil des Konzerts begann mit einem Stück von Bartók.

Ich hatte die Tür zur Straße abgeschlossen, weil ich nun keinen mehr hereinlassen wollte. Es mußten ohnehin bereits einige Leute stehen. Jetzt lehnte ich an der Tür zum Grünen Salon, den Kopf gesenkt, die Augen geschlossen, und versuchte, das Instrument von Max herauszuhören. Als es an der Ladentür klopfte, reagierte ich zunächst nicht.

Jemand sagte draußen: »Aufmachen! Aber 'n bißchen dalli. Na, wird's bald.«

Ich ging zur Tür, preßte mein Gesicht an die Glasscheibe.

Draußen drängte sich eine Gruppe SA-Leute. Darunter war auch ein bekanntes Gesicht: der Kerl, der den Chamberlain hatte haben wollen.

Ehe ich aufzuschließen konnte, wurde die Tür eingetreten. Die SA stürmte durch die *Bücherstube* in den Grünen Salon.

»Ziemlich viel rote Farbe hier in der Bude... Platz da!« brüllte ein SA-Mann.

»Was erlauben Sie sich!«

»Heil Hitler!«

Drinnen im Grünen Salon kreischte jemand hysterisch: »Hilfe! Das ist ja unerhört!«

Ich hörte Blumenthal protestieren: »Was fällt Ihnen ein?«

»Schnauze. Kusch, Jud. Da, seht sie euch an. Alle vom Stamme Levi. Heil Hitler, die Herrschaften. Na, wird man hier gar nicht begrüßt? Is wohl bei Juden nicht üblich?«

Drinnen sagte jemand zaghaft: »Heil Hitler.«

»Lauter. Ick hör schlecht!«

Dann Blumenthals Stimme, mit einer Entschiedenheit, die auch mir Mut machte: »Sie verlassen sofort meine Räume. Das ist eine geschlossene Veranstaltung. Sie haben hier nichts zu suchen.«

Und darauf der SA-Mann: »Ich warte immer noch auf einen ordentlichen Gruß, ihr verdammtes Judenpack. Soso, Musik wird hier gemacht ... Katzenmusik. Das hört jetzt auf. SA-Sturm, ein Lied!«

Und dann singen sie, wobei in meiner Erinnerung die Stimmen des SA-Sturms in das Gegröle einer späteren Sportpalastveranstaltung übergehen.

»Unsere Fahne flattert uns voran,
in die Zukunft ziehn wir Mann für Mann.
Wir marschieren für Hitler durch Nacht und durch
Not
mit der Fahne der Jugend für Freiheit und Brot...«

Max brachte mich nach Hause. Diesmal war ich ihm dankbar dafür. Ich warf mich aufs Bett und weinte haltlos. Max saß ruhig auf der Bettkante. Von Zeit zu Zeit fuhr er mir mit der Hand übers Haar, aber ich konnte mich nicht beruhigen. Da sah er das Buch liegen. Er nahm es und fing einfach an vorzulesen.

Das Haus des Sonnenmannes bestand aus Türkisen. Es war rechteckig wie ein Pueblohaus. Als die beiden Jungen eintraten, sahen sie im Westen eine Frau, im Süden zwei junge Männer und im Norden zwei schöne junge Frauen sitzen. Die Frauen warfen den Jungen einen raschen Blick zu und schauten dann weg. Die beiden Jungen sahen genauer hin. Ohne ein Wort zu sagen, standen die beiden Frauen auf, wickelten die Jungen in vier Tücher aus Wolken und legten dieses Gebinde in ein Regal. Dort lagen sie eine ganze Zeit, bis die Rassel über der Tür sich zu bewegen begann und eine junge Frau sagte: »Unser Vater kommt!«

Die Rassel bewegte sich viermal, und kaum war der vierte Laut verklungen, betrat der Sonnenmann das Haus. Er nahm das Sonnengestirn von seinem Rücken und hängte es an einem Haken auf, wo es sich einige Zeit noch bewegte. Dabei machte es tla, tla-tla, tla, bis es endlich ganz ruhig hing. Der Sonnenmann wandte sich mit zorniger Stimme an die Frauen und sagte: »Wer sind die beiden Wesen, die heute hier angekommen sind?«

Die Frauen gaben keine Antwort. Die beiden Jungen in den Gebinden wagten vor Furcht nicht einmal zu atmen. Viermal wiederholte der Träger des Sonnengestirns die Frage, ehe eine der Frauen sagte: »Es wäre gut, wenn du nicht soviel schwatzen würdest. Zwei Jungen kamen, die suchten ihren Vater. Wenn du auf Reisen gehst und dann heimkommst, erzählst du mir immer, du hättest keine Menschenseele getroffen und in deinem Leben gäbe es keine Frau außer mir. Wie erklärst du dir dann, daß diese beiden Jungen behaupten, deine Söhne zu sein?«

Sie deutete auf die beiden Gebinde, die in dem Regal lagen. Der Mann, der das Sonnengestirn trug, nahm die Bündel und öffnete sie. Erst nahm er die Decke der Morgendämmerung fort. Dann die Decke aus Gewebe vom Abendhimmel und schließlich die Decke aus gelbem Licht und die Decke aus Dunkelheit. Da purzelten die Zwillinge auf den Boden. Er aber ergriff sie und warf sie auf die hohen spitzen Stäbe aus weißen Muscheln, die im Osten standen, aber die Jungen prallten ab, denn sie hatten dabei ihre Lebensfeder fest umklammert gehalten. Darauf warf der Sonnenmann sie auf die spitzen Stäbe aus Türkis im Süden und danach auf alle spitzen Stäbe in den verschiedenden Himmelsrichtungen, und immer blieben sie unverletzt.

Da sprach er: »Ich wünschte, es wäre wirklich so, daß sie meine Kinder sind! Solche Söhne wären mir recht.«

Und zu seinen älteren Kindern, die bei ihm lebten, sagte er:

»Geht und bereitet das Schwitzhaus. Erhitzt vier der härtesten Steine, die ihr finden könnt. Erhitzt einen weißen, einen blauen, einen gelben und einen schwarzen Stein.«

Aber die Winde hörten seine Worte und wußten, daß er im Sinn hatte, die Zwillinge zu töten. Also trafen sie Vorkehrungen, den Plan des Sonnenmannes zu durchkreuzen. Das Schwitzhaus stand an einem Ufer. Der Wind grub ein Loch in die Uferböschung und legte einen flachen Stein darauf. Dann flüsterte er den Jungen ins Ohr, was er sich ausgedacht hatte. Die Jungen wurden in das Schwitzhaus geführt. Die großen heißen Steine wurden hereingerollt, und auf die Öffnung oben im Dach legte man vier Decken aus Wolken.

Dann rief der Sonnenmann: »Ist euch etwa heiß?« Und sie antworteten: »Ja, sehr heiß.« Dabei krochen sie aber in das Loch, das der Wind gebohrt hatte, und versteckten sich dort. Nach einer Weile kam der Träger des Sonnengestirns wieder und goß Wasser durch das Loch im Dach der Schwitzhütte herab auf die Steine. Sie barsten unter lautem Getöse, und es erhob sich viel Dampf und eine große Hitze.

Mit der Zeit aber kühlte sich der Innenraum der Schwitzhütte wieder ab. Der Sonnenmann kam wieder. Er fragte: »Ist es sehr heiß?« Er erwartete keine Antwort, denn er glaubte, die Zwillinge wären erstickt. Sie aber erwiderten: »Ja, sehr heiß.« Da nahm er die Abdeckung des Schwitzhauses fort und ließ die Jungen herauskommen. Er grüßte freundlich und sprach: »Ja, ihr seid meine Kinder!« Aber ganz sicher war er immer noch nicht und sann deswegen auf eine weitere Möglichkeit, sie zu prüfen.

Vier Wolkendecken wurden auf dem Boden ausgebreitet, eine über der anderen, und die vier jungen Leute wurden angewiesen, sich hintereinander auf die Decken zu setzen und nach Osten zu blicken.

»Nun, Töchter, sorgt dafür, daß die beiden Jungen aussehen wie meine übrigen Söhne«, befahl der Sonnenmann. Die jungen Frauen gingen zu den Fremden, zogen ihnen die Haare lang und veränderten deren Gesichter in einer Weise, daß sie wie ihre Brüder aussahen. Dann bat der Sonnenmann seine Kinder aufzustehen und mit ins Haus zu kommen. Sie gehorchten und gingen einer hinter dem anderen dorthin, die Zwillinge aber gingen als letzte. Als sie gerade durch die Tür eintreten wollten, hörten sie, wie ihnen jemand zuflüsterte: »Psst, schaut auf den Boden.«

Sie blickten zur Erde und sahen eine Raupe, die etwas Blaues auf den Boden spie. »Nehmt etwas davon«, flüsterte der Wind, »steckt es in den Mund, aber schluckt es nicht hinunter. Der Sonnenmann will euch auf die Probe stellen, indem er euch etwas rauchen läßt.«

Als sie nun im Haus waren, nahm der Träger des Sonnengestirns zwei Pfeifen aus Türkis von der Ostwand und füllte sie mit Tabak.

»Dies ist Tabak, der euch töten soll«, flüsterte der Wind den Jungen zu.

Der Sonnenträger brachte die Pfeifen in die Nähe des Himmelgestirns und zündete sie dort an. Dann gab er sie den Jungen. Sie rauchten immer abwechselnd, bis aller Tabak verbrannt war. Dann gaben sie dem Träger des Sonnengestirns die Pfeifen zurück und sagten, der Rauch habe süß geschmeckt.

Als nun der Sonnenmann sah, daß ihnen der Tabak nicht geschadet hatte, war er zufrieden und sagte: »Wirklich, ihr seid meine Kinder. Was wünscht ihr euch von mir? Warum habt ihr mich aufgesucht?«

An dieser Stelle hörte Max auf vorzulesen, weil er meinte, ich sei inzwischen eingeschlafen.

Nein, ich war hellwach, und während er las, hörte ich wie als Hintergrund noch einmal die Musik von Beethovens Opus 127.

»Bitte, lies weiter, Max«, sagte ich in die Dunkelheit hinein. Dann rückte die Musik ganz laut und dramatisch in den Vordergrund, als müsse sie sich gegenüber der Stimme, die die Geschichte las, behaupten und durchsetzen. Ich mußte mich sehr anstrengen, um zu verstehen, was Max sagte:

Die Zwillinge erwiderten: »Vater, das Land, in dem wir wohnen, ist voller Ungeheuer, die sämtliche Lebewesen verschlingen. Sie haben schon fast alle unserer Art aufgefressen. Nur noch wenige sind übrig. Auch uns haben sie nach dem Leben getrachtet, aber wir sind ihnen entkommen. Gib uns bitte Waffen, mit denen wir unsere Feinde besiegen können. Hilf uns, sie zu überwinden.«

Von einem Haken an der Wand des Zimmers nahm der Träger des Sonnengestirns einen Hut, ein Hemd, Beinkleider, Mokassins – alles aus Feuerstein. Dazu einen Bogen aus Blitzstrahlen, Regenbogenpfeile und ein großes Steinmesser. »Dies alles schenke ich euch«, sagte er zu den Zwillingen, und die Jungen legten die Kleider aus Feuerstein an und waren nun genauso gekleidet wie ihre Brüder im Haus des Himmels.

Am nächsten Morgen führte sie der Mann, der das Sonnengestirn trägt, an den Rand der Welt, wo Himmel und Erde nahe zusammenkommen und wo jenseits davon das Nichts beginnt. Sechzehn Stäbe oder Stangen ragten von der Erde auf und lehnten am Himmel. Vier davon waren aus weißer Muschel, vier aus Türkis, vier aus Salz und vier aus rotem Stein. Und der Sonnenmann fragte: »An welcher Stange wollt ihr nun hinunterrutschen?«

Der Wind flüsterte den Jungen zu, die roten Stäbe führten in den Kampf, die anderen aber in die Bequemlichkeit. Da sagten die Jungen, sie wollten an den roten Stangen hinunterrutschen, denn sie wüßten ja, daß sie gegen die Ungeheuer ins Feld ziehen müßten.

»Die Antwort gefällt mir«, sagte der Sonnenmann. »Aber ehe ich euch gehen lasse, zeigt mir doch erst einmal, wohin ihr in der Welt dort unten gehört?«

Die Jungen blickten hinab. Sie konnten nicht alles erkennen, weil das Land ihnen ganz flach erschien. Aber dann sahen sie, daß die dunkleren Stellen bewaldete Gebirge waren. Die Seen glommen wie Sterne und die Flüsse wie Blitzstrahlen. Der ältere Zwilling sagte: »Ich finde mich nicht zurecht. Ich kann nicht ausmachen, wo unsere Heimat ist.« Dem jüngeren Bruder kam der Wind zu Hilfe und zeigte ihm, wo die heiligen Gebirge liegen und welches die großen Flüsse sind, und der Jüngere deutete hinab und rief: »Ja doch, dort liegt das Männliche Wasser, der San Juan River, und dort das Weibliche Wasser, der Rio Grande. Und dazwischen sind wir zu Hause.«

»Ganz recht, meine Kinder«, sagte der Sonnenmann, »das ist euer Land.« Und dann legte er einen Blitzstrahl aus und ließ seine Kinder sich daraufstellen und schoß sie hinab auf die Erde.

Als er bis zu dieser Stelle gekommen war, fragte Max wieder: »Charlotte, bist du eingeschlafen?«

»Nein«, gab ich leise zur Antwort. »Ich danke dir.«

Er stand auf, beugte sich noch einmal über mich und küßte mich.

Das war das erste Mal, daß er mir einen Kuß gab.

Als ich am nächsten Tag ins Geschäft kam, sah ich, daß die SA einen Zettel auf die Schaufensterscheibe geklebt hatte. *Deutsche, wehrt euch, kauft nicht bei Juden.* Nun, Zettel kann man abreißen. Und zu dieser Zeit kamen auch noch Deutsche in eine Buchhandlung, die einem Juden gehörte. Wir mußten eine neue Tür einsetzen lassen. Ein paar Tage später brannte dann der Reichstag. Von da an hörte sogar Hirsch Blumenthal regelmäßig Nachrichten.

»...hat der Reichspräsident eine Verordnung zum Schutze des Staates erlassen, mit dem gewisse Grundrechte außer Kraft gesetzt werden. Außerdem wird verfügt, daß bei Widerstand gegen die staatliche Ordnung die Todesstrafe verhängt werden kann.«

Ein Gespräch im Grünen Salon fällt mir ein, bei dem Max geradezu rabiat wurde.

»Aber natürlich sind Sie gefährdet, Blumenthal«, rief Max aus, »und Sie auch, Charlotte. Wenn die SA das nächste Mal hier erscheint, dann wird sie sich nicht damit begnügen, uns den Hitler-Gruß abzuverlangen oder, wie es neuerdings heißt, den deutschen Gruß. Sie wird dafür sorgen, daß kein Kunde mehr die *Bücherstube* betritt.«

»Halten Sie so etwas wirklich für denkbar, Max?« fragte Blumenthal und runzelte mißbilligend die Stirn. »Nein, wenn sie erst einmal mit den Kommunisten abgerechnet haben, wird wieder Ruhe und Ordnung eintreten. Wir Deutsche sind ein ordnungsliebendes Volk, Max. Ich habe wegen neulich natürlich Anzeige erstattet, und die Anzeige ist von der Polizei auch entgegengenommen worden.«

»Nun, dann lesen Sie mal das hier ... noch ist es geheim.«

Blumenthal wehrte angeekelt ab, als Max ihm ein Papier hinhielt. Aber Max war nicht bereit, ihm das zu ersparen. Da Blumenthal sich weigerte, las er selbst laut vor:

»In jeder Ortsgruppe und Organisationsgliederung der NSDAP sind sofort Aktionskomitees zur praktischen planmäßigen Durchführung des Boykotts jüdischer Geschäfte, jüdischer Waren, jüdischer Ärzte und jüdischer Rechtsanwälte zu bilden.«

»Wo haben Sie das her?«

»Ich habe so meine Beziehungen.«

»Und was raten Sie mir? Was soll ich unternehmen?« Blumenthals Stimme klang jetzt besorgt.

»Verkaufen Sie Ihr Geschäft. Gehen Sie nach England, nach Amerika oder nach Palästina.«

»Ich bin kein Zionist. Ich kann nicht Hebräisch«, stieß Blumenthal aufgeregt hervor, und leiser sagte er: »Mein Englisch ... na ja, das reicht gerade für einen Geschäftsbrief.«

»Dann sollten Sie schleunigst mit dem Lernen anfangen.«

Hirsch sah Max mit großen Augen an. »Aber ich bin ein Deutscher. Ich liebe dieses Land. Ich liebe seine Sprache. Ich liebe die deutsche Literatur. Goethe, *Dichtung und Wahrheit*, Heine, *Das Buch der Lieder*. Hölderlin:

Reif sind in Feuer getaucht, gekochet
Die Früchte und auf der Erde geprüfet
und ein Gesetz ist,
daß alles hineingeht, Schlangen gleich
Prophetisch träumend
auf den Hügeln des Himmels.«

»Das wird Ihnen nichts nützen«, sagte Max, »Sie haben es mit Barbaren zu tun, wenn nicht sogar mit Schlimmeren.« Auch er sprach mit einer für ihn ungewöhnlichen Leidenschaftlichkeit. »Immer wieder«, fuhr er fort, »predige ich allen und jedem, sie sollten *Mein Kampf* lesen. Ich komme mir damit schon komisch vor. Da steht doch alles drin, was wir von Hitler zu erwarten haben. Zum Beispiel dieser Satz: ›Bei dem Kampf um die Macht, der vom Blut eingegeben ist, darf sich das rassebewußte Volk jedes Mittels bedienen...‹ Langt Ihnen das, Blumenthal? Oder glauben Sie immer noch, daß dieser Spuk bald vorüber sein wird?«

Ende März dann rief Max vormittags aus einer Probe in der *Bücherstube* an. Das hatte er noch nie zuvor getan. Er war sehr erregt. Er fragte, ob ich schon in die Zeitung geschaut hätte. Die Wahlergebnisse fänden sich gleich auf der ersten Seite. Er zitierte, ohne dabei die Stimme zu heben oder zu senken:

»›Bei einer ungewöhnlich hohen Wahlbeteilung von 89 Prozent errang die NSDAP mit 43,9 Prozent einen überragenden Sieg. Die meisten Jungwähler gaben ihre Stimme dieser Partei. Die Sozialdemokraten gingen von 20,7 Prozent auf 18,2 Prozent, die Kommunisten von 26,9 auf 12,2 Prozent zurück. Zusammen mit den Deutschnationalen verfügt die amtierende Reichsregierung unter Reichskanzler Adolf Hitler über eine Mehrheit von 52 Prozent.‹«

»Ja und?« fragte ich ihn. »Was soll das?«

»Ich muß dich sofort sprechen. Aber nicht am Telefon.«

Wir verabredeten uns in einem Café.

»Nun also, Max, was gibt es so Dringliches?« fragte

ich leicht belustigt, als der Kellner unsere Bestellung entgegengenommen hatte.

»Wirst du mich heiraten?«

»Max, ich habe dir doch gesagt...«

»Du hast gesagt, du brauchtest etwas Zeit. Das habe ich begriffen. Aber jetzt ist keine Zeit mehr.«

»Wieso?«

»Hast du nicht begriffen, was ich dir aus der Zeitung vorgelesen habe?« fragte er gereizt.

»Doch, aber...«

Der Kellner war wieder da.

»Zwei Kaffee für die Herrschaften, bitte sehr. Und dazu ein Glas Wasser für die Dame.«

Max wartete, bis der Kellner wieder außer Hörweite war. Dann sagte er flüsternd, und es war mir, als zischele da eine Schlange:

»Hitler hat sein Ermächtigungsgesetz im Reichstag durchgebracht. Was heißt ›durchgebracht‹. Sie haben es ihm nachgeworfen. Mit 441 gegen 91 Stimmen. Nur die Sozialdemokraten haben dagegen gestimmt.«

»Oh, Max, immer diese leidige Politik.«

»Ja«, sagte er erbittert, »keine Indianer.«

Ich begriff die ganze Aufregung nicht.

»Warum regst du dich denn so auf? Blumenthal meint, alles wird rasch vorbeigehen. Mein Vater meint das auch...«

»Deinen Vater kenne ich nicht, aber Blumenthal hat von solchen Dingen keine Ahnung und will auch keine haben. Charlotte, du mußt mich heiraten.«

Jetzt amüsierte mich sein Eifer.

»Max, entschuldige, aber du bist unmöglich.«

»Von mir aus. Nur gib mir jetzt eine Antwort.«

»Und warum, bitte, muß ich dich heiraten?«

»Weil du Jüdin bist und ich Arier. Die Heirat wird dich schützen.«

»Aber Max!«

»Deine Antwort«, drängte er.

Es gefiel mir nicht, daß er mich derart unter Druck setzte.

»Also gut«, sagte ich eigensinnig. »Hier hast du meine Antwort. Sie lautet nein.«

In der U-Bahn, allein, hatte ich Zeit, noch einmal über alles nachzudenken.

Gewiß, ich mochte Max. Wir waren uns nähergekommen in diesen Wochen. Ich mochte seine Intensität, die gediegene Handwerklichkeit, mit der er musizierte. Ich mochte die Art, wie er auf mich einging. Ich mochte seine Empörung über die braunen Herren.

Aber war das hinreichend, um einen Mann zu heiraten? Und mich beschützen lassen – nein, das wollte ich erst recht nicht.

Ich war in Berlin recht selbständig geworden. Meine Selbständigkeit gefiel mir.

Ich hatte vor, sie zu verteidigen, was immer da kommen mochte.

Zuerst einmal kam Blumenthal.

Wenn er mich zum Tee bat und dabei eine neue Sorte auffuhr, führte er bestimmt etwas im Schilde. Als wir uns im Grünen Salon gegenübersaßen, erwartete ich schon etwas belustigt, daß er mir ins Gewissen reden würde. Ich fragte mich, wie er anfangen würde und dachte mir eine Strategie aus, um seiner Predigt zu begegnen.

»Ist dieser Tee nicht vorzüglich, Charlotte«, begann er, ganz Ästhet, der er ja auch war. »Er kommt aus Rußland, aus dem Kaukasus. *Schamil, Prophet, Feldherr.*« Es mußte ein Buchtitel sein, auf den das anspielte, aber ich kannte ihn nicht. »Dieser leichte Rauchgeschmack ... eine Mixtur aus Wildheit und der Exotik von Tausendundeiner Nacht. – Nun, Charlotte, ich habe da etwas gefunden, was Sie gewiß interessieren wird. Einen kleinen Band mit indianischen Ritualen. Inspiriert übersetzt, wie ich meine. Der langen Rede kurzer Sinn: Ich wollte Ihnen dieses Büchlein schenken. Es gab soviel Aufregung in letzter Zeit. Soviel Häßliches, und dies hier hat Schönheit!«

Er reichte mir den Band, und ich blätterte darin. Es war ein Essay über Sandmalereien, die der Verfasser als eine Art von Mandala betrachtete.

»Oh, das ist wirklich ein Fund, Herr Blumenthal«, sagte ich. »Recht herzlichen Dank. Ich freue mich sehr, aber was war es, das Sie mit mir besprechen wollen?«

»Tja, in der Tat, da ist etwas ... wie fange ich es nur an. Sie sehen mich etwas verlegen.«

»Betrifft es etwa Max?«

»Sie sagen es. Schauen Sie, mein Kind, Sie machen da einen Fehler ...«

Ich ließ ihn nicht einmal ausreden. Ich fuhr ihm sofort in die Parade. Später war ich selbst erstaunt, wie ich mit ihm umgesprungen bin. Ich sagte zu ihm: »Ich habe bereits eine Entscheidung getroffen. Ich habe mir das gut überlegt. Ich bin eine selbständige Person, Herr Blumenthal.«

»Ja, ich weiß«, sagte er, und es war, als bitte er mit seiner ganzen Körperhaltung um Entschuldigung, daß es ihn überhaupt gab, »eine höchst selbständige Person.«

Meine Gedanken springen in eine andere Zeit. An einen Abend vor zwei Monaten, kurz vor meiner Abreise in die Staaten. Daß du dich um Max kümmern würdest, war längst abgesprochen. Wie zumeist ging Max an diesem Abend ins Konzert. Eine gute Gelegenheit, mal mit dir über Max' Schwierigkeiten zu sprechen.

»Wenn er nicht schlafen kann, kochst du ihm am besten einen Kamillentee. Mit der Schlaflosigkeit wird es bei ihm in letzter Zeit immer schlimmer. Es hängt damit zusammen, daß er schlecht hört«, erklärte ich dir. »Er befürchtet, ganz taub zu werden. Und ein Leben ohne Musik kann er sich nicht vorstellen.« Es waren mir doch wieder Zweifel gekommen, ob ich es verantworten könne, dir die Fürsorge für Max aufzuladen. Es ist Max' Vorschlag gewesen, daß du ab und zu nach ihm sehen könntest, solange ich nicht da wäre. »Gut und schön, aber Barbara hat selbst genug um die Ohren«, hatte ich eingewandt. »Ich bin sicher, wir beide kämen miteinander gut zurecht, meine Liebe«, hat Max gesagt.

Dann unsere Unterhaltung an diesem Abend:

»Wie wird denn das mit Alex und dir weitergehen?«

»Das wird man sehen. Ich laß Alex nicht hängen. Gut, er sitzt jetzt. Ich hoffe, sie machen ihn nicht zu sehr fertig im Knast. Wenn ich so höre, was da alles läuft – das kann einen Menschen schon verändern. Gut, die ganze Geschichte war blöd...«

»Unreif«, sagte ich.

»Verrückt«, beharrtest du.

»Das Wort hat für euch wohl eine andere Bedeutung als für mich«, sagte ich.

»Das Urteil hätte auch ganz anders ausfallen können. Mir hätte das auch passieren können.« Sie kniff die Augen zusammen, überlegte und schüttelte dann den Kopf. »Nein, das hätte ich nicht gebracht. Da hätte ich viel zuviel Schiß gehabt. Aber er ist ja nun nicht plötzlich ein anderer Mensch. Oder?«

»Liebst du ihn noch?«

»Ich glaub schon«, hast du gesagt, und dann hast du gefragt: »Du magst ihn nicht, Charlotte ... nicht wahr?«

»Ich bin nicht gerade begeistert von ihm. Ja, ich würde mir für ein Mädchen wie dich einen anderen Freund wünschen. Aber das ist deine Sache. Da kann man einem anderen nicht reinreden. Ich habe mich nur manchmal gefragt, was dir an ihm gefällt? Aber eigentlich geht mich auch das nichts an.«

»Laß nur«, sagtest du, die Frage könntest du mir schon beantworten. Alex sei einfach herrlich verrückt – oder, wenn ich dieses Wort nicht verstünde, dann eben phantasievoll. Er getraue sich Dinge, die du dich nie getrauen würdest.

»Siehst du ihn nicht ein bißchen zu romantisch?« habe ich vorsichtig gefragt.

»Nimm doch mal ein anderes Beispiel«, hast du gesagt, geradezu behutsam, »du hast dein ganzes Leben lang deinen Traum von den Indianern nicht aufgegeben. Für mich ist Alex ein Indianer. Ein Großstadt-Indianer vielleicht. Verstehst du?«

»Ich hoffe, du täuschst dich da nicht.«

»Enttäuschungen kannst du mir nicht ersparen, Charlotte«, hast du sehr entschieden gesagt, und ehe ich noch etwas antworteten konnte darauf: »So, jetzt muß ich in die Klappe. Morgen schreiben wir eine Franz-Arbeit. Tschau!«

Als ich allein war, habe ich mir noch einmal den Zeitungsbericht über das Verfahren gegen die weißen Collegeboys in Farmington vorgenommen. Der Fall liegt schon einige Jahre zurück, aber mich hat er sehr beschäftigt, und er beschäftigt mich immer noch. Ich hatte mir vorgenommen: Wenn ich in die Staaten reise, will ich unbedingt auch Farmington besuchen und die Akten dieses Prozesses einsehen. Von dort ist es nicht weit bis auf die Mesa Verde, wo die großartigsten Anasazi-Bauten liegen. Als du gegangen warst, Barbara, hatte ich eine Schallplatte aufgelegt. Dvořáks *Amerikanisches Quartett*. Dann klinkte sich der Antriebsmechanismus des Plattentellers aus. Ich merkte, daß ich die Musik eigentlich gar nicht recht wahrgenommen hatte. Auf dem Flur hörte ich schlurfende Schritte. Also ist Max zurück, dachte ich. Da steckte er auch schon den Kopf zur Tür herein und sagte: »Guten Abend, meine Liebe.«

»Ach, du bist schon da? Ich habe dich gar nicht kommen hören.«

»Ich bin schon eine ganze Weile zurück. Ich wollte euch nicht stören. Ist Barbara schon fort?«

»Vor ein paar Minuten erst. Ich hab ihr von früher erzählt. Und wie war's bei dir?«

Er wiegte den Kopf. »Der Mozart war vorzüglich. Vollkommenes Vergessen schenkend. Na, du weißt ja. Den zweiten Satz des Smetana-Quartetts, den hätte ich...«

»...etwas langsamer genommen«, sagte ich und lachte.

»In der Tat, meine Liebe. Etwas langsamer. Und wie ging's bei dir? Bist du mit deinem Brief an Beth fertig geworden?«

»Ja, und dann habe ich noch mal den Prozeßbericht

über den Vorfall in Farmington hervorgeholt. Dabei bin ich hängengeblieben. Kannst du mir erklären, was in zwei Siebzehnjährigen vorgehen mag, die darauf verfallen, einen betrunkenen Indianer gewissermaßen zum Spaß totzuschlagen, die Leichen zu verstümmeln und die Leichenteile zu vergraben? Du, das waren ganz brav aussehende, dem Gericht bereitwillig Auskunft gebende Jungen. So etwa wie dieser Heinz Sieberts aus dem Parterre, der mir manchmal, wenn ich vom Einkaufen heimkomme, die Taschen hochtragen hilft.«

Max massierte sich mit beiden Händen das Gesicht, als sei er müde.

»Du weißt doch, Charlotte«, höre ich in der Erinnerung seinen ruhigen, etwas schleppenden Tonfall, »die Banalität des Bösen. Mir will in den letzten Tagen ein Satz nicht aus dem Sinn. ›Wenn alle Wasser Tinte wären und die Äste aller Bäume Schreibfedern, könnte man doch nicht die schrecklichen Dingen beschreiben, die in Auschwitz geschehen sind. Weißt du, wer das gesagt hat?«

»Keine Ahnung, Max.«

»Einer von *deine Leut'*. Er hieß Jacob Silberberg. Sie steckten ihn in ein Sonderkommando, und er mußte bei der Liquidierung Tausender von Häftlingen mithelfen. Wie, so frage ich dich, hält es ein solcher Mensch aus, weiterzuleben? Ich finde keine Antwort, die mich befriedigt, ja, mir auch nur annähernd einleuchtet. Und doch: Jacob Silberberg lebt. Er hat überlebt. Jeden Abend wird es Nacht für ihn. – Nun, der Bartók war ein gutes Mittel dagegen. Man muß die Erinnerung in sich niederschlagen, alles vergessen. Wenigstens für Augenblicke – mit Hilfe einer Droge. Die meine heißt Musik.«

Eine Weile konnte ich gar nichts antworten. Etwas empörte mich, machte mich gereizt. Vielleicht lag es an seiner Formulierung »einer von deine Leut'«.

»Und das sagst du, der es damals kommen sah?« sagte ich.

»Ich habe nur gewarnt, nicht gekämpft. Jetzt bin ich müde und kann schlecht schlafen. Der Mensch und seine Möglichkeiten – das wird mir alles immer rätselhafter.«

»Weißt du noch, wie ich damals zu dir gesagt habe: ›Ach, immer diese leidige Politik?‹ Im Café, als ich dir einen Korb gab?«

Er lächelte. Es war kein spöttisches Lächeln. Eher ein Lächeln, das Mitgefühl ausdrückte. »Ich erinnere mich. Das hast du nicht nur einmal, das hast du oft gesagt. Ja, so warst du. Du wolltest ja damals auch nicht einsehen, warum es unbedingt notwendig war, dich zu beschützen. Du hattest einen Stolz, der mir gut gefiel. Sehr gut gefiel. Aber ich schweife ab. Wie war noch deine Frage?«

»Ich will wissen«, sagte ich, »was bringt den Menschen dazu, so etwas zu tun? Und wie läßt es sich verhindern?«

Max' Blick wurde noch etwas melancholischer, während er nachdachte, dann hob er die Schultern und sagte: »Darauf gibt es keine Antwort. Als ich heute abend den Smetana hörte, fiel mir dieser merkwürdige Satz ein, den du häufig zitierst.«

»Und der wäre?«

»Die Indianer sind noch sehr fern.«

»Ja? Was ist damit?«

»Ich glaube, ich habe endlich begriffen, was du damit meinst. Es ist mir nie aufgegangen, aber jetzt...«

»Wirklich?«

»Doch, wirklich.«

»Dann interpretier ihn mir. Für mich ist es wichtig zu wissen, wie du ihn auffaßt.«

»Nun«, höre ich Max erwidern, ehe die Szene wieder verschwimmt und versinkt, »ich lege ihn so aus: All das, was wir Umweltschädigungen nennen, sind nur Symptome eines Phänomens, nämlich der Entfremdung des Menschen von der natürlichen Welt und ihrer willentlichen Zerstörung. Und wenn diese Entfremdung fortschreitet, könnte es das Ende des Menschengeschlechts sein.«

Jetzt wieder die *Charlottenburger Bücherstube*. Ich höre das Läuten der Ladenkasse, höre mich sagen: »Neun achtzig. Und soll ich Ihnen das Buch als Geschenk einpacken?«

»Nein danke, es ist für mich selbst«, sagte der Mann, der einen Schlapphut trug und von dem ich nur wußte, daß er Professor der Physik war. Sein Tonfall war merkwürdig feierlich. »Fräulein Charlotte, ich möchte mich auch bei Ihnen noch einmal ausdrücklich bedanken. Von Herrn Blumenthal habe ich mich schon verabschiedet. Ich bin mit den Empfehlungen, die ich von Ihnen bekam, immer gut gefahren. Ich reise ins Ausland. Man hat mir die Lehrerlaubnis entzogen. Die Herren heutzutage glauben ja, es gäbe so etwas wie eine deutsche Physik. Damit kann ich leider nicht dienen.«

Er sah mir ins Gesicht, und in seinem Blick stand eine Traurigkeit, die ich jetzt häufig in Gesichtern wahrnahm.

Genau in diesem Moment rief Blumenthal: »Ach, Fräulein Charlotte, kommen Sie doch mal rasch nach hinten.«

»Ich kann jetzt nicht. Es ist Kundschaft da.«

»Wer denn?«

»Herr Kurowsky.«

»Na, den bringen Sie mal auch gleich mit. Der soll sich das auch anhören.«

Also gingen wir zusammen in den Grünen Salon.

Blumenthal stand vor dem Radioapparat und sagte: »Es ist nicht zu fassen. Und wir nehmen das einfach so hin. Ein Bericht von gestern abend.«

Der Reporter hatte sich schon ganz in Rage geredet.

»Sie imitieren alle diesen Goebbels, den kleinen Doktor«, sagte Blumenthal leise, damit wir gleichzeitig auch die Stimme im Radio hören konnten.

»...marschierten auf den weiten Platz vor der Oper und warfen ihre Fackeln auf den in der Mitte errichteten Scheiterhaufen, von dem die Flammen in wabernder Lohe emporschlugen. Von der Seite der Behrenstraße her beleuchteten riesige Scheinwerfer die Szene. Von den Wagen, die das undeutsche Schriftmaterial bis zum Opernplatz in die Nähe des Scheiterhaufens gebracht hatten, bildete sich eine lange Kette von Studenten, und von Hand zu Hand gingen die Bücher, die dann dem Feuer überantwortet wurden. Unter dem Jubel der Menge wurden um elf Uhr zwanzig die ersten der mehr als zwanzigtausend Bücher, die gestern auf diesem Scheiterhaufen als symbolischer Akt verbrannt wurden, in die Flammen geworfen.« Die Stimme des Reporters brach ab, und nun hörte man den eingeblendeten Originalton: »Gegen Dekadenz und moralischen Verfall! Für Zucht und Sitte in Familie und Staat. Ich übergebe der Flamme die Schriften von Heinrich Mann, Ernst Gläser und Erich Kästner. Gegen seelenzerfasernde Überschätzung des Trieblebens, für den Adel der menschlichen Seele! Ich übergebe der

Flamme die Schriften von Sigmund Freud. Gegen Frechheit und Anmaßung, für Achtung und Ehrfurcht vor dem unsterblichen deutschen Volksgeist! Verschlinge, Flamme, auch die Schriften der Tucholskys und Ossietzkys.«

»Was sagt ihr dazu?« fragte Blumenthal.

»Ich bin auch mit verbrannt worden«, sagte Kurowsky, »ich meine, meine Bücher. Wer Bücher verbrennt, verbrennt irgendwann auch Menschen, hat Heine mal geschrieben.«

»Nein«, rief Blumenthal, als könne er sich durch solchen Trotz selbst Mut machen, »nein, die Deutschen werden sich solch eine Barbarei nicht gefallen lassen. Bücher zu verbrennen, in einem Land, in dem es Menschen gibt, für die Bücher etwas Heiliges sind. Damit haben sich die Nazis ihr Urteil selbst gesprochen.«

»Meinen Sie?« sagte Kurowsky skeptisch.

»Deutschland wird sich auf die Dauer nicht von Barbaren regieren lassen.«

»Wie oft habe ich diesen Satz schon von Ihnen gehört«, sagte Kurowsky. »Die Barbaren waren bisher aber ganz erfolgreich. Ich jedenfalls reise heute nachmittag nach Prag. Denken Sie doch nur daran, wer allein von Ihren Kunden schon alles verhaftet worden ist. Machen Sie Ihren Laden hier dicht. Kommen Sie mit, Blumenthal, ehe es zu spät ist.«

»Nein«, sagte Blumenthal und schüttelte den Kopf, »ich bin immer noch fest davon überzeugt, daß der Spuk in drei, höchstens vier Monaten vorüber sein wird.«

»Sie machen Sie sich etwas vor«, sagte Kurowsky. »Die Nazis sitzen längst fest im Sattel, sonst würden sie eine solche Aktion nicht wagen. Als erstes haben sie die Kommunisten und Sozialdemokraten eingesperrt. Jetzt sind die Juden an der Reihe. Und glauben Sie mir, Blumenthal, es wird nicht wenige gute Deutsche geben, die da Beifall klatschen.«

Blumenthal hörte auf Kurowskys Warnung genauso wenig, wie er auf Max gehört hatte. Das war kein Optimismus bei ihm. Es war Hilflosigkeit. Blumenthal meinte, außerhalb von Deutschland nicht leben zu können, deswegen schlug er alle Warnungen in den Wind. Und Warnsignale gab es genug. Die Leute wagten es nicht mehr, zu jüdischen Ärzten zu gehen. Auf der Straße wurden täglich, ja stündlich Leute blutig geschlagen, nur weil sie jüdisch aussahen, und die Polizei griff nicht ein. Blumenthal bekam von einem Herrn des Buchhändlerverbandes den Wink, er möge doch seinen Namen arisieren lassen. Blumenthal lehnte ab. Eine Zeitlang standen zwei SA-Männer breitbeinig vor der *Bücherstube* Wache. Auf dem Schaufenster klebte ein Plakat mit der Aufschrift: *Jüdisches Geschäft! Wer hier kauft, wird fotografiert.* Blumenthal wagte es nicht mehr, den Wisch abzureißen. Vielleicht hätte das genau der Anlaß sein können, um uns zu verhaften. Es gab Gerüchte, ein Nazi habe es darauf abgesehen, die *Bücherstube* zu übernehmen. Immer weniger Kunden kamen. Im Frühjahr 1934 betraten die meisten das Geschäft schon nicht mehr durch die Ladentür von der Straße her. Sie gingen durch den Hausflur und kamen durch den Hintereingang vom Hof her, an den Mülltonnen vorbei, direkt in den Grünen Salon.

Blumenthal verkaufte fast nichts mehr. Ich las viel während der Geschäftszeit, all die großen Russen: Tolstoi, Dostojewski, Gogol, schließlich sogar den *Oblomow.* Einmal, als ich am Samstag die Tageskassen addierte, rechnete ich aus, daß Blumenthal nicht einmal soviel eingenommen hatte, um seinen eigenen Lebensunterhalt bestreiten zu können.

Am darauffolgenden Montag entschloß ich mich meinerseits, mal ein ernstes Wort mit ihm zu reden. Wahrscheinlich ahnte er, was ich mit ihm besprechen wollte.

»Gibt es einen Tee, meine Liebe?« fragte er mit einer Miene wie der Hans-Guck-in-die-Luft.

»Tee haben wir wohl noch, Herr Blumenthal.«

»Na, dann gießen Sie uns mal einen auf. Tee ist immer eine Wohltat für die Seele.«

Ich machte keine Anstalten, Teewasser aufzusetzen.

»Na«, sagte er irritiert, »was ist denn?«

»Herr Blumenthal, ich finde, Sie sollten mich entlassen.«

Er verfiel in seinen ironischen Tonfall.

»Und warum? Haben Sie silberne Löffel gestohlen, oder wollen Sie mit Ihren Eltern nach Palästina?«

»Herr Blumenthal, mir ist es Ernst.«

»Also?«

»Ihre Einnahmen sind in diesem Monat geringer als mein Gehalt. Das geht so nicht weiter. Wir haben pro Woche drei, höchstens vier Kunden...«

Er unterbrach mich in meinen Vorhaltungen, die ich mir über das Wochenende doch so schön zurechtgelegt hatte.

»Ich muß schon sagen: eine sehr aufschlußreiche und ermutigende Statistik, Fräulein Charlotte. Ich dachte immer, du würdest dich mit deinen Indianern und deinen Russen ganz gut unterhalten.«

Er hatte mich noch nie geduzt, und auch danach tat er es nie wieder.

»Sieh mal«, fuhr er fort, »diese drei, vier Kunden, die

kommen ... sie brauchen uns. Na, wir brauchen sie vielleicht auch. Stellen wir uns vor, es sei Winter. Ein ungewöhnlich langer Winter, und wir müssen sehen, wie wir über den Winter kommen. Was dein Gehalt angeht, so mach dir mal keine Sorgen. Ich habe noch was im Sparstrumpf, aus besseren Zeiten, und das wird jetzt eben aufgegessen. Du weißt doch, Charlotte, eine Bücherstube ist eine besondere Einrichtung.«

Wenn Blumenthal mich zu diesem Zeitpunkt entlassen hätte, wäre es für mich als Jüdin schwierig geworden, wieder etwas zu finden. Nahezu aussichtslos. Glücklicherweise sah ich nicht so aus, wie sich die Leute eine Jüdin vorstellten. Das rettete mich vor den Übergriffen, die immer häufiger wurden.

Da ist die Geschichte mit der Eintrittskarte für die Kundgebung im Sportpalast. Das muß gegen Ende des Jahres 1934 gewesen sein. Ich kam aus der Untergrundbahn. In der Vorhalle der U-Bahnstation Wittenbergplatz stand ein Mann und bot Eintrittskarten für eine Versammlung der Nazis im Sportpalast an. »Gehn Se doch hin, Fräuleinken!« bat er. »Tut mir leid, guter Mann«, erklärte ich ihm. »Aber Juden haben da keinen Zutritt.«

Darauf er: »Fräuleinken, det können Se mir nicht verkofen, dat Sie 'ne Jüdin sind. Aber lassen Se ma, ick werd die Karten schon noch los.«

Normalerweise waren solche Situationen alles andere als komisch... Von der Hochzeit meiner Cousine in Darmstadt kam ich deprimiert zurück. Man hatte uns Steine ins Fenster geworfen, und die Feier in der Villa der Brauteltern wurde durch Sprechchöre gestört. Als mein Onkel einen Glaser bestellen wollte, bekam er von dem Handwerker zu hören, er könne es sich nicht leisten, zu

Juden zu kommen. In Worms hatten Kinder meinem Vater auf der Straße Schimpfworte nachgerufen. Ein langjähriger Patient wollte seine Kinder nicht weiter von ihm behandeln lassen. Wenn mein Vater alten Bekannten auf der Straße begegnete, kam es vor, daß sie auf die andere Straßenseite auswichen, um nicht grüßen zu müssen oder gar von anderen bei einem Gespräch mit ihm gesehen zu werden. Die arischen Patienten blieben fast alle weg.

Zu dieser Zeit hörte Max von Kollegen im Orchester den Ausspruch Görings: »Erst schießt man, dann fragt man. Die alten Germanen haben auch ihre Freunde enthauptet.« Max erzählte auch, es gäbe selbst im Orchester nicht wenig Leute, denen solche Kraftsprüche imponierten. Andere nähmen Hitler in Schutz: »Das ist nicht im Sinn des Führers, der Führer weiß das nicht – das machen andere.« Daraufhin hatte Max leise wie zu sich selbst gemurmelt: »Ein merkwürdiger Führer, der nichts weiß.«

Natürlich hörten das einige Kollegen. Die meisten im Orchester waren nicht eigentlich Parteigänger der Nazis. Keiner von ihnen würde einen Kollegen denunzieren. Noch nicht. Aber sie würden auch nie auf die Idee verfallen, gegen die Nazis etwas zu unternehmen. Die Nazis waren die Obrigkeit. Und der Obrigkeit gehorchte man als guter Deutscher, und sei es mit knirschenden Zähnen und mit geballter Faust in der Hosentasche. Und wenn Kritik laut wurde unter den Kollegen, gab es auch immer welche, die darauf hinwiesen, jetzt herrsche endlich Ordnung und wirtschaftlich gehe es aufwärts.

Als Jüdin gewöhnte man sich in dieser Zeit daran, mit eingezogenem Kopf zu leben. Von einem Tag zum anderen spürte ich, wie in mir eine Angst wuchs, an der ich irgendwann einmal ersticken würde. Und dann, an einem

Vormittag im Januar 1935, als ich allein in der *Bücherstube* war, kamen zwei Männer herein. Sie waren in Zivil, aber ich wußte sofort, daß sie von der Partei waren oder von der Gestapo.

»Heil Hitler«, grüßte der eine und fragte: »Gehört diese Klitsche dem Juden Hirsch Blumenthal?«

»Ja.«

Der andere sagte: »Wo steckt denn der Itzig?«

»Sofern Sie Herrn Blumenthal suchen, er ist gerade mal auf die Bank gegangen.«

»Soso, zur Bank«, krächzte die Nummer eins (denn Namen hatten sie keine genannt, und ich dachte, wie sollen solche Kerle auch Namen haben?). »Schachern, was? Sagen Sie mal, Fräulein, Sie sehen ja ganz nach wertvollem Erbgut aus. Wie kommt das denn, daß Sie bei diesem Isaaksohn hier arbeiten. Noch nie was von nationaler Erneuerung in unserem Vaterland gehört?«

Und Nummer zwei: »Wenn Sie irgendwelche Klagen haben oder sonstwas zu beanstanden, vertrauen Sie sich uns ruhig an.«

»Ich habe keine Klagen, keine Beanstandungen. Im übrigen, was wollen Sie eigentlich?«

Es dauerte eine Weile, bis Nummer eins zu antworten geruhte.

Zunächst ging er schweigend, die Hände auf dem Rükken, vor dem Ladentisch auf und ab, als denke er über einen schwerwiegenden Entschluß nach.

»Ach, wir wollen uns nur mal umsehen«, sagt er dann kurz angebunden.

Und Nummer zwei verkündete: »Wissen Sie übrigens, schönes Kind, daß dieser Laden hier bald zugemacht wird?«

Ich sagte gar nichts, versuchte, mich nicht zu verkrampfen.

Die Nummer eins kam zu mir hinter den Ladentisch, faßte mich am Kinn, musterte mich.

»Wie kann so ein hübsches Mädchen wie du nur für so eine alte Judensau arbeiten?«

»Ich wüßte nicht, daß ich mit Ihnen per du bin.«

»Warum denn so schnippisch? Wissen Sie, Fräulein, wir könnten vielleicht bei dem neuen Besitzer ein gutes Wort für Sie einlegen.«

Ich sagte nichts, sah ihn nur scharf an. Das machte ihn unsicher. Er bewegte sich wieder von mir fort und ging im Laden umher, als suche er etwas.

»Damit ist bald Schluß«, sagte er, während er sich nach allen Seiten umsah. »Hier wird arisiert. Der Alte muß sein Geschäft verkaufen, und dann ab mit ihm nach Jerusalem. Er sperrt sich noch ein bißchen, aber das wird ihm nichts helfen.«

Nummer zwei hatte sich an der Ladentür aufgestellt und rief: »Du, vielleicht singen wir ihm, wenn er kommt, mal unser Lied vor.«

»Ach ja, das Lied«, sagte Nummer eins, »das wirkt fast immer.«

Verdammt, dachte ich, warum sie nur immer singen müssen, schon der SA-Sturm damals. Vielleicht, um sich Mut zu machen. Es muß selbst für sie merkwürdig sein, irgendwo hineinzugehen und sich entgegen allen bürgerlichen Gepflogenheiten aufzuführen.

Die beiden aber lachten ganz ungezwungen und fingen dann mit ihrem wunderbaren Lied an. Nicht so laut wie neulich der SA-Sturm, eher so, wie man einen Schlager vor sich hin trällert:

»Schmeißt sie raus,
die ganze Judenbande.
Schmeißt sie raus
aus unserm Vaterlande.
Schickt sie wieder nach Jerusalem.
Doch hackt ihn' erst die Haxen ab,
sonst komm' sie wieder rin.«

»Kennen Sie das noch nicht, Fräulein?«

»Verschwinden Sie!«

Nummer eins sagte: »Nur nicht nervös werden. Wir sind ja gerade erst gekommen. Und wir sind nicht zu unserem Vergnügen hier. Schaun Sie her, Fräulein. Hier ist der Schrieb. Es liegt da eine Anzeige gegen Ihren Chef vor. Sie sollen hier staatsgefährdende Schriften führen. Das müssen wir überprüfen. Ich hier und du da drüben, Kurt. Komm, gehen wir's an.«

Wie auf Kommando drehten sie sich plötzlich um, gingen zu den Regalen und fingen damit an, die Bücher auf den Boden zu schmeißen.

»Was machen Sie da? Das dürfen Sie nicht!«

»Wie wir bei einer Haussuchung vorgehen, müssen Sie schon uns überlassen«, sagte Nummer eins. »Die verbotenen Schriften könnten ja hinter den Buchreihen versteckt sein.«

Ich schlug die Hände vors Gesicht. Ich konnte das einfach nicht mit ansehen.

Plötzlich ging die Ladenklingel.

Ich blickte auf. Es war Blumenthal.

»Was geht hier vor?« sagte er bestimmt.

»Sind Sie der Jude Hirsch Blumenthal?« fragte Nummer eins.

»Ich bin der deutsche Staatsbürger und Buchhändler Blumenthal.«

Blumenthal konnte solche Sätze mit einer Würde sagen, die mich immer wieder aufs neue verblüffte.

Nummer eins griff in die Seitentasche seines Ledermantels.

»Geheime Staatspolizei. Es sollen hier staatsgefährdende Schriften zum Verkauf ausliegen.«

Ich war erstaunt, wie gelassen Blumenthal reagierte.

»Am besten überzeugen Sie sich selbst gründlich. Da wartet noch viel Arbeit auf Sie.« Er deutete auf die am Boden herumliegenden Bücher. »Sie könnten schließlich auch zwischen den Seiten versteckt sein. Man hat auch schon von hohlen Bänden gehört. Mich entschuldigen Sie bitte für einen Moment. Ich will nur eben mal im Reichsluftfahrtministerium anrufen.«

»Wo?« fragte Nummer zwei verdattert.

Blumenthal sagte, und dabei betonte er jedes Wort einzeln:

»Beim ehemaligen Preußischen Ministerpräsidenten und jetzigen Reichsluftfahrtminister. Er ist einer unserer besten Kunden. Herr Göring bezieht immer noch seine gesamte Literatur zu Fragen der internationalen Luftfahrt durch unser Geschäft. Wie sagte er doch letzte Woche noch zu mir? Machen Sie sich keine Sorgen, Blumenthal. Wer Jude ist, bestimme immer noch ich.«

»Willst du uns auf den Arm nehmen, Jud?« krächzte Nummer zwei, als sitze ihm ein Kloß im Hals.

»Aber ich bitte Sie, meine Herren! Wie käme ich denn dazu«, sagte Blumenthal entrüstet.

Nummer eins machte ein Gesicht, als erleide er gerade einen Schwächeanfall.

»Kurt, was meinst du?«

»Du hast ganz recht«, sagte Nummer zwei, »da scheint tatsächlich ein Mißverständnis vorzuliegen.« Dann wandte sich der Mann noch einmal an mich.

»Sie sind verpflichtet, über unseren Besuch gegenüber jedermann Stillschweigen zu bewahren.«

Nummer eins zwinkerte ihm zu, als wolle er sagen: Nicht so, so doch nicht. Laut sagte er: »Also, Herr Blumenthal, entschuldigen Sie ... Sie müssen wirklich nicht erst das Reichsluftfahrtministerium bemühen. Bei der Anzeige handelt es sich gewiß um eine unbegründete Denunziation. Der pure Neid. So etwas kommt leider häufig vor in letzter Zeit.«

Er war jetzt bemüht, sich möglichst schnell abzusetzen. Nummer zwei warb rasch noch um Verständnis: »Wir tun schließlich auch nur unsere Pflicht. Tja, dann wollen wir mal. Heil Hitler!«

Als sie zur Tür hinaus waren, brach ich in ein nervöses Gelächter aus.

»Also, Herr Blumenthal, Sie sind ...«

»Was bin ich, Charlotte? Ich will es Ihnen sagen», sagte Blumenthal und tupfte sich den Schweiß von der Stirn, »ein armseliger Clown bin ich. Es war ein Einfall des Augenblicks. Und ich konnte nicht widerstehen, es auf diese Weise zu versuchen. Wenn es schiefgegangen wäre, befänden wir uns jetzt vermutlich beide auf dem Weg nach Oranienburg. Und ich alter Esel hätte Sie mit hineingerissen.«

Einen Moment konnte ich gar nichts sagen. Ich atmete tief durch. Ein Stechen war in meiner Brust. Dann sagte ich kopfschüttelnd: »Mich wundert nur, wie leichtgläubig die beiden waren.«

»Das ist typisch für solche Kreaturen«, sagte Blumenthal. Seine Stimme klang erschöpft. »Nur ja mit keinem Mächtigeren Ärger kriegen. Ich fürchte nur, die sind wir nicht für immer los. Und wenn sie mir auf die Schliche kommen, werden sie sich böse rächen.«

»Vielleicht auch nicht, weil sie dann zugeben müßten, daß Sie sie reingelegt haben.«

»So feinfühlig sind die nicht!«

»Als ich mit den beiden allein war, erwähnten sie etwas, was Sie wissen sollten. Das Geschäft soll Ihnen weggenommen werden.«

Blumenthal nickte. »Das möchten sie gern, im Zug der Entjudung. Ich weiß. Ich hatte neulich die Ehre, in dieser Sache auf einer Dienststelle der Reichskulturkammer vorsprechen zu dürfen.«

Ich sah betroffen zu ihm hinüber. »Davon haben Sie mir ja gar nichts gesagt?«

»Ich wollte Sie nicht unnötig beunruhigen. Ich weiß sogar, wen sie sich als neuen Inhaber ausgeschaut haben. Unseren Chamberlain-Freund.«

»Was wollen Sie tun?«

»Mich wehren mit Händen und Füßen«, sagte Blumenthal.

»Wäre es nicht doch besser, mal über die Auswanderung nachzudenken?« fragte ich vorsichtig.

Blumenthal schüttelte den Kopf.

»Wie merkwürdig«, sagte er dann. »Jetzt habe ich von Ihnen zum erstenmal das Wort ›Auswanderung‹ gehört. Ich bleibe, wo ich bin. Einen Menschen wie mich kann man nicht verpflanzen. Aber wenn Sie derartige Pläne haben, dürfen Sie sich durch mich nicht abhalten lassen. Das müssen Sie mir versprechen.«

Jetzt war es an mir, energisch den Kopf zu schütteln.

»Herr Blumenthal, Sie wissen doch, daß ich meine Entscheidungen gern selbständig treffe.«

»Selbständig, ja, ja«, sagte er fast schroff.

Ich schaute auf die am Boden liegenden Bücher und sagte wie im Selbstgespräch: »Bücher einfach so aus den Regalen zu reißen und sie auf den Boden zu schmeißen. Die hassen Bücher, das spürt man.«

»Es wird noch schlimmer kommen«, sagte Blumenthal und bückte sich nach einem Buch. »Und ich sage Ihnen ganz offen: Ich habe Angst davor, Charlotte. Körperliche Schmerzen halte ich nämlich nicht lange aus.«

»Aber Herr Blumenthal«, sagte ich, während ich mich immer wieder dabei bückte, »wo bleibt denn Ihr Optimismus?«

»Er wird in letzter Zeit auf eine harte Probe gestellt.«

Und obwohl ich Blumenthals Gesicht nicht sah, wußte ich, daß er jetzt lächelte. Dieses ganz feine Lächeln. Und weiter hörte ich ihn sagen, und jetzt war es, als führe er ein Selbstgespräch: »Aber wenn ich an Hiob denke, darf ich mich nicht beklagen.«

Erinnerst du dich, Barbara? Irgendwann in der ersten Zeit unserer Bekanntschaft habe ich dir diese Episode einmal erzählt. Max war auch dabei. Er hatte zugehört und geschwiegen.

»Es muß furchtbar gewesen sein«, hast du gesagt.

»Es gab Schlimmeres«, warf Max ein.

Und du darauf: »Wenn man sich vorstellt, einer dieser beiden Gestapomänner lebte noch und ihr würdet ihm auf der Straße begegnen. Was würdet ihr mit ihm machen?«

»Ich hatte einmal ein Bedürfnis nach Rache«, sagte ich. »Aber die Zeit hat es verwischt.«

»Es ist zu lange her«, meinte Max. »Wir würden sie, wenn sie noch leben, vielleicht gar nicht wiedererkennen. Das sind heute alte Leute wie wir.«

Du warst offensichtlich unzufrieden mit dem Ausweg, den Max da angeboten hatte, um das alte Schema »Auge um Auge, Zahn um Zahn« aufzuheben.

»Wenn wir uns in der Schule mit Zeitgeschichte beschäftigen«, sagtest du langsam und bedächtig, »vermisse ich die Antwort auf die Frage: Was bringt Menschen dazu, sich an solchen Verbrechen zu beteiligen? Lag vielleicht beim Nationalsozialismus eine ganz besondere Art des Verbrechens vor?«

Es sei ein typisch deutscher Irrtum, den Menschen für im Grund genommen als gut anzusehen, meinte Max, das Gegenteil sei realistischer.

Du warst immer noch nicht zufrieden. Ob das etwa heißen solle, er halte jeden Mensch unter bestimmten Umständen zu so etwas fähig?

Ja, sagte ich, davon müsse man ausgehen. Und was die Besonderheit der Naziverbrechen angehe, so hätte ich bei Hannah Arendt eine Definition gelesen, die mir einleuchte. Hannah Arendt schreibe, die Naziverbrechen seien unbestrafbar in dem Sinn, daß keine Strafe für sie angemessen oder verhältnismäßig sein könne. Sie seien unverzeihbar. Sie wurzelten in Motiven, die so niederträchtig seien, daß sie sich dem menschlichen Verständnis entzögen.

»Dann lassen sie sich also überhaupt nicht begreifen?« hast du gefragt.

»Nicht in ihrer Wurzel«, sagte ich. »Aber du runzelst

die Stirn, Max, und da ist das berühmte Zucken um deine Lippen. Offenbar bist du anderer Meinung.«

Er befürchte, erklärte Max, daß manche Leute auch daraus noch eine Entschuldigung ableiteten. Von Dämonen besessen und getrieben und also letztlich unschuldig. Ihm komme das, fuhr er fort, überhaupt als ein verdammt deutsches Gespräch vor. Abstrakt, abgehoben, philosophisch. Man versuche die Täter zu verstehen. Eine Taktik mehr, um von den Opfern abzulenken. Alles für die überlebenden Opfer – das sei eine ethische Maxime, die ihm weit mehr einleuchten würde.

Was ich dir nie erzählt habe, aus einer gewissen Scheu heraus nie erzählen mochte, war, wann ich auf Maxens Werbung endlich eingegangen bin, wann ich »ja« gesagt habe.

Das muß gewesen sein... Wie vergeßlich ich doch geworden bin. Das heißt: Ich kann mir einfach keine Jahreszahlen mehr merken. Die Bilder, die zu einer Szene gehören, die Worte, die in ihr gesprochen werden, das schon.

Wir hatten schon das Jahr 1935.

Es war im Frühjahr oder im Frühsommer.

Ich sitze in der Philharmonie in Berlin. Ich höre die letzten Takte der Schubert-Symphonie. Der Applaus setzt ein. Die Leute klatschen und klatschen. Ich selbst bin so begeistert, daß ich mich zu einem Bravo-Ruf hinreißen lasse. Ich hatte einen schlimmen Tag hinter mir. Am Vormittag hatte Blumenthal einen Anruf aus einer Nervenheilanstalt bekommen. Eine Bekannte von ihm, eine Ärztin, war am Tag zuvor dort eingeliefert worden. Ob er Genaueres über sie wisse, wurde Blumenthal gefragt. Die Frau war auf der Straße aufgegriffen worden, vor einem Krankenhaus. Man hatte sie für betrunken gehalten. Sie redete auf die Passanten ein, riß sich die Kleider vom Leib, verschenkte sie. Die Frau hatte als Ärztin in der Charité praktiziert und war dort entlassen worden, weil sie Jüdin war. Sie hatte dann versucht, wenigstens als Schwester arbeiten zu dürfen. Das hatte man ihr zwar gestattet, aber die Liebe zwischen ihr und einem arischen Arzt hatte ein jähes Ende gefunden. Ihr Bräutigam hatte ihr erklärt, sie sei für ihn eine Belastung. All das war zuviel gewesen für ihre Seele und ihren Verstand. Auf diese Nachricht hin hatten wir den Laden abgeschlossen und waren zu ihr gefahren. Wir hatten ihr auch nicht helfen können. Sie hatte Blumenthal ebensowenig erkannt wie ihre nächsten Verwandten. Du kannst dir vorstellen, daß mich das alles in besonderem Maße berührt hatte.

All das hatte die Musik ausgelöscht, getilgt ... es schmerzte und bedrückte mich nicht mehr so sehr. Ein Zauberer, wer so etwas bewirken kann. Max ist ein Zauberer, dachte ich. Mir war ganz leicht und zufrieden. Immer noch wie verzaubert von der Musik, holte ich an der Garderobe Hut, Mantel und Schirm ab. Dann, als ich vor dem Spiegel stand, um den Hut zu richten, hörte ich Max' Stimme hinter mir.

Er war ganz außer Atem, als sei er durch die halbe Philharmonie gerannt.

»Ich muß dich sofort sprechen.«

»Max, ihr wart hinreißend. Wirklich, ich habe Musik noch nie als so wohltuend und besänftigend empfunden wie heute abend.«

»Ja, ja«, sagte er nervös, abwehrend – er, der Lob sonst gern hörte, es brauchte.

»Nicht hier. Komm mit, wir gehen in das Einspielzimmer.«

Ich hörte in mir immer noch die Bewegung der Musik, spürte an mir selbst, warum Max die Musik wichtiger war als alles andere. Und gerade da ließ er mir keine Chance, davon zu sprechen.

Max stieß mich in das Einspielzimmer. Er schloß hastig die Tür, wandte sich um und packte mich bei den Schultern. Sein Gesicht hatte einen Ausdruck wild-wütiger Entschlossenheit.

»Max, was hast du?«

»Also«, sagte er, »wir werden nächste Woche heiraten. Wir werden in vier Wochen mit dem Schiff von Bremen nach New York reisen und in den USA bleiben. Einverstanden?«

So entschlossen hatte ich ihn noch nie erlebt. Es war, als sei plötzlich eine Schicht seines Wesens freigelegt, die ich noch nie zu Gesicht bekommen hatte.

»Ja, aber ...« sagte ich.

»Du hast ›ja‹ gesagt. Gut.«

»Ich habe ›ja, aber‹ gesagt. Das weißt du genau.«

»Charlotte, bitte sag eindeutig ›ja‹. Danach kommt die Erklärung.«

»Also gut: Ja.«

»Danke. Ich bin so glücklich. Aber auch davon erst später.«

»Und die Erklärung, bitte?«

»Am 15. September werden die Nazis ein Gesetz zum Schutz des deutschen Blutes und der deutschen Ehre erlassen, das eine Ehe zwischen einem sogenannten Arier und einer Jüdin verbietet. Deswegen müssen wir sofort heiraten. Der Terror gegen Juden wird zunehmen. Nachdem ich das alles erfuhr, habe ich sofort an meinen Vetter Konrad in den USA telegrafiert, wegen eines Affidavits. Er hat versprochen, es zu schicken. Für mich und für dich.«

»Und alles, ohne daß ich ›ja‹ gesagt habe.«

Ihn schien dieser Einwand zu erstaunen.

»Du mußtest ›ja‹ sagen. Ich hätte keine andere Antwort akzeptiert ... diesmal.«

Ich seufzte. »Du mußt absolut verrückt sein«, sagte ich und ließ sein Gesicht nicht aus den Augen.

»Wenn man jemanden liebt, ist man immer etwas verrückt, oder?« sagte er leichthin.

»Und was wird mit deinem Beruf, Max?«

»An der Philharmonie habe ich gekündigt. Was ich in Amerika tue, wird sich finden.«

»Ist das nicht sehr leichtsinnig?«

Er schüttelte entschieden den Kopf, aber ich wußte, daß es ihm verdammt schwergefallen war, das Orchester aufzugeben. Es war ein großes Opfer, das er für mich brachte. Und kann man eigentlich ein solches Opfer von einem anderen Menschen annehmen? Verschuldet man sich damit nicht zu sehr an ihn? Ich fand keine Antwort auf diese Frage. Weder an diesem Abend noch später. Erwachsen werden heißt wohl auch, sich daran zu gewöhnen, daß man mit Fragen leben muß, auf die es keine Antwort gibt.

Ich höre Max damals sagen: »Wirklich, wir haben keine andere Wahl mehr. Vorgestern hat Hitler die Wiedereinführung der allgemeinen Wehrpflicht verkündet. Wenn es Krieg gibt – und Hitler bedeutet Krieg –, müßte ich für ihn marschieren, und das kommt gar nicht in Frage.«

»Was schreibt denn dein Vetter über die Chancen eines Orchestermusikers in den USA?« fragte ich.

»Das werden wir abklären, wenn wir drüben sind. Jetzt ist dazu keine Zeit. Wir müssen raus hier, ehe es endgültig zu spät ist. Sieh das doch endlich ein.«

»Was sage ich eigentlich meinen Eltern?« überlegte ich etwas ratlos.

»Nichts übers Telefon oder in Briefen«, sagte Max, »man kann nie wissen. Nur ein Telegramm: Hochzeit mit Max am 10. in Berlin. Bitte kommt. Hochzeitsreise zu den Indianern. Sie werden das verstehen, sei sicher.«

»Hochzeitsreise zu den Indianern«, habe ich gemurmelt, »Hochzeitsreise zu den Indianern? Ja, warum eigentlich nicht.«

Die Überfahrt oder Pocahontas (1935)

Mund zu Mund
hole ich dich ins Leben zurück.
Warum bist du einfach ertrunken,
ohne ein Wort zu sagen ...

Margret Atwood

Was ich dir auch nie erzählt habe, Barbara ... dieses merkwürdige Erlebnis meiner Verwandlung in Pocahontas.

Weißt du noch? Pocahontas, die Indianerprinzessin aus Virginia?

Wieder war es einer unserer Abende in der Wohnung in Berlin. Max war wie so häufig ausgegangen, um sich ein Konzert anzuhören. Ich lag in der Bibliothek auf dem Sofa mit der roten Decke und las den *Tagesspiegel*. Du standest vor der Wand mit den Bücherregalen, nahmst hier und da mal einen Band heraus, blättertest darin, ließest dich manchmal mit untergeschlagenen Beinen auf dem Fußboden nieder, um etwas länger in einem Buch zu schmökern.

Aus dem Lesen hervor, in meine Zeitungslektüre hinein, fiel deine Frage.

»Wer war eigentlich Pocahontas?«

Etwas geistesabwesend, etwa so, wie wenn man nach

einem Namen oder einem Begriff in einem Kreuzworträtsel gefragt wird, sagte ich:

»Eine Indianerprinzessin.«

»Es gab Prinzessinnen bei den Indianern?« fragtest du ungläubig, warfst deinen Neugier-Köder aus und hattest mich schon an der Angel.

Ich faltete die Zeitung zusammen, legte sie weg und richtete mich auf dem Sofa auf. Mir war klar, vorerst konnte ich die Zeitung erst mal vergessen.

Ich mußte mit dir zu den Indianern.

»In gewissem Sinn schon«, antwortete ich. »Sie war eine Häuptlingstochter, und sie ist eine meiner Lieblingsgestalten.«

»Das hast du mir nie erzählt«, sagtest du vorwurfsvoll.

»Es gibt wenig Literatur über sie. Ich habe auch in meiner Bibliothek nichts, worin du etwas über sie nachlesen könntest.«

Ich besaß ein Buch über sie. Es muß in New York geblieben sein. Ich habe es gelesen, als ich im Sommer 1935 mit Max an Bord der *Britannic* nach New York reiste. Tag für Tag lag ich in einem Deckchair, traurig darüber, daß wir aus Deutschland fortgemußt hatten. Meine Eltern waren dort zurückgeblieben, Blumenthal, Max' Eltern auch. Ich fing wieder an zu weinen. Einmal vormittags tuteten die Schiffssirenen. Ich schrak zusammen. Max kam mich abholen: Wir sollten die ersten Eisberge bewundern, die in Sicht gekommen waren. Ich mochte mit niemandem sprechen und nichts sehen.

In der Nacht, ehe wir uns in Bremerhaven eingeschifft hatten, hatte ich kein Auge zugetan. Wir waren auf der Fahrt zum Kolumbus-Kai einem der vielen Umzüge der Nazis begegnet. Besonders die Kolonne der SS mit ihren schwarzen Uniformen und Totenkopfabzeichen ist mir in Erinnerung geblieben. Für mich war es in dem Augenblick, als marschierten da nur noch Totenköpfe. Plötzlich hatte ich so etwas wie eine Ahnung, daß ich meine Eltern nie wiedersehen würde. Ich rief noch einmal meinen Vater an. Gegen Ende unseres Gespräches sagte ich zu ihm: »Packt doch rasch und kommt mit. Bitte, bitte, Papa, sag ja.«

»Aber Kind«, hörte ich ihn auf seine besonnene Art mit einem unterdrückten Lachen sagen und konnte mir seinen Gesichtsausdruck dabei ganz genau vorstellen, »das ist wieder einmal ein Einfall, der dir ähnlich sieht. Was mich angeht, ließe sich ja vielleicht noch darüber reden, aber Mutters Gesundheitszustand ist leider nicht so, daß wir uns so große Sprünge erlauben könnten. Und sie hier allein lassen – in diesen *großen Zeiten* – dazu wirst selbst du mich nicht überreden können.«

In dieser letzten Nacht in Deutschland schrieb ich ein Gedicht. Ich glaube, ich kriege es noch auswendig zusammen. Nicht, daß ich es für ein gutes Gedicht hielte, aber es gibt die Stimmung recht genau wieder, in der ich mich damals befand.

Zum letzten Mal fahr ich durch lang vertraute Straßen
um Mitternacht. Und die Pylonen glühn.
Ein Volk muß jubeln, seinen Führer ehren,
Indess' wir heimatlos von dannen ziehn.

Und Fackeln, Fackeln seh ich glühen
Wild lodernd schon in kurzer Zeit.
Und Menschen, Menschen seh ich ziehen.
Und sehe nichts als Krieg und Leid.

Und ahn' und weiß in dieser Stunde,
Daß Schicksal ewig Rache sinnt.
Wo heute Jubel, Volksbeglückung –
Der Untergang bereits beginnt.

Wenn ich auf dem Schiff jemand Deutsch sprechen hörte, zuckte ich zusammen. Auch dafür haßte ich die Nazis. Einmal übertrugen sie an Bord eine Hitlerrede. Als besondere Aufmerksamkeit den deutschen Passagieren gegenüber. Max ging zum Ersten Offizier und versuchte ihm zu erklären, warum wir auf solche Annehmlichkeiten in Zukunft gern verzichten würden. Dafür fiel ich Max um den Hals. Aber dieser Offizier reagierte ziemlich unbedarft. Er meinte, dieser Mr. Hitler sei doch ein großer Mann. Wir Deutsche könnten stolz auf ihn sein. Max' Eindruck war, er stelle sich ihn gewissermaßen als einen Boxweltmeister aller Klassen vor – nur eben in der Politik.

»Pocahontas«, sagtest du eindringlich und erinnertest mich daran, daß ich eigentlich eine ganz andere Geschichte erzählen wollte.

»Traurig war ich. Und in dieser Stimmung las ich von Pocahontas. Auch eine traurige Geschichte. Ein indianisches Mädchen, das freundlich gegenüber den Fremden ist, die in die Neue Welt kommen, und von allen getäuscht und ausgenutzt wird.«

»Erzähl mal, Charlotte ...«

Wie oft war aus deinem Mund dieser Satz gefallen, begleitet von einer auffordernden Kopfbewegung und von einem Augenzwinkern: »Bitte!«

»Also, dann will ich mal sehen, ob ich es noch zusammenkriege«, werde ich gesagt haben. »Pocahontas war eine Häuptlingstochter aus Virginia, geboren um 1596. Als dreizehnjähriges Mädchen rettete sie einem Engländer namens John Smith das Leben. Sie sorgte dafür, daß die englischen Siedler, die sich an der Chesapeake Bay in Virginia niedergelassen hatten, den ersten Winter in der Neuen Welt überlebten.«

»Und wie hat sie das angestellt?« hast du mich unterbrochen.

»Pocahontas und ihre Freundinnen organisierten eine Art Versorgungswerk. Sie brachten den hungrigen weißen Männern Lebensmittel, Truthähne, Fisch. Ohne Billigung ihres Vaters wäre das nicht möglich gewesen. Und der war keineswegs nur menschenfreundlich. Er war an Handelsbeziehungen mit den Weißen interessiert, vor allem aber wollte er Waffen. Er hieß Powhatan und herrschte despotisch über neuntausend Indianer. Von allen Ernten, die wuchsen, von allen Fischen, die gefangen wurden, von den Perlen, die sich in den Austern fanden, von den Fellen der erlegten Tiere und von allen Ernten mußten sie ihm achtzig Prozent abliefern.

Was die Fremden anging, so war Powhatan gewarnt. 1580 hatten seine Priester ihm prophezeit, daß Feinde sein Land von Osten her bedrohen würden. Vorsorglich hatte er deshalb alle Indianerstämme unterworfen, die im Osten lebten. 1604 waren zum erstenmal Weiße in diese Gegend gekommen. Sie wurden von den Powhatan – der Stamm hieß wie der Häuptling – zunächst freundlich aufgenommen.

Dann machten die Indianer die Erfahrung, daß die Fremden ihre Kinder fortschleppten, um diese in Westindien als Sklaven zu verkaufen. Die Indianer schossen auf die Menschenräuber, aber ihre Pfeile prallten an den

Rüstungen der Fremden ab. Diese ersten Weißen waren Spanier. 1607 kamen dann die Engländer.«

»Und dachte Pocahontas nicht wie ihr Vater?«

»Schwer zu sagen. Ich habe mir Pocahontas immer neugierig auf alles Neue und Fremde vorgestellt. Solche Menschen gibt es doch immer wieder und überall. Vielleicht ist sie ja auch in einen dieser Weißen verliebt gewesen.«

»In diesen John Smith?«

»Das vermute ich. So etwas steht natürlich nicht in den Dokumenten, die sich erhalten haben. Jedenfalls rettete sie diesem Captain Smith, der der Anführer der Weißen war, das Leben. Aber sie konnte die kriegerischen Auseinandersetzungen zwischen den Weißen und den Indianern, die dann ausbrachen, nicht verhindern. Der Grund? Wie so häufig: Die Weißen vermuteten, daß es in dieser Gegend Gold gäbe. Dem war nicht so. Und daß sich mit dem Tabak, den die Indianer anbauten, in Europa Geld verdienen ließ, viel Geld – das ahnten sie noch nicht.

Während des Krieges schickte Powhatan seine Tochter zu einem benachbarten Stamm, zu den Potomac. Er wollte Pocahontas in Sicherheit bringen. Aber der Häuptling Japazaw lieferte sie an die Engländer aus, die Pocahontas als Geisel behielten und sie in der Niederlassung der Weißen im christlichen Glauben unterwiesen. Ihr Vater weigerte sich, ein Lösegeld für sie zu bezahlen oder Frieden zu schließen. Endlich heiratete Pocahontas den weißen Siedler John Rolfe, einen Mann, der durch den Anbau von Tabak bald reich wurde. Unter vornehmen Leuten in England war es inzwischen Mode geworden, Tabak zu rauchen. Ich möchte wetten, daß es Pocahontas war, die Rolfe gezeigt hat, wie man Tabak anbaut und fermentiert.«

»In welcher Sprache redeten sie miteinander, weiß man das?«

»Pocahontas sprach mit der Zeit recht gut Englisch. Sie konnte den Katechismus der anglikanischen Kirche auswendig, sonst hätte sie nicht getauft werden können. Nur Englisch lesen und schreiben lernte sie nie.«

»Und lernte John Rolfe, ihr Mann, Indianisch?«

»Das ist kaum anzunehmen. Für die Siedler waren die Indianer Wilde, ihre Sprache kam den Weißen wie das Geheul wilder Tiere vor.«

»... und ich würde etwas darum geben, wenn ich eine indianische Sprache lernen könnte.«

»Keine Chance mehr. Der Stamm der Powhatan ist völlig ausgerottet worden. Aber Pocahontas hat ihrem weißen Ehemann einen Sohn geboren, der auf den Namen Thomas getauft wurde. 1616 reiste die Familie nach England. Die Indianer wurden dort als eine exotische Attraktion vorgeführt. So wie man in meiner Kindheit bei der Tierschau des Zirkus außer Dromedaren und Löwen schwarze Afrikaner zeigte. Insgesamt kamen zwölf Indianer mit nach London. Pocahontas' Halbschwester Matachanna und deren Ehemann Tomocomo waren auch darunter. Sie wurden überall herumgereicht. Auch dem englischen Königspaar wurden sie vorgestellt. Ein zeitgenössischer Dichter schrieb ein Maskenspiel.«

»Jetzt sag nur noch, Pocahontas hätte darin auftreten müssen?«

»Nein, aber möglicherweise blieb ihr das nur deshalb erspart, weil sie erkrankte, wahrscheinlich an Tuberkulose. Man brachte sie für den Winter aufs Land, wo das

Klima ihr besser bekam. Aber noch ehe sie die Heimreise antrat – sie befand sich mit ihrem dreijährigen Sohn, ihrem Mann und ihrer Halbschwester schon an Bord des Schiffes Lizard –, brach das Fieber bei ihr wieder aus, und noch ehe das Schiff auslief, ist sie daran gestorben.«

»Traurig«, hast du gesagt, »irgendwie gemein.«

»Ich weiß nicht. Mir hat diese Geschichte immer Mut gemacht«, sagte ich. Du hast nie gefragt: warum? Wahrscheinlich warst du zu sehr mit der Geschichte selbst beschäftigt. Und mir war es ganz recht. Ich konnte die andere Geschichte für mich behalten. Sie schien mir zu unwahrscheinlich. Auch kam es mir vor, als würde mit ihr zuviel über mich selbst preisgegeben. Siehst du, das ist der Vorteil meiner Situation hier und jetzt. Vor einiger Zeit habe ich mal eine Frau getroffen, die hat gesagt: Was die Leute nach meinem Tod über mich reden, ist mir egal. – Mir auch. Und deswegen kriegst du es jetzt zu hören.

Während nämlich Max damals Eisberge bestaunte und den Ersten Offizier davon zu überzeugen versuchte, daß mit Herrn Hitler und den Nazis nicht zu spaßen sei, wurde ich Pocahontas.

Lach mich nicht aus. Ich weiß, es klingt merkwürdig, aber es war so. Ich wurde Pocahontas, und während der ganzen Überfahrt *war* ich Pocahontas.

Du kannst dir doch vorstellen, daß man sich in seiner Phantasie in jemanden hineinversetzt. Nun, so war es, nur noch etwas intensiver. Es gab Augenblicke, da war ich nicht mehr Charlotte, sondern Pocahontas, so wie ich zuvor, als ich die *Navajo Myths* las, die beiden Zwillinge gewesen bin, oder wie ich mich ein andermal in die Navajo-Indianerin Yateh verwandeln konnte, später in Wowoka, den Geistertänzer, in Sitting Bull, den Medizinmann der Sioux. Den meisten Menschen kommt das merkwürdig vor. Aber was soll ich dir sagen? Bei mir läuft es eben so. Vielleicht ist es eines der Privilegien meines Lebens.

Pocahontas wachte davon auf, daß die Tür knarrte. Sie lag in dem engen Bettkasten in der Kajüte. Ihre Augen brannten. Das Fieber hatte sie gepackt. Ihr Kopf glühte.

Zuerst dachte sie, es sei eine Weiße, die da hereingekommen war. Aber dann erkannte sie Matachanna an der Stimme und erinnerte sich, daß auch ihre Halbschwester die Kleidung der Weißen trug.

Matachanna trat an ihr Bett heran, setzte sich auf den Bettrand und fuhr ihr mit einem Schwamm über die Stirn.

»Wie geht es dir, Pocahontas? Konntest du ein wenig schlafen?«

Pocahontas versuchte sich zu besinnen. Da war doch etwas, das dringend erledigt werden mußte.

»Ich habe wieder von ihm geträumt«, sagte sie.

»Von wem hast du geträumt?«

»Du weißt schon.«

»Von John Smith etwa?« fragte Matachanna.

»Ja. Bitte, könntest du jemanden finden, der für mich einen Brief an ihn schreibt?«

»Nicht jetzt«, sagte Matachanna beruhigend, »das hat Zeit, bis du wieder gesund bist.«

»Wir wollen uns nichts vormachen«, sagte Pocahontas ruhig, »diesmal werde ich nicht wieder gesund.«

»So darfst du nicht reden.«

»Es muß jetzt sein«, beharrte Pocahontas.

Matachanna schüttelte den Kopf. »Er hat dich getäuscht, dich benutzt. Er war immer nur auf seinen Vorteil bedacht wie alle Weißen.«

»Vielleicht«, sagte Pocahontas. »Aber vielleicht war auch alles nur ein Mißverständnis, ein Zusammentreffen unglücklicher Umstände. Er versteht die Indianer und den weißen Mann. Er hat in einem Brief an König Jakob und Königin Anne geschrieben, sie sollten freundlich zu uns sein. Darauf kommt es an.«

Matachanna nahm ihre Hand.

»Was versteht er denn schon von Indianern?« sagte sie. »Das malt dir das Fieber, mein Liebes.«

»Es gibt Dinge«, sagte Pocahontas, »über die wir Indianer mehr wissen, aber es gibt andere Dinge, in denen sich die Weißen besser auskennen. Unsere Leute müssen sich mit den Weißen versöhnen. Und wenn jemand das zuwege zu bringen vermag, dann er.«

Matachanna war nicht überzeugt, das sah man ihr an. Sie hatte eine tiefsitzende Abneigung gegen die Weißen, und während ihres Aufenthalts in England hatte sich ihr Mißtrauen noch gesteigert.

»Sag mir, was du denkst«, bat Pocahontas.

»Die Weißen«, sagte Matachanna, als spreche sie zu einem unwissenden Kind, »kamen zu uns, um Gold zu finden. Sie fanden kein Gold, aber sie fanden anderes. Sie lernten durch uns den Tabak kennen. Das heilige Kraut. Und was taten sie? Sie verwandelten den Tabak in Gold. Was uns heilig daran war, interessierte sie nicht im geringsten.«

»Man kann sie lehren, daß die Erde heilig und unsere große Mutter ist«, sagte Pocahontas, »man muß es sie lehren.«

»Kein Weißer wird das je begreifen.«

»Bitte, such mir jemand, der mir den Brief an ihn schreibt.«

»Erst sag mir, warum dir das so wichtig ist.«

»Du gibst ja sonst doch keine Ruhe«, sagte Pocahontas mit einem Lächeln und schüttelte belustigt den Kopf, »na gut, ich sag's dir: weil ich ihn liebe. Ich habe ihn immer geliebt, von dem Augenblick an, da ich ihn zum erstenmal sah.«

Eine Pause entstand. Matachanna schien nachzudenken.

»Einen weißen Mann lieben . . . daß du das kannst. Ich kann mir das nicht vorstellen. Sie sind so . . . nun, eben weiß. Ich laß dich jetzt wieder allein. Versuch noch ein wenig zu schlafen. Ich bin nebenan – in der Kajüte des Kapitäns.«

Matachanna stand auf, ging hinaus und schloß die Tür hinter sich.

Tatsächlich, dachte Pocahontas, ich sollte schlafen, vielleicht geht es mir nachher besser. Sie schloß die Augen. Sie hörte es klopfen.

Seltsam, denkt sie, warum klopft sie diesmal an? Vielleicht, daß sie jemanden gefunden hat, der mir den Brief schreibt. Halblaut sagt sie: »Wer ist da? Bist du es, Matachanna?«

Als sie zur Tür blickt, sieht sie, daß es ein Mann ist, aber sie ist sich nicht sicher, wen sie da vor sich hat, bis er sagt:

»Es ist nicht Matachanna. Ich bin es – John Smith. Ich komme dich besuchen, Pocahontas, oder muß ich nun Madame Rebecca oder Euer Ehren zu dir sagen?«

»Ach, du bist es, John«, sagt sie und wünscht sich, ihre Stimme würde etwas lauter klingen.

»Was ist so erstaunlich daran?« fragt er.

»Ich habe immer auf dich gewartet und gewartet. Und nun, da ich sterbe, kommst du, John.«

Er verbeugt sich leicht mit dieser höfischen Geziertheit, die sie haßt, und sagt: »Wir alle schulden Gott einen Tod.«

»John, hast du vergessen, daß du mein Bruder bist und ich deine Schwester?«

Daran erinnert zu werden, ist ihm sichtlich unangenehm.

»Eine Redensart deines Vaters, als du mir zum erstenmal das Leben rettetest.«

»Das war keine Redensart. Kannst du ehrlich mit mir sein, so ehrlich wie Bruder und Schwester miteinander sind?«

»Ich will es versuchen«, sagt er, aber es klingt nicht sehr überzeugend.

Sie braucht Kraft jetzt, viel Kraft. Ihr Körper muß diese Kraft hergeben. Sie spürt wieder die Hitzewellen des Fiebers und versucht, sich ihre Schwäche beim Sprechen nicht anmerken zu lassen.

»John, es gibt Leute, die sagen, du habest mein Volk betrogen und mit meinem Volk auch mich.«

»Wer sagt das?«

»Beispielsweise Matachanna.«

»Ein Weib«, sagt er verächtlich.

»Ich bin auch ein Weib. Und als du das erste Mal zu uns kamst und unsere Männer den großen Stein brachten und dir mit ihren Keulen den Kopf zertrümmern wollten, da war es ein ›Weib‹, wie du uns nennst, die ihren Kopf auf deinen Kopf gelegt und dich gerettet hat.«

Smith kneift die Lippen zusammen.

»Ja, warum eigentlich? Warum hast du mich damals gerettet, Pocahontas?«

»Gib erst Antwort auf meine Frage. Stimmt es, daß du zuvor zwei unserer Männer getötest hast?«

»Sie griffen uns an. Da mußten wir uns wehren. Kurz darauf geriet ich zusammen mit einem meiner Kameraden in Gefangenschaft. Der Mann hieß George Cassen. Deine Leute banden ihn an einen Baum, schnitten ihm Finger und Zehen ab und warfen sie ins Feuer. Cassen starb einen langsamen, grausamen Tod. Ich betete zu Gott, daß mir ein ähnliches Schicksal erspart bleibe. Durch Gottes Gnade wurde ich errettet.«

»Falsch«, ruft Pocahontas zornig, »nicht durch Gottes Gnade. Ich habe mich eingemischt. Sonst hätten dir unsere Priester mit Keulen auf dem Opferstein den Schädel zertrümmert.«

»Eine barbarische Angewohnheit. Warum tut ihr so etwas nur?« sagt Smith tadelnd.

»Weil im Schädel der Verstand sitzt, die Gedanken. Die muß man vor allem zerstören.«

»Barbarisch. Aber sag mir eins: Weswegen hast du nun eigentlich damals deinen Kopf auf meinen Kopf gelegt?«

»Ich wollte nicht, daß du getötet würdest.«

»Aber weshalb nicht?«

»Ich wollte, daß Freundschaft sei zwischen den weißen und den roten Männern. Und darauf hat mein Vater gesagt, nun seien wir Bruder und Schwester und du ein Mann unseres Volkes. Du bist auf der Stelle freigekommen. Aber danach hast du dein Wort gebrochen. Du hattest uns Geschenke versprochen, wenn wir dich heimkehren ließen. Wir haben dich heimgeleitet. In der Siedlung der weißen Männer hast du uns einen Mühlstein gegeben und eine alte Kanone.«

Smith fährt sich mit der Handfläche über seinen Rock, als sei dort eine Staubflocke zu entfernen. Aber er wirkt nicht verlegen, sondern eher amüsiert. Er sagt: »Waren das etwa keine Geschenke?«

»Das Mühlrad und die Kanone waren zu schwer, um sie in unser Dorf zu bringen. Das wußtest du ganz genau. Mit leeren Händen kehrten die Männer zu meinem Vater zurück. Sie waren gedemütigt.«

Smith hebt die Schultern. »Deinem Vater wären Gewehre freilich lieber gewesen ... um dann unsere Siedlung zu überfallen und uns alle zu töten.«

»Warum kamt ihr überhaupt in unser Land?«

»Der Sturm hat unsere Schiffe dorthin geblasen.«

Pocahontas unterbricht ihn: »John, das hast du meinem Vater damals auch gesagt. Es ist aber nicht die Wahrheit. Warum lügst du immer wieder?«

»Lüge, Wahrheit!« ruft Smith, »das sind mir alles zu große Worte. Die Wahrheit hättet ihr nie und nimmer begriffen. Nun gut: Wir fürchteten, die Spanier könnten diesen Teil der Neuen Welt in Besitz nehmen. Wir wollten ihnen zuvorkommen. Und bitte, warum kamst du in unsere Siedlung?«

»Wir haben uns gegenseitig Worte aus den Sprachen unserer Völker beigebracht«, erinnert ihn Pocahontas.

»Ein Spiel.«

»Nicht für mich. Ich unterhalte mich gern mit anderen Menschen. Es ist dumm, wenn man voreinander steht und nicht reden kann. *Kekaten Pocahontas, patiaqua niugh taks manytyens mawokick rawrenock auddaogh*. Kannst du das noch übersetzen?«

»Gewiß. Es heißt: Bitte, Pocahontas, bring die zwei kleinen Körbe her, und ich werde dir weiße Perlen geben, damit du dir daraus eine Kette machen kannst.«

»Schön, daß du es nicht vergessen hast. Es hätte alles gut werden können.«

»Darf ich dich daran erinnern«, sagt er scharf, »es waren verlauste Herumtreiber aus eurem Stamm, die den Frieden brachen. Sie kamen in unsere Siedlung und stahlen Messer und Schwerter!«

»Es waren gute Männer«, erwidert sie, »aber jemand hatte ihnen Feuerwasser eingeflößt, wie du dich erinnern wirst.«

»Davon weiß ich nichts.«

»Es gab weiße Männer, die wollten nicht, daß Friede herrsche zwischen meinem Volk und deinem Volk. Viele von ihnen sind Dreck, hast du einmal zu mir gesagt. Als ich das Wort nicht verstand, hast du auf das gedeutet, was die Hühner fallen lassen.«

»Hühnerscheiße«, sagt er belustigt, »ja, es gab solche Burschen unter den Siedlern. Dummköpfe, Gesindel. Das ist richtig. Sie verdächtigten mich, mit euch Indianern gemeinsame Sache zu machen. Sie beschuldigten mich, leichtsinnig das Leben meiner Leute aufs Spiel zu setzen, weil ich nicht gleich den Befehl gab, auf die Indianer zu schießen. Sie warfen mich ins Gefängnis. Und wenn nicht Captain Newport aus England mit einer neuen Ladung Siedler eingetroffen wäre und bei Präsident Ratcliffe protestiert hätte, weiß der Himmel, sie hätten mich auch erledigt.«

»Die weißen Männer sind voller Tücke.«

»Nun, ich könnte mit Fug und Recht auch behaupten: Viele der roten Männer waren voller Arglist.«

»Wieso, war ich nicht immer freundlich zu dir?«

»Du warst freundlich, hingegen dein Vater, der alte Schurke...«

»Nenn meinen Vater nicht einen alten Schurken!«

»Aber das ist er«, beharrt Smith. »Willst du etwa leugnen, daß er dich für die Winkelzüge seiner Politik benutzt hat? Wie war das denn damals in den ersten Monaten des Jahres 1609, als er mir durch dich ausrichten ließ, ich möge in euer Dorf kommen, dort wolle er mir eine Bootsladung Mais verkaufen. Du weißt doch wohl noch, was er dafür verlangte?«

»Ja«, sagt Pocahontas, »er wollte dafür ein Haus, wie es die Engländer bauen, einen Mühlstein, Kupfer, Perlen, fünfzig Schwerter, einige Gewehre, einen Hahn und eine Henne.«

»Ein stolzer Preis«, ruft Smith. »Und vergiß nicht: Du mußtest mir auch ausrichten, du selbst würdest bei dem Tauschhandel zugegen sein. Warum?«

»Zu deiner Sicherheit, weil wir Bruder und Schwester sind.«

»Zum Teufel: ja«, sagt Smith, »darauf hatte ich leichtsinnigerweise auch vertraut. Ich kam in euer Dorf, aber als ich mich dann mit deinem Vater traf, tat er höchst verwundert, mich zu sehen. Ich sagte: Ihr habt mich doch eingeladen und mir eine Bootsladung Mais versprochen. Also, wie steht's nun damit?«

»Aber John«, sagt sie mit einem Anflug von Spott in der Stimme, »so kann man doch nicht mit einem Häuptling reden.«

»Er sagte zu mir«, fährt Smith fort, »sein Stamm habe selbst wenig Mais in diesem Jahr. Nur wenn ich ihm zehn Gewehre überließe, werde er mir die vierzig Körbe Mais geben. Ich bot ihm Kupfer an. Er sagte, Kupfer könne man nicht essen. Als ob man Gewehre essen könnte.«

»Man kann damit auf die Jagd gehen. Man kann damit viel leichter Rehe und Hasen erlegen als mit Pfeil und Bogen.«

»Mach dir doch klar«, sagt Smith unwirsch, »ihr hättet damit die Siedlung stürmen, uns alle töten und euch all jene Dinge aneignen können, die deinem Vater so sehr in die Augen stachen. Ich setzte mich mit ihm und mit anderen Kriegern ans Feuer, aber du warst nicht da. Dein Vater redete viel von Frieden, aber ich spürte, daß Gefahr in der Luft lag.«

Pocahontas nickt.

»Das ist richtig. Sie zogen das Powow mit Absicht so lange hin. Sobald die Ebbe kam, konntest du nicht zurück. In dieser Nacht solltest du getötet werden. Aber als unsere Krieger zu dem Wigwam kamen, in dem du angeblich schliefst, wurden sie sehr zornig. Ich war ihnen zuvorgekommen. Ich hatte dir trockene Kleider gebracht, ein Paar Mokassins und dir erklärt, auf welchem Weg du ihnen entkommen konntest.«

»Ja«, sagt Smith, »das muß ich zugeben. In dieser Nacht hast du mir zum zweitenmal das Leben gerettet.«

»Ich wurde dabei zur Verräterin an meinem Volk«, sagt Pocahontas.

»An den Leuten, die mich in eine Falle gelockt hatten.«

Pocahontas sieht ihn scharf an. »Das war auch die Entschuldigung vor mir selbst. Aber es gab noch einen anderen Grund. Es ist seltsam, daß er dir entfallen ist, John.«

»Was könnte das gewesen sein?«

Sie kann nicht glauben, daß er das tatsächlich vergessen hat.

»Du machtest mir ein Geschenk«, sagt sie. »Erinnerst du dich nicht mehr an die Worte, die du dabei gesagt hast?«

»Ich schenkte dir eine blaue Perle«, sagt er, »das weiß ich noch.«

»Hätte mein Vater davon erfahren, daß ich ein Geschenk von dir annahm, er hätte mich getötet.«

Smith sieht sie verständnislos an. »Und warum?« fragt er.

»Es gehört sich nicht. Gibt es nicht auch bei den Weißen viele Verbote, die nur damit erklärt werden, daß es sich nicht gehört?«

»Ja, sicher«, sagt Smith leichthin. »Bestimmt hättest du unter den Siedlern nicht wenig Leute finden können, die meinten, es gehöre sich nicht, einer Indianerin etwas zu schenken, ohne etwas dafür zu bekommen.«

»Dann hast du mich geküßt. Du sagtest: Ich liebe dich, und wenn ich das nächste Mal zu euch komme, werde ich dich mitnehmen, und du wirst meine Frau.«

»Das soll ich gesagt haben?« ruft Smith aus. »Das bestreite ich! Nein, das hast du dir zusammengeträumt.«

»Du hast es gesagt«, sagt sie unerbittlich. »Seien Sie doch ein einziges Mal ehrlich, Captain Smith!«

»Seit wann nennst du mich ›Captain Smith‹?« fragt er beleidigt.

»Ich werde Sie von nun an immer so nennen«, antwortet Pocahontas. »Eben ist mir etwas sehr Wichtiges klargeworden. Sogar die Liebe haben Sie für Ihren Betrug benutzt, Captain.«

»Begreif doch«, stößt er hervor, »man sagt so manches, wenn eine schmale Mondsichel am Himmel steht. Und du warst einfach reizend in deiner Sorge um mich.«

»Genug«, ruft sie, »schweigen Sie, Captain Smith.«

Fort ist er. Vielleicht ist er nie dagewesen. Vielleicht hat er tatsächlich dort gestanden. Es macht keinen Unterschied. Jedenfalls würde sie nun keinen Brief an ihn diktieren müssen. Mit Captain Smith ist sie für immer fertig. Sie spürt, wie ihr Herz schneller schlägt. Das Blut pulst in ihren Ohren, und dieses Geräusch wird zu einem Trommelschlag; schlurfende Schritte hört sie und die gleichmäßigen Ausrufe der Tänzer. Es ist ein Kriegstanz. Plötzlich aber löst sich einer aus diesem Kreis. Die Geräusche versinken, und als sich der Mann ihr ganz zuwendet, erkennt sie, daß es ihr Vater ist.

Er scheint noch etwas außer Atem, wie immer, wenn er vom Tanz heimkam. Er sagt: »Pocahontas, meine Tochter, du hast mich gerufen. Hier bin ich.«

»Guten Tag, Vater«, sagt sie, nicht weiter erstaunt, daß er da vor ihr steht. »Ja, ich habe meine Gedanken nach dir ausgesandt, aus dem Land des weißen Mannes. Ja, ich bin sehr krank. Ich werde bald in den Wipfel eines Baumes steigen. Ehe ich zu unser aller Mutter gehe, wollte ich noch mit dir sprechen. Wir sind uns fremd geworden, Vater.«

»Du lebst bei den weißen Männern.«

»Nicht freiwillig. Dein Freund Japazaw hat mich an sie verschachert. Hundert Gewehre hat Captain Argall ihm seinerzeit dafür gegeben, daß er mich auslieferte.«

Powhatan macht ein düster-mißtrauisches Gesicht. Im Grund ist es undenkbar, daß jemand versucht, den großen Powhatan hereinzulegen.

»Von hundert Gewehren weiß ich nichts«, sagt er. »Mir hat Japazaw erzählt, das englische Schiff habe die Kanonen auf sein Dorf gerichtet. Dann habe Captain Argall ihm ein Ultimatum gestellt: Her mit Pocahontas, oder wir legen das Dorf in Schutt und Asche.«

»Japazaw hat nicht die Wahrheit gesprochen«, sagt Pocahontas.

»Erzähl mir, wie es war. Ich hatte schon immer den Verdacht, daß Japazaw mir etwas verheimlichte.«

»Es geschah, als ich schon vier Monde beim Stamm der Potomac lebte.«

Powhatan unterbricht sie: »Waren sie freundlich zu dir? Ich habe sie gut bezahlt. Ich wollte, daß du in Sicherheit bist, während wir mit den Weißen im Krieg lagen.«

Typisch, denkt Pocahontas, für ihn ist alles ein Handel. Dann redet sie weiter: »Über die Potomac habe ich keine Klagen. Sie behandelten mich wie ihresgleichen. Deshalb war ich auch völlig arglos, als mir Japazaw eines Tages erzählte, ein englisches Schiff habe vor der Küste geankert. Es komme von der Niederlassung. Der Kapitän habe uns zu sich an Bord eingeladen.«

Powhatan gibt einen höhnischen Laut von sich und sagt: »Es waren unsere Feinde.«

»Deswegen lehnte ich es zunächst auch ab, mit auf das Schiff zu fahren. Aber dann wollte Mata, Japazaws Frau, mitkommen. Und ihr Mann sagte, eine Frau allein dürfe das Schiff des weißen Mannes nicht betreten. Er könne sie nur mitnehmen, wenn ich auch mitkäme. Mata bestürmte mich. Ich zögerte. Dann dachte ich mir: Was soll schon passieren.«

»Hofftest du nicht vielleicht, an Bord Captain Smith zu treffen?« fragt Powhatan.

»Ich hoffte, ich würde etwas über sein Schicksal erfahren. Er war aber nicht an Bord. Ich hörte, daß er nach England zurückgekehrt sei.«

»Oh, dieser John Smith«, ruft Powhatan, »wenn ich ihn nur getötet hätte.«

»Ich fuhr also mit auf das Schiff der Engländer«, erzählt Pocahontas weiter. »Als wir an Bord kamen, stellte sich Captain Argall mir vor. Er sagte, er habe wunderbare Dinge über mich gehört.«

»Er schmeichelte dir.«

»Ich hielt ihn für einen freundlichen Menschen. Er führte uns auf seinem Schiff herum und beantwortete meine Fragen, als ich wissen wollte, wozu die Instrumente aus dem gelben Metall seien, das wie Gold aussieht, aber kein Gold ist. Er erklärte mir, wie man damit erkennen kann, in welche Himmelsrichtung ein Schiff segeln muß, um von einem Hafen zum anderen zu gelangen. Dann lud er uns zum Essen ein. Es wurde Feuerwasser angeboten. Captain Argall ließ für mich eine Limonade bringen.

Das Gespräch am Tisch wurde immer lauter und ausgelassener. Mata hatte auch von dem Feuerwasser getrunken. Sie kicherte und kreischte. Ich schämte mich für sie. Dann wurde ich schläfrig. Captain Argall fragte mich, ob ich mich nicht in seiner Kajüte nebenan ausruhen wolle. Ich schlief auf dem Bett des weißen Mannes ein. Als ich aufwachte, waren Japazaw und Mata längst von Bord gegangen. Das Schiff befand sich auf hoher See. Captain Argall kam und erklärte mir, ich sei seine Geisel. Ich schrie und schimpfte. Er sagte, ich solle mich doch beruhigen, es werde mir nichts Schlimmes geschehen. Er bringe mich jetzt in die Niederlassung, nach Jamestown.«

»Und die Sache mit den hundert Gewehren?« fragt Powhatan.

»Davon habe ich auch von ihm erfahren. Er sagte einmal, ich sei der Niederlassung recht teuer zu stehen gekommen. Hundert Gewehre habe Japazaw für mich verlangt und auch erhalten, dazu noch einen funkelnagelneuen Kupferkessel, der Mata in der Kombüse in die Augen gestochen hatte.«

»Was ist eine Kombüse?« fragt Powhatan. »Du gebrauchst jetzt viele Worte der Weißen, die ich nicht verstehe.«

»Eine Kombüse ist eine Küche auf einem Schiff«, erklärt sie ihm.

Seine Miene verfinstert sich.

»Diesen Verrat werden Japazaw und Mata mir büßen.«

»Was willst du tun?«

»Wir werden die Dörfer der Potomac niederbrennen. Ich werde Japazaws Leute gefangennehmen und sie als Sklaven verkaufen.«

Typisch Männer, denkt sie, Drohungen, Rache, Gewalt, sonst fällt ihnen nichts ein. Dabei geht es letztlich immer nur um das, was sie ihre Ehre nennen.

»Das wirst du nicht tun«, sagt sie leise.

»Es war Verrat«, sagt Powhatan. »Japazaw verdient eine harte Strafe. Einmal, weil er sich hinter meinem Rükken mit den Weißen eingelassen hat. Zum anderen, weil er dich verkauft hat – für hundert Gewehre.«

»Bitte, Vater, räche dich nicht an ihm. Was geschehen ist, ist geschehen. Was hat Japazaw anderes getan als du? Du wolltest auch immer Gewehre.«

Das macht ihn zornig. Seine eigene Tochter stellt seine politische Weisheit in Frage?

»Ich wollte«, verkündet er, »den weißen Mann mit seinen eigenen Waffen schlagen. Die Weißen haben uns von

Anfang an getäuscht. Sie sagten, sie seien vom Sturm an unsere Küste verschlagen worden. Gut. Wir gaben ihnen Lebensmittel, damit sie den Winter überstanden. Danach wollten sie in ihre Heimat zurückfahren. Sie fuhren nicht ab. Sie dachten gar nicht daran. Statt dessen kamen immer mehr von ihnen. Um sie zu besiegen, mußten wir Gewehre haben.«

»Vater, du kannst die Weißen nicht besiegen. Niemand von uns Indianern kann das.«

So dürfte sie sonst nie zu ihm sprechen, denn sie ist eine Frau und seine Tochter. Aber jetzt stehen sie sich nicht in der Wirklichkeit gegenüber, sondern im Traum.

»Und was sollen wir deiner Meinung nach tun?« fragt Powhatan. »Sie gebrauchten Gewalt gegen uns. Sie verstehen nur die Sprache der Gewalt.«

»Es gibt auch unter ihnen solche, die nicht so denken!«

»Nenne mir einen. Ha, dir fällt keiner ein.«

Jetzt, da er das letzte Wort behalten hat, wird er ganz fürsorglich. »Wie haben sie dich behandelt, die Weißen? Mußtest du Hunger leiden?«

Sie erzählt ihm von den vielen Häusern in der Siedlung, von den Gärten mit Gemüse und Feldern mit Mais. Am Flußufer haben die Weißen ein Fort gebaut. Sie haben Pocahontas nicht wie eine Gefangene behandelt. Vor allem die Frauen sind freundlich und verständnisvoll mit ihr gewesen. Sie lehrten sie ihre Sprache. Sie zeigten ihr, wie sie nähten, webten und kochten. Nur an etwas hat sich Pocahontas schwer gewöhnen können: an die Kleider der Weißen. Eine Frau machte sie darauf aufmerksam, daß sie unmöglich mit nichts anderem als nur einer Schürze aus Rehleder bekleidet herumlaufen könne. Damit führe sie die Männer in Versuchung. Was für einen schwachen Willen müssen diese weißen Männer doch haben. Die weißen Frauen wickelten viele Lagen Stoff um ihren Körper. Ihre Kleider waren so lang, daß sie im Staub schleiften.

»Ich hörte«, sagt Powhatan, und sein Gesicht hat sich wieder verfinstert, »daß sie dich zwangen, unseren Göttern abzuschwören.«

»Sie glauben nicht an Okeus und Ahone«, erklärt ihm Pocahontas. »Sie sagen, es gäbe nur einen Gott. Ich wohnte im Haus des Herrn Pfarrer Whitaker. Er war sehr gut zu mir. Deshalb wollte ich ihn nicht erzürnen, als er mich bat, am Sonntag mit den anderen in das Haus zu gehen, in dem sie singen, dem Pfarrer zuhören und beten. Also ging ich mit.«

»Hast du Okeus und Ahone abgeschworen?«

»Pfarrer Whitaker lehrte mich auch Verse aus dem heiligen Buch des weißen Mannes. Er sagte, es sei ein mächtiger Zauber. Ich sagte diese Zaubersprüche auf. Ich wünschte dich herbei und Matachanna, Balota und Nooka.«

»Und was geschah?«

»Die Zaubersprüche taten keine Wirkung. Eines Nachts weinte ich, als es um mich dunkel war und der Schlaf nicht kommen wollte. Da kam Mrs. Whitaker zu mir, tröstete mich und fragte, warum ich so traurig sei. Ich erklärte ihr, daß ich mir nichts sehnlicher wünschte, als euch wiederzusehen. Sie sagte, da gebe es ein ganz einfaches Mittel. Daß mir Ahone dabei nicht helfen könne, hätte ich ja wohl gemerkt. Aber wenn ich mich zum Gott der Christen bekennte, würde ich euch alle wiedersehen.«

»Lüge, Betrug, Täuschung!« ruft Powhatan.

Sie muß ihm klarmachen, daß sie nicht mit Arglist zum Glauben an den Christengott gelockt worden ist. Das geschah fast von selbst, weil sie es nicht aushielt, daß da immer diese Schranke war zwischen den anderen und ihr.

»Zuerst war ich mißtrauisch«, sagt sie. »Aber die weißen Frauen redeten immer wieder davon. Sie fragten mich immer wieder nach meinen Gedanken und nach meinem Glauben. Ich fühlte mich von ihnen gedrängt. Schließlich tat ich, was sie von mir zu erwarten schienen. Nachdem ich ein Jahr in ihrem Dorf war, willigte ich ein, mich taufen zu lassen. Man bekommt dann einen neuen Namen aus ihrem heiligen Buch. Mich nannten sie Rebecca.«

»Genug«, ruft Powhatan plötzlich. »Ich will nichts mehr hören. Du bist eine Weiße geworden. Du hast unser Volk und seine Götter verraten. Ich wende mich von dir ab.«

Immer leiser wird seine zornige Stimme, bis sie nur sein zorniges Gesicht sieht und die Bewegung seiner Lippen.

Sie wachte auf.

Alles war nur ein Traum gewesen, das Gespräch mit dem Vater, die Unterhaltung mit Smith.

Sie wußte, daß sie noch mit ihrem Ehemann reden mußte, und zwar schnell. Sie hat nicht mehr viel Zeit.

Sie rief Matachanna und bat sie, Rolfe kommen zu lassen. Merkwürdig, daß sie ihn immer noch Rolfe nannte. Dieser Mann war ihr immer etwas fremd geblieben, auch wenn sie ihm ein Kind geboren hatte. Auf Thomas, ihren Sohn, setzte sie große Hoffnungen. Er war Indianer und Weißer. Wenn man ihn nur recht erzog, müßte er zwischen den beiden Welten vermitteln können. Sie hat gehofft, diese Aufgabe erfüllen zu können. Aber sie würde nicht mehr lange leben. Sie hätte mehr Zeit haben müssen. Sie hätte mehr wissen müssen. Thomas hingegen...

Rolfe kam, brachte Thomas. Ein ängstlich dreinblikkendes Kind.

»Geht es dir besser?« fragt Rolfe freundlich.

»Thomas, komm her zu mir.«

Er trat gehorsam heran, aber man spürte, daß ihm unheimlich war.

»Nun, an was denkst du jetzt?« fragte sie ihn.

»Mußt du vielleicht sterben?« fragte er zurück.

»Ja. Das ist ziemlich sicher.«

»Werfen sie dich dann in ein Grab und schütten Erde darauf?«

»Ja, so wird es gemacht, mein Kind.«

»Wenn du tot und im Grab bist, sehen wir uns dann nie wieder?«

Von der Tür her sagte Rolfe: »Am Tag des Jüngsten Gerichts, wenn die Toten auferstehen, sehen wir uns alle wieder, mein Sohn. Du mußt nur fleißig beten für die Seele deiner Mutter.«

Was für ein Pedant er doch war. Wie habe ich ihn nur heiraten können, dachte Pocahontas.

»Jetzt hör mir einmal genau zu, Thomas«, sagte sie ruhig und bestimmt. »Wenn ich tot bin, wird mein Körper zu Erde.«

»Ja, das hast du mir schon einmal gesagt.« Thomas versuchte abzuwehren. Das Gespräch über den Tod war ihm sichtlich unangenehm.

»Und was wächst aus der Erde?«

»Blumen und Bäume, der Mais.«

»Was noch?«

»Beeren und das Gras. Ach ja, und die Tabakpflanzen auf Vaters Feldern.«

»Na siehst du«, sagte sie und lächelte, »also, wenn ich nun tot sein werde und du siehst einen Baum, eine Blume, eine Maispflanze oder den Tabak, dann wirst du dich an mich erinnern. Blumen, Bäume und Pflanzen gibt es überall ... Ich werde überall bei dir sein. Vergiß das nicht. Ich möchte nicht, daß du traurig bist, wenn ich tot bin. So, und nun soll Matachanna dich ins Bett bringen.«

»Ich wünschte, du würdest nicht sterben. Gute Nacht, Mama.«

»Gute Nacht, Thomas. Sag mir noch rasch, was bist du: ein Weißer oder ein Indianer?«

»Ich bin ein Weißer *und* ein Indianer.«

»So ist es recht. Vergiß das nie, Thomas. Versprichst du mir das?«

»Ja, Mama, ich verspreche es dir.«

Nachdem Matachanna das Kind hinausgeführt hatte, sagte Pocahontas zu dem Mann, der da immer noch wie ein steinerer Gast an der Tür stand: »Auch wir sollten Abschied nehmen, Rolfe. Und auch an dich habe ich noch eine Bitte.«

»Sag nur. Ich höre.«

»Wenn ihr nach Virginia zurückgekehrt seid, möchte ich, daß du zu meinem Vater, zu meinen Brüdern und meinen Schwestern gehst.«

»Gewiß, Pocahontas.«

»Sag ihnen, es soll Friede sein zwischen den weißen und den roten Menschen. Was sie an Beschwerden haben über die Weißen, sollen sie dir erzählen. Und du ... du wirst es aufschreiben und einen Brief an Königin Anne schicken, hörst du.«

»Aber warum nicht an Seine Majestät den König?«

»Die Blicke, mit denen König Jakob dich und mich musterte, als wir bei der Audienz vor ihm standen, haben mir nicht gefallen. Er hat uns so kalt und geringschätzig angesehen. Wir Indianer sind für ihn wilde Tiere, keine Menschen. Die Königin aber hat mir beim Spaziergang durch den Park von Windsor gesagt, wenn ich je eine Bitte hätte, solle ich mich an sie wenden. Schreib ihr auch, es sei mein Wille, daß man den indianischen Kindern meines Stammes Gelegenheit gibt, die Schule zu besuchen, die im Dorf der Weißen gegründet werden soll. Und noch ein Wort zu deinem Tabak, Rolfe. Ich habe dich gelehrt, wie man Tabak anbaut, und du hast eine gute Hand dafür. Vergiß nie, daß der Tabak nicht dazu geschaffen worden ist, um seine Blätter in Gold zu verwandeln. Tabak ist eine heilige Pflanze, die daran erinnern soll, daß wir Kinder der Erde sind, daß wir aus ihrem Leib hervorgehen und in ihm ausruhen, bis wir zu neuem Leben erwachen.«

»Bitte, sprich lauter Pocahontas«, hörte sie ihn sehr fern sagen. »Ich kann dich nicht mehr verstehen.«

»Gleich bin ich im Wipfel des Baumes«, sagte sie wieder wie aus einem Traum hervor, »ich sehe etwas Wunderschönes, John. Ich sehe, wie die Himmelsfrau gegen die große Weite des Meeres herabfällt. Ein Schwarm Enten kommt. Sie breiten ihre Flügel aus und fangen sie auf, damit sie weich fällt. Ja, und unten hebt sich der Panzer der Schildkröte aus dem Meer. Wie eine Insel, die Insel der Himmelsfrau. Oh, es ist sehr windig hier auf dem hohen Baum, und Schnee weht mir um die Ohren. Es ist kalt. Es ist schön, daß die Welt neu beginnt. Aber warum ist es nur so kalt?«

Einen Moment lang wußte ich nicht, wo ich war. Es war so ein Gefühl, wie man es hin und wieder hat, wenn man in einem Hotel in einer fremden Stadt aufwacht und für den Bruchteil einer Sekunde meint, sich weder in einer bestimmten Zeit noch an einem bestimmten Ort zu befinden. Nein, nein, ich bin Charlotte, spüre um mich kühle Meeresluft, sehe Passagiere an meinem Deckchair vorbeikommen, höre die Lautsprecherstimme erst auf englisch und dann auf deutsch sagen:

»*Ladies and gentlemen! Attention, please. We take pleasure in informing our passengers that in about ten minutes the Statue of Liberty and the skyline of lower Manhattan will be seen from the upper deck. We are now crossing the Narrows.* – Meine Damen und Herren! Ich bitte um Ihre Aufmerksamkeit. Der Kapitän gibt sich die Ehre, Ihnen mitzuteilen, daß in etwa zehn Minuten die Freiheitsstatue und die Wolkenkratzer von Manhattan vom Oberdeck aus gut zu sehen sein werden. Wir befinden uns jetzt auf der Fahrt durch die Narrows.«

Einen Augenblick habe ich noch weitergelesen, nämlich dies:

Dreizehn Jahre später, im Jahre 1635, kehrte Thomas Rolfe, ein junger Mann um die zwanzig, nach Virginia zurück. Der Stamm der Powhatan hatte nicht vergessen, daß die Häuptlingstochter Pocahontas einen erbberechtigten Sohn besaß. Als Thomas in Virginia eintraf, fand er dort nicht nur die Plantage *Varina* vor, auf der er geboren worden war, sondern noch weitere zwölfhundert Acres fruchtbaren Landes an der Südküste des James River, ein Geschenk des indianischen Königs. Thomas blieb für den Rest seines Lebens in Virginia. Wie sein Vater wurde auch er Tabakpflanzer. 1641 richtete er ein Gesuch an die Generalversammlung von Virginia, seine Tante Cleopatra und seinen Onkel Opechancanough besuchen zu dürfen. Gewöhnlich war es den Bürgern der Kolonie nicht gestattet, mit den Indianern zu verkehren. Thomas selbst zog es vor, unter den Weißen zu leben. Er heiratete Jane Polythress, eine Engländerin. Aus dieser Verbindung gingen sieben Generationen von Lehrern, Pfarrern, Politikern und Richtern hervor.

Dann stand Max und nicht John Rolfe vor mir und sagte: »Schmökerst du immer noch, Charlotte? Du wirst noch die Einfahrt in den Hafen von New York verpassen.«

»Die Freiheitsstatue will ich natürlich sehen.«

Max hat mich aus dem Deckchair hochgezogen und ist mit mir aufs Oberdeck gerannt. Die Bordkapelle hat den *Yankee Doodle* gespielt. Und als wir die Musik hörten und die grünspanüberzogene Riesendame sahen, ist mir doch ein bißchen feierlich zumute geworden. Die ausgestreckte Hand, mit der die Frau die Fackel umklammerte, war für mich wie ein Versprechen auf Freiheit.

»Wo ist eigentlich Gouverneur's Island?« hat mich Max gefragt.

»Da müssen wir auf die andere Seite hinübergehen.«

Das haben wir dann auch getan, aber von diesem Anblick war ich etwas enttäuscht.

»Verstehst du«, habe ich Max zu erklären versucht, »1624 hieß Gouverneur's Island noch Nußinsel. Es gab genügend Wasser dort. Deswegen setzten die ersten holländischen Siedler von der Südspitze Manhattans dorthin über. Ihre Siedlung nannten sie Neu Amsterdam.«

»Natürlich eine Indianergeschichte«, hat mich Max geneckt.

»Hör zu und bilde dich«, sagte ich, »schließlich wird das da drüben deine neue Heimat sein.«

»Na, Heimat«, sagte Max und wiegte den Kopf, »aber erzähl mal!«

»1626 schloß der Direktor der Westindischen Kompanie mit den Indianern einen Vertrag. Er gab ihnen Waren im Wert von sechzig holländischen Gulden für den gesamten Grund und Boden. Gouverneur's Island und Manhatten. Wie du weißt, kannten die Indianer aber überhaupt kein privates Eigentum an Grund und Boden. Also kann bei der ganzen Transaktion nur an eine vorübergehende Nutzung gedacht gewesen sein.«

»Moment«, sagte Max, »das habe ich mir nie klargemacht: kein privates Eigentum an Grund und Boden?«

»... weil nämlich die Erde etwas Heiliges ist.«

Max nickte. »Und dann muß man sich mal vorstellen, daß diese Menschen, die aus Europa kamen, Taglöhner, Hungerleider, Benachteiligte, nicht erbberechtigte Bauernsöhne waren. Also in der Mehrzahl Menschen, die darauf hofften, endlich einmal Grund und Boden zu besitzen. Da war der Konflikt unausweichlich. Guter Wille hin oder her.«

»Genau. Und es siegte wie immer derjenige, der das überlegene Waffensystem besaß.«

»Alles ganz logisch«, sagte Max. »Wie Hitler: Er rüstet auf, und wer aufrüstet, wird die Waffen, die er schmieden läßt, auch benutzen.«

»Oh, Max, immer diese Politik. Kommt man denn nie davon los?«

»Ich fürchte, nein, meine Liebe«, sagte er.

Zwischenstück: Zwei Frauen reden in der Nacht (Spätsommer 1980)

> Als ich auf meiner alten Harley mit neunzig um Mitternacht die Via Roma in Neapel herunterrauschte, sagte ich immer wieder diesen Satz als Tröstung vor mich hin: Wenn etwas schiefgehen sollte, wirst du keine Zeit haben, es zu bedauern.
>
> *Edward Abbey*

Charlotte hatte gerade zum drittenmal die Kassette gewechselt, da regte sich vor ihr der braune Stein. Beth nahm die Decke, in die sie eingehüllt dagesessen hatte, um die Schultern und kam zu ihr herüber.

»Na, wie geht es dir?« fragte sie. »Ich hörte dich reden. Davon bin ich aufgewacht.«

»Es geht mir nicht schlecht«, erwiderte Charlotte, »manchmal kommt die Angst wieder, aber solange ich hier so vor mich hin rede, denke ich nicht an die Angst. Offenbar hält das Erzählen sie fern.«

»Wem erzählst du?« fragte Beth etwas erstaunt.

»Diesem kleinen schwarzen Kasten hier«, sagte Charlotte, »wie sagt ihr dazu? Ein *tape recorder*. Aber tatsächlich erzähle ich für das Mädchen. Wenn ich tot bin, mußt du ihr die Kassetten schicken.«

»Na komm«, sagte Beth, »*forever young*. Du wirst noch lange leben. Wir haben ein Sprichwort, das lautet: Wer immer vom Tod redet, um den macht er einen Bogen.«

»Ich hätte nichts dagegen, wenn er jetzt um mich noch einmal einen Bogen machen würde, aber ich fürchte, diesmal werde ich ihm nicht von der Schippe springen. Ich bin auch soweit mit allem fertig, was es in meinem Leben noch zu erledigen gab, aber die Sache mit dem Mädchen, mit der bin ich noch ganz und gar nicht fertig.«

»Wer ist eigentlich dieses Mädchen?« fragte Beth. »Du hast sie hin und wieder erwähnt. Aber Genaueres hast du mir nie erzählt.«

»Ist das so?« sagte Charlotte. »Also, sie heißt Barbara. Sie wohnt mit ihrer Mutter bei uns im Haus. Sie ist achtzehn. Und ihr Freund sitzt im Knast.«

»Ha«, sagte Beth, »dem Vater von Fred muß ich auch hin und wieder was in den Knast schicken. Er ist ein *gambler*, ein streunender Spieler. Ich habe keine Ahnung, wo er jetzt mal wieder steckt. Er hat die sentimentale Angewohnheit, sich an Freds Geburtstag zu erinnern, den ich immer prompt vergesse. Wie ist denn deine Barbara an ihren Typ geraten?«

»Erst möchte ich mal wissen, wie du an an diesen Spieler geraten bist«, sagte Charlotte. »Ich habe immer gedacht, Spieler gäbe es nur in Wildwestromanen oder im Film, aber nicht in Wirklichkeit?«

»Er war verdammt wirklich«, sagte Beth schwärmerisch und zuckte die Achseln, »ein netter Bursche, gutaussehend. Daß er spielte, war schwer zu übersehen. Er konnte gut mit Pferden umgehen, kam und half uns beim Zureiten. Außerdem spielte er Saxophon. Für Männer, die Musik machen, habe ich immer was übrig gehabt. Wie war der Mann von Barbara?«

»Er *ist*«, sagte Charlotte, »ich nenne ihn manchmal Johnny oder Schwiegerfreund. Tatsächlich heißt er Alex. Er hat sie auf dem Schulweg angequatscht. Das war vor zwei Jahren. Zuerst hat sie ihm die kalte Schulter gezeigt. Weil sie, wie sie sagt, sich auf der Straße nicht anquatschen läßt. Dann hat er eine regelrechte Belagerung veranstaltet. Briefe, Blumensträuße, mal eine Schallplatte, wieder einen Blumenstrauß. Da war sie ziemlich aus dem Häuschen. Wenn er glaube, er könne sie so rumkriegen, habe er sich getäuscht. In Wirklichkeit hatte er sie längst rumgekriegt. Sie wollte es sich nur noch nicht eingestehen. Ich kann mir vorstellen, wie sie ihn angebläfft hat. Sie kann schimpfen, sag ich dir. Die Verwandlung eines entlegenen Bergsees in einen Hurrican ... Also, ich stelle mir vor, er ließ sich von dem Gewitter erst einmal pudelnaß regnen, und dann ging er zum Gegenangriff über. Mit dem Argument: Warum soll man jemandem, den man gern hat, nicht eine Freude bereiten, und wenn man ihn sehr gern hat, nicht auch zwei oder drei Freuden? Ich kann nur an der Wegstrecke die Intensität dieses Gespächs ermessen. Vom Lettehaus bis an den U-Bahnhof Wittenbergplatz. Das ist für dich kein Begriff, ich weiß. Aber du mußt uns eben mal in Berlin besuchen kommen, Beth. Danach fand Barbara, es lasse sich mit ihm so herrlich streiten.«

»Kommt mir ziemlich bekannt vor«, sagte Beth lachend. »Wenn man so eine zu hüten hat, ist man beschäftigt.«

»Ob wir uns vornahmen, sie zu hüten, darüber kann man sich streiten. Das Mädchen hatte ja auch noch Vater und Mutter. Aber die lebten getrennt, waren beide berufstätig. Und wenn die Mutter sich mal bei uns blicken ließ, hieß es: Also, Frau Kolbe, ich bin Ihnen ja so dankbar, daß Sie sich meiner Babs etwas annehmen. Frau Howald nannte ihre Tochter ›Babs‹. Ich finde diese Verstümmelungen von Vornamen fürchterlich. Für mich war und blieb Babs Barbara. Und mit der Zeit wurde sie tatsächlich so etwas wie unsere Adoptivtochter. – Na ja«, fuhr Charlotte fort, »und so genossen also Max und ich die *ups and downs* einer jungen Liebe. Er – lange hieß es nur ›er‹ – lebte in einer Wohngemeinschaft in Kreuzberg. Dort war er über längere Zeit hin mit einer ausgeflippten Vierzigjährigen liiert gewesen, die, als sie von Barbaras Existenz erfuhr, auch ziemlich munter wurde und schwor, ihrer Rivalin die Augen auszukratzen. Was soll ich dir sagen: Es kam zu einer Aussprache der beiden Frauen an einem Sonntagmorgen bei Jazz und Sekt in der *Eierschale* im Grunewald. Danach waren die beiden Blutsschwestern. Diese Kommunenhexe also, die übrigens Beatrix hieß, hat zu Barbara etwas sehr Kluges gesagt, nämlich: Kein Mann lohne es, daß sich zwei Frauen um ihn stritten. Nur muß Barbara danach festgestellt haben, daß es auch dabei gewisse Unterschiede zwischen Theorie und Praxis gibt. Barbara setzte den stürmischen Avancen von Alex strikte Grenzen. Im O-Ton dürfte sich das so angehört haben: *Wenn du mehnst, dat ick mit dir gleich penne, bloß weil ick dir liebe, haste dir jetäuscht*. Kann ich leider nicht nachmachen im Amerikanischen. Wenn Johnny dann heim auf den Kreuzberg kam, tröstete ihn Beatrix, indem sie ihr Federbett weit lupfte. Auf die Dauer blieben Barbara diese Zustände natürlich nicht verborgen, und als sie sich beschwerte, hielt Alex ihr einen längeren Vortrag über die Bedürfnisse der Männer. Diesen Vortrag bekam ich eines Nachts gegen halb zwei von Barbara brühwarm nacherzählt. Die Vorstellung dauerte bis halb drei Uhr morgens.

Nach angemessener Zeit wurde Alex mir auch mal vorgestellt. Er war Anfang zwanzig, Möbelschreiner. War nach Berlin gekommen, um keinen Wehrdienst leisten zu müssen, und dann dageblieben. Seine Firma stellte Schränke und Regale für Universitätsinstitute und Museen her. Außerdem arbeitete er nach Feierabend als Restaurateur von Stilmöbeln. Damit verdiente er ein Heidengeld. Wenn Alex keine Lust hatte, arbeitete er nicht. Wenn ihn der Meister geärgert hatte, blieb er ein, zwei Tage im Bett, die Hände hinter dem Kopf verschränkt, und starrte zur Decke. Auch der ihm bestimmt sonst so angenehme Anblick von Barbara vermochte diese Starre, in die er dann geriet, nicht zu brechen. Er war gewohnt, über viel Geld zu verfügen. Und da er wußte, ohne Arbeit kein Geld, kam er nach zwei, drei Tagen meist wieder zu Vernunft. Geld brauchte er, denn er fuhr eine alte Harley Davidson, aus den USA in Einzelteilen importiert. Um sie zu beschaffen, war er in New York gewesen.

Einmal hatte er seine Maschine vor dem Haus abgestellt. Ich ging mit runter, um mir dieses Wundermotorrad auch mal genauer anzuschauen. Es hatte tatsächlich so etwas wie eine Aura ... eine Art weltlichen Heiligenschein, verstehst du. Freilich auch, weil immer alle glänzenden Teile, Auspuffrohr, Lenker und so weiter, toll geputzt waren. Alex überredete mich zu einer Probefahrt mit ihm um den Block. Danach verstand ich seine Begeisterung, die Barbara teilte. Ich war nie zuvor mit einem Motorrad gefahren. Ich fand Alex nett, eher harmlos, bestimmt unzuverlässig, aber *charming* oder – um es anders auszudrücken – ganz lustig als Freund für eine gewisse Zeit, aber nicht unbedingt jemand, mit dem ich nach Amerika oder nach Australien auswandern würde. Ja, diese Redensart gebrauchte ich wohl, als sich Barbara nach meinem Eindruck erkundigte. Als ich sah, daß sie das traf, hielt ich mich auf längere Zeit mit meinen Urteilen über ihn etwas zurück. Erst später ist mir genauer klar geworden, was ihr an ihm gefiel. Sie sagte: Er ist herrlich verrückt. Das muß man wohl übersetzen: Er hatte bizarre Einfälle und brachte es fertig, reichlich unangepaßt durch die Welt zu kommen.

Schön und gut, oder genauer: gar nicht gut. Als er, wie wir das in meiner Jugendzeit nannten, mit ihr bei mir *vortanzen* kam, hatte er mitgekriegt, was für jeden Besucher der Bibliothek nicht zu übersehen ist: daß ich mich für Indianer interessiere. Von den Büchern mal ganz abgesehen, besitze ich zum Beispiel einen Tanzmantel kolumbianischer Indianer, verziert mit den Köpfen eines männlichen und weiblichen Tukanbartvogels. Auf meinem Schreibtisch steht ein Paho des Owqöl-Frauenbundes, aus Holz gefertigt und mit Maisblättern, Baumwollschnüren und Federn versehen – ein recht bizarres Gebilde. Ich erinnere mich auch noch, daß ich zu Alex einmal gesagt habe: Was für den einen seine Harley Davidson ist, ist für den anderen sein Paho. Er ließ sich dann genau erklären, was ein Paho sei. Ein Gebinde magischer Dinge, sagte ich. Ja, meinte er lachend, ein Gebinde magischer Dinge könne man seinen Feuerstuhl wohl auch nennen.

Dann, dieses Jahr im Januar, hatte ich meinen siebzigsten Geburtstag. Von Max hatte ich mir die Reise in die

USA gewünscht. Mein Arzt war zwar strikt dagegen, aber ich hatte Max klargemacht, daß ich in diesem Leben unbedingt wenigstens einmal zu den Indianern müsse. Und so anstrengend sei der Flug heutzutage schließlich auch nicht.

Am Abend des Geburtstages kam Barbara mit Alex. Die beiden grinsten wie Honigkuchenpferde und übergaben mir ein riesiges Paket. Das erraten Sie nie, Charlotte, was wir da für Sie haben, sagte Barbara. Ich packte aus. Zutage kam eine irokesische Falschgesichtmaske. Ich freute mich sehr, konnte mir aber überhaupt nicht vorstellen, wo Barbara sie aufgetrieben haben mochte. Ich tippte auf den Flohmarkt. Barbara sagte nicht ja und nicht nein. Es schien ihr Spaß zu machen, mich im unklaren zu lassen. Ehe ich heirate, werd ich dir's verraten, sagte sie.

Etwa vier Wochen nach meinem Geburtstag klingelte es am Nachmittag an unsrer Wohnungstür. Max spielte wieder mal laut Schallplatten, ein Dvořák-Quartett mit einem rumpelnden Ländler. Man hörte gewissermaßen in seinem Zimmer die böhmischen Bauernpaare tanzen. Ich rief: Max, ich bitte dich! Etwas leiser! Mit der Musik verschwanden leider auch die tanzenden Bauernpaare. Ich machte also auf, und da standen zwei Herren in Zivil, die sich artig als Beamte der Kriminalpolizei vorstellten. Ich ließ mir ihre Dienstmarken zeigen. Das ging in Ordnung. Ich führte sie in die Bibliothek und fragte: Mögen Sie einen Schnaps? Und: Was wollen Sie von mir? Schnaps wollten sie keinen, sie seien im Dienst, sagten sie. Ich brauchte einen, denn mir schwante Schlimmes, und der Schreck war mir auf den Magen geschlagen. Die beiden konnten ja nichts dafür, aber die Begegnung mit Polizisten in Deutschland erweckt bei mir immer sehr unangenehme Erinnerungen. Ich goß also nur mir einen Calvados ein. Der eine Beamte fragte: Ist es richtig, daß sich in Ihrem Besitz eine indianische Maske befindet?

Ich nippte an meinem Calvados. Dann deutete ich zur Wand und sagte: Drehen Sie sich mal um, da hängt sie.

Sie staunten nicht schlecht, erklärten mir, die Maske gehöre ins Völkerkundemuseum in Dahlem und sei dort gestohlen worden. Dann fragten sie mich, wie ich zu der Maske gekommen sei. Ich gab wahrheitsgetreu Auskunft. Sie gaben mir für das gute Stück eine Quittung, nahmen es an sich und zogen ab.

Ich lief zu Max und erzählte ihm, was geschehen war. Kannst du dir vorstellen, daß Alex und Barbara eine Maske aus dem Völkerkundemuseum stehlen? fragte ich ihn.

Dieser Harley-Davidson-Knabe kam mir nie so ganz geheuer vor, meinte Max, aber wenn ich etwas gesagt hätte, wäre von dir prompt der Vorwurf gekommen, ich sei zu mißtrauisch. Aber ich solle doch daran denken, daß sich die beiden von Anfang an geweigert hätten, uns zu sagen, wo sie die Maske herhaben.

Aber wie kann man eine solche Maske aus einem Museum stehlen? fragte ich. Wenn man da auch nur etwas anrührt, fängt doch sofort die Alarmanlage an zu klingeln?

Dieser Alex ist vielleicht ein Tüftler. Möglich, daß er die Alarmanlage ausgeschaltet hat, meinte Max.

Mein Gott, protestierte ich, du siehst in den beiden ja schon berufsmäßige Kriminelle.

Bonnie und Clyde in Berlin, schlug er spöttisch vor. Und meinte dann, das einfachste sei doch wohl, Barbara selbst zu fragen.

Der Tathergang klärte sich dann sehr rasch in einem Gespräch mit einer ziemlich verheulten Barbara. Noch ehe ich mich mit ihr in Verbindung setzen konnte, rief sie mich aus der Wohngemeinschaft in der Köpenicker Straße an und bat mich, ich möge sie dort abholen kommen. Ich fuhr mit einem Taxi hin, lernte nun auch Beatrix kennen, die sich in anarchistischen Verwünschungen gegen die Polizei erging. Alex saß nämlich inzwischen schon in Untersuchungshaft. Es hatte sich herausgestellt, daß er in der Köpenicker Straße nicht angemeldet war.

Ich telefonierte noch von Kreuzberg aus mit unserem Rechtsanwalt, erzählte ihm, was ich wußte, und bat ihn, sich um Alex zu kümmern.

Dann nahm ich meine Barbara an die Hand, fuhr mit ihr heim, und als Max, sie und ich dann im Bibliothekszimmer beisammensaßen, machte ich mich darauf gefaßt, daß wir wohl heikle Dinge miteinander zu besprechen haben würden. Deshalb bot ich ihr das Du an. Max schloß sich an und besiegelte auf diese Weise die Adoption. Dann kamen wir zur Sache. Also, sagte ich zu ihr, nun mal die Karten auf den Tisch. Wie seid ihr zu der Maske gekommen? Und Barbara packte aus.

Die Firma, für die Alex arbeitete, hatte für das Museum in Dahlem Archivschränke gebaut und diese an Ort und Stelle im Magazin dann auch montiert. Dabei waren Alex in der Indianersammlung neun Falschgesichtmasken aufgefallen, die dort, offenbar recht stiefmütterlich behandelt, an einer Wand hingen. Er hatte dann eines Tages zwei davon mitgehen lassen, was zunächst über einige Wochen hin niemandem aufgefallen war. Das Völkerkundemuseum besitzt eine reichhaltige Indianersammlung, kann sie aber wegen Platzmangels nicht ausstellen.

Freilich interessierte es mich auch, wie Alex denn die beiden Masken hatte aus dem Museum herausschaffen können. Es gab da eine Tür, erzählte Barbara, die aus dem Magazin, in dem er arbeitete, in die Ausstellungsräume führte. Dort wartete offenbar eine zweite Person, die die Masken in Empfang nahm. Es dürfte eine Frau gewesen sein, denn die Betreffende scheint die Masken am Körper versteckt zu haben, was bei weiblicher Kleidung leichter ist als bei männlicher. Ich persönlich habe Beatrix im Verdacht, aber darüber habe ich nie zu jemandem etwas verlauten lassen. Warum auch? Und Alex hat zu diesem Punkt in der nachfolgenden Gerichtsverhandlung die Aussage verweigert.

Nach dem Diebstahl hingen die Masken in seinem Zimmer an der Wand über dem Fußende seines Bettes. Eines Nachmittags, als Barbara und Alex, wie sie es etwas rüde nannten, miteinander gepennt hatten, dürfte Barbara gesagt haben: Ach, wenn ich nur wüßte, was ich Charlotte zum Siebzigsten schenke. Dabei wird sie unverwandt die Masken angeschaut haben. Und Alex dürfte ihr darauf großzügig angeboten haben, ihr eine der beiden Masken zu überlassen, wenn Charlotte nun mal eine solche Freude dran habe.

Aber zum Verhängnis geworden war Alex nicht jene Maske, die eine Zeitlang an der Wand unseres Bibliothekszimmers gehangen hatte. Seine Harley Davidson brauchte ein Ersatzteil, das aus den USA bestellt werden mußte, und er brauchte das Geld dazu. Ein ganz erkleckliches Sümmchen. Er bot also die Maske einem Antiquitätenhändler an, der das Stück für einen Liebhaber von Kultgegenständen in Dänemark erwarb. Der dänische Kunstfreund verlangte eine Expertise. Der Antiquitätenhändler besaß nichts dergleichen. Er wandte sich an das Völkerkundemuseum in Dahlem, wobei der Leiter der Indianernsammlung voller Erstaunen feststellte, daß er eine der beiden kürzlich aus dem Museum entwendeten Falschgesichtmasken vor sich hatte. Er verständigte die Polizei, die zunächst den Antiquitätenhändler verhörte und dann Alex festnahm. Der packte aus, was es da auszupacken gab. Das heißt, er war sofort geständig.

Nachdem wir alle die Geschichte gehört hatten, zog Max das Fazit: Da sitzen wir ja ganz schön in der Tinte.

In der Gerichtsverhandlung bekam Alex neun Monate ohne Bewährung. Der Staatsanwalt hatte zwei Jahre beantragt. Als strafmildernd sah das Gericht an, daß er zuvor noch nie mit dem Gesetz in Konflikt gekommen war, aber immerhin sei der Diebstahl geplant worden. Der Wert der beiden Masken wurde auf circa zwanzigtausend Mark geschätzt. Alex hatte die eine Maske verkauft. Der Antiquitätenhändler hatte ihm tausend Mark für das gute Stück gezahlt. Den Richter brachte es aber offenbar ziemlich auf, daß Alex über seinen Helfershelfer oder seine Helfershelferin eisern schwieg. Mir hat das eher imponiert. Aber ich bin ja auch kein Richter.«

»Da habt ihr ja auch einiges mitgemacht«, sagte Beth, als Charlotte geendet hatte.

»Wie ich immer sage«, meinte Charlotte: »Wo die Liebe hinfällt, da bleibt sie liegen. Aber das«, fügte sie hinzu, »ist ja vielleicht noch der beste Teil an ihr.«

»Willst du nicht noch ein bißchen zu schlafen versuchen?« sagte Beth behutsam. »Es kann Morgen werden, ehe Keeok zurück ist.«

»Nein«, sagte Charlotte und kramte in ihrer Tasche nach einer leeren Kassette, »ich will weitererzählen.«

»Bist du sicher, daß ich nichts mehr für dich tun kann?«

»Wenn du noch etwas Holz auflegen würdest«, bat Charlotte, »es tut so gut, in die Flammen zu schauen.«

»Du solltest dich schonen und dieses Gerät abschalten«, sagte Beth, während sie zum Feuer hinüberging.

Mir geht es gut, dachte Charlotte, im Augenblick geht es mir verdammt gut. Vielleicht werde ich Barbara die Kassetten selbst bringen können.

Sie schaltete also wieder den Kassettenrecorder an und begann ruhig zu sprechen. Die Geschichte trug sie.

Manhattan,
Yatehs Geschichte
(1938)

Er ist in Wien geboren
er ist in Auschwitz gestorben
er lebt in New York.

Er glaubt noch immer
alle Menschen seien Brüder
unter der Haut.

Felix Pollak

Das Merkwürdige war, Barbara: Ich bin in all den fünfzehn Jahren, die Max und ich in New York im Exil verbracht haben, nicht einem einzigen Indianer begegnet. Indianer lebten und leben in Reservationen – sag um Himmels willen nicht »Reservate«, das sind nämlich Schutzräume für wilde Tiere. Und die Reservationen, zumindest die größeren, liegen in abgelegenen Gegenden, alle weit von New York entfernt. Ich hatte einfach nie das Geld für eine so lange Reise. Es war ein hartes Leben in Amerika. 1935, als wir ankamen, hatten sie gerade die große Wirtschaftskrise hinter sich. Unter Roosevelt ging es dann langsam wieder besser. Aber die Amerikaner hatten nicht auf uns gewartet. Das bekamen wir gleich bei unserer Ankunft aufs Butterbrot gestrichen.

Konrad, Max' Vetter, holte uns am Kai auf der Lower Westside ab, wo damals die Dampfer aus Übersee noch anlegten.

Ein Mann, von dem mir nur im Gedächtnis geblieben ist, daß er einen Mittelscheitel trug und einen dunklen Anzug anhatte. Ein bißchen wenig, findest du. Nun, dieser Mensch war ein bißchen wenig. Auch als Wohltäter, aber ich will nicht vorgreifen.

Er sagte: »*Welcome to America!* Willkommen in Gottes eigenem Land!«

Er war mir vom ersten Augenblick an unsympathisch, aber innerlich rief ich mich zur Ordnung und versuchte daran zu denken, was wir ihm verdankten.

Sein Deutsch klang merkwürdig singend. Er tat so blasiert und welterfahren, daß ich mir wie eine graue Maus aus der Provinz vorkam.

»Freut mich, daß alles so gut geklappt hat. Aber deine Eltern, Charlotte. Du hast sie nicht mitgebracht?«

Er machte ein Gesicht, als spreche er von jemandem, den ich mutwillig in einem brennenden Haus zurückgelassen hätte.

»Sie waren einfach nicht dazu zu bewegen«, versuchte ich ihm zu erklären. »Mein Vater sagt: Ich habe vom Kaiser das Eiserne Kreuz erster Klasse, was soll mir da dieser Gefreite wollen. Ich bin ein deutscher Patriot. Meiner Frau und mir wird nichts geschehen.«

Ich redete zu rasch, zu vertraut, zu laut, und ich wußte es.

»Wenn er sich da nur nicht täuscht«, warf Max leise ein, und etwas lauter sagte er: »Der alte Herr liebt eben Deutschland, wie so viele ...«

Für Konrad war das Thema bereits erledigt. »Na«, erklärte er gönnerhaft, »ihr werdet es schon schaffen.« Beweglichkeit und Anpassungsfähigkeit würden hier von einem Newcomer schon erwartet. Gebratene Tauben flögen hier keinem ins Maul. Dennoch gelte durchaus: Freie Bahn dem Tüchtigen.

Er wies auf die Wolkenkratzer links von uns, in die Gegend, in der das Empire State Building in den Himmel ragt. Sie standen so hoch, gewaltig und dräuend da, daß ich meinen Augen nicht zu trauen glaubte.

»Wichtig ist die Sprache«, belehrte er uns weiter. »Es wird euch hier keiner übelnehmen, wie ihr Amerikanisch sprecht, ob mit einem irischen oder einem bayrischen Akzent. Das ist den Leuten völlig schnuppe. Aber Amerikanisch sprechen müßt ihr. Wie sagt man doch noch drüben ... ach ja: sonst seid ihr gleich unten durch und könnt einpacken. Well, also immer munter drauflos *getalkt*. So, Kinder«, er riß seine Armbanduhr vor die Augen. »Tut mir leid, aber ich muß los. *Time is money*, wie man hier sagt. Ich muß heute vormittag noch bei zwei Kunden vorbei. Fällige Rechnungen eintreiben. Dazu schicken sie immer den alten Conny los. Und dann zurück in den Betrieb. Wenn man sich nicht um alles selbst kümmert, klappt nichts. Ins Hotel nehmt ihr am besten eine Droschke. Vielleicht können wir uns in den nächsten Tagen zum Lunch mal sehen. In welchem Hotel habt ihr denn gebucht?«

Max schien plötzlich etwas verlegen. »Ja, warte. Wie hieß es doch gleich? Also, mir ist doch im Augenblick der Name entfallen.«

»Na dann ... ruft mich morgen früh im *office* an. Hier ist die Nummer. Miss Hunter macht meine Termine.« Er war schon im Begriff davonzustürzen, da hielt er plötzlich inne und wandte sich noch einmal mir zu: »Noch etwas, Charlotte, und nicht wahr, du nimmst mir's nicht übel: Laß dir einen Bubikopf schneiden und ändere als erstes deinen Mantel ab. So hausbacken europäisch kannst du hier unmöglich herumlaufen. *Bye, bye, Charlotte. See you tomorrow, Max.*«

Fort war er.

»Hast du denn überhaupt ein Hotel gebucht?« fragte ich Max.

Er betrachtet nachdenklich die Spitzen seiner Schuhe und schüttelte dann betrübt den Kopf. »Nein, ich hatte gehofft, Konrad würde das für uns erledigen. Oder er würde uns für die ersten Tage zu sich einladen. Er besitzt außerhalb der Stadt ein Haus, im Hudson-Tal. Na, vielleicht wäre es zu umständlich. Er scheint ja auch sehr beschäftigt zu sein.«

»Offenbar«, sagte ich, »ist es dem lieben Konrad ziemlich gleichgültig, was mit uns geschieht.«

»Tut mir leid«, sagte Max betreten, »ich hatte mir das auch anders vorgestellt. Aber ich fürchte, Charlotte, daran werden wir uns gewöhnen müssen.«

Ich musterte ärgerlich den Berg Koffer, hinter dem die Wolkenkratzer aufzuragen schienen. Max' zwei Geigenkästen kamen mir plötzlich vor wie kleine Särge.

»Warte mal«, sagte Max, »ich habe mir doch, ehe wir in Berlin abfuhren, für alle Fälle eine Adresse notiert. Ja, hier habe ich sie: Congress House, 68. Straße. Ost. Eine jüdische Organisation. Zwar bist nur du Jüdin und ich ein Goi, aber vielleicht sind die dort auf solche Fälle inzwischen schon eingerichtet.«

»Und wie kommen wir da hin?« fragte ich, immer noch deprimiert.

»Ganz einfach«, sagte Max, »wie mein lieber Vetter empfohlen hat, mit einem Taxi.« Er schlug sich mit der Hand vor die Stirn und lachte. »Nächstesmal bin ich klüger. Ich hätte doch wenigstens das Fahrgeld bei ihm schnorren sollen.«

Das Congress House lag in der Nähe des Central Parks. Es war ein Asyl für Obdachlose. Der ungarische Rabbiner Stefan Wiese hatte es für die Unterbringung unbemittelter Einwanderer gegründet. Also, da waren wir genau richtig. Allerdings durfte niemand länger als vier Wochen bleiben. Männer und Frauen waren in getrennten Schlafsälen untergebracht. Bei den Mahlzeiten in dem überfüllten Speiseraum wurde uns klar, daß es Hunderte, wahrscheinlich sogar Tausende, deutscher Emigranten gab, die wie Max und ich Arbeit suchten. Günstig war, daß wir es vom Congress House nicht weit bis zum Central Park hatten. Da bin ich oft mit Max spazierengegangen. Dort habe ich mich immer mit ihm getroffen, wenn er von seinen Vorstellungsgesprächen bei den Musikeragenturen zurückkam.

Er suchte wochenlang nach einem Job. Wenn er kam, war es seinem Gesichtsausdruck nie anzusehen, ob er Erfolg gehabt hatte oder nicht. Er setzte sich neben mich auf die Bank und saß eine Weile stumm da. Ich wußte, in seiner Phantasie lief irgendein Musikstück ab. Damit vertrieb er sich düstere Gedanken. Er besaß schon damals diese Fähigkeit, sich Musik vorzustellen. Irgendwann fragte ich gewöhnlich: »Nun ... schönes Wetter, schlechtes Wetter ... veränderlich?«

So auch an diesem Tag.

»Ich würde sagen, leichte Aufhellung«, war seine Antwort.

»Erzähl schon.«

»Nichts Festes. Nichts in einem Orchester.«

»Was dann?«

»Bitte, lach mich nicht aus.«

»Also, Max...«

Er saß vornübergebeugt da, ließ die Arme zwischen seinen Knien herabhängen, stieß ein höhnisches Lachen aus und schüttelte den Kopf. »Mervin hat eine Hochzeitsgesellschaft dazu überredet, daß sie das Largo von Händel nicht auf der Orgel spielen lassen, sondern von einem Cello. Morgen, in der *Little Church Around*; 29. East, Ecke Fifth Avenue. Die Braut ist ein Sternchen in irgendeiner Broadway-Show.«

»Und warum nicht auf der Geige?« fragte ich.

»Cello klinge feierlicher, behauptete der Bräutigam.«

»Kriegst du das auf einem Cello hin?«

»Ich denke schon.«

»Und ein Instrument?«

»Das leiht mir Mervin. Er hat immer Bestände. Für Musiker, die ihre Instrumente versetzt haben.«

»Was zahlen sie?«

»Zehn Dollar... lohnt sich kaum, was?«

»Zehn Dollar sind zehn Dollar«, sagte ich.

Er richtete sich plötzlich auf, als habe er einen Entschluß gefaßt.

»Es hat keinen Sinn, Charlotte. Mit Musik ist nichts zu machen. Jedenfalls fürs erste nicht.«

»Du bist ein guter Musiker. Was meint denn Konrad?«

»Mein lieber Vetter macht sich vor allem Sorgen um seine Bürgschaft. Ja, wenn ich in der Textilbranche Erfahrung hätte oder als Kürschner – kein Problem. Aber als Orchestermusiker ist es aussichtslos.«

»Ich würde Konrad gern mal die Meinung sagen«, sagte ich. »Da hat er im letzten Jahr eine halbe Million geerbt und jammert wegen der Bürgschaft. Besitzt ein Haus am Hudson und eine Wohnung auf der Upper Eastside und denkt nicht daran, uns auch nur vorübergehend dort aufzunehmen. Vielleicht sollten wir uns von den zehn Dollar, die du morgen verdienst, ein Lotterielos kaufen. Das Dumme ist, daß wir spätestens in einer Woche aus dem Congress House raus müssen. Mrs. Wiese hat bei uns ohnehin schon eine Ausnahme gemacht. Meinst du, ich sollte noch mal mit ihr sprechen?«

»Damit sie dir wieder deinen Goi vorhält? Nein, zur Not machen wir es wie der alte Madruschek.«

Der alte Madruschek, ein polnischer Jude aus Breslau, war im Congress House dafür bekannt, daß er sich von allen Brotreste erbat, die er dann an die grauen Eichhörnchen im Central Park verfütterte. Eines Nachmittags fand ihn die Polizei dort auf einer Bank über dem See sitzend – tot. Er hatte sich mit einem Röhrchen Schlaftabletten das Leben genommen. Dabei war er immer vergnügt und zuversichtlich gewesen und hatte so vielen von uns mit seinen Witzen Mut gemacht und einen Augenblick Lachen gegeben. Bei seiner Beerdigung kam ich zum erstenmal auf einen jüdischen Friedhof in New York.

Max hatte Empfehlungsschreiben aus Deutschland mitgebracht. Einen persönlichen Brief seines Konzertmeisters an einen amerikanischen Impresario. Er wurde sechs-, siebenmal zum Vorspielen eingeladen, aber eine feste Anstellung fand er nicht. Es gab zu viele amerikanische Musiker, die ebenfalls Arbeit suchten. Schließlich war es Mrs. Wiese, die uns eine Stelle als Dienerehepaar bei einer reichen Dame drüben auf der Westside verschaffte. Es war sehr komisch: Verlangt wurde jüdischdeutsche Küche, die ich mir rasch mit Hilfe von Kochbüchern aneignete. Vor allem mußte ich lernen, Bagels zu backen, denn Bagels, ein jüdisches Gebäck, das aus Wien stammt, gehörten zu den Leibspeisen der alten Dame. Die Wohnung lag im obersten Stock eines jener Häuser, deren Fassaden wie gewappnete Walküren aussehen und von denen aus man auf die Anlage vor dem Haydn-Planetarium und die Columbus Avenue hinabsieht. Max mußte dreimal am Tag die Zwergpinscher Willie, Nillie und Gopher ausführen, deutsche Romane vorlesen, und er lernte, Silber zu putzen. Mrs. Kornbluth wußte, daß Max Musiker gewesen war. Also ließ sie sich von ihm auf der Geige Opernarien vorspielen. Meist wollte sie Puccini oder Verdi hören. Was das Vorlesen anging, so hatte sie eine besondere Vorliebe für alles, was mit dem deutschen Wald zusammenhing. Einmal, als ich im Nebenzimmer die Möbel abstaubte, wurde ich, ohne daß ich regelrecht gelauscht hätte, Ohrenzeuge der folgenden Szene. Die letzten Takte der Arie *Wie eiskalt ist dies Händchen*, gespielt auf der Violine, waren verklungen. Mrs. Kornbluth klatschte Beifall. Dann rief sie: »So, und nun, Max, möchte ich, daß Sie mir noch etwas vorlesen.«

»Gern, Mrs. Kornbluth. Haben Sie einen besonderen Wunsch?«

»Ja, ich will wieder einmal die deutschen Wälder rauschen hören. Lesen Sie *Das kalte Herz* von Wilhelm Hauff.«

Darauf Max' Stimme: »Wenn ich mir erlauben darf, darauf hinzuweisen. Ich habe *Das kalte Herz* bereits dreimal vorgelesen.«

»Das macht nichts. Es erinnert mich an meine Kindheit, an Deutschland.«

»Sehr wohl, *madam*. Das verstehe ich gut.«

»Also dann, wenn ich bitten darf...«

Er hatte sich offenbar hingesetzt, blätterte und begann dann: »›Erste Abteilung. Wer durch Schwaben reist, der sollte nie vergessen, auch ein wenig in den Schwarzwald hineinzuschauen; nicht der Bäume wegen, obwohl man nicht überall solch unermeßliche Mengen herrlich aufgeschossener Tannen findet, sondern wegen der Menschen, die sich von anderen Menschen ringsumher merkwürdig unterscheiden.‹«

Max las gut vor. Aber nicht nur deswegen konnte ich Mrs. Kornbluths Vorliebe begreifen. Es liegt etwas in diesem Text, was ungemein deutsch ist, und er erinnerte mich mit einer merkwürdigen Mischung von Schmerz und Freude daran, daß Deutsch meine Muttersprache war.

Edith Kornbluth war in den USA geboren. Ihre Vorfahren waren noch vor der Mitte des neunzehnten Jahrhunderts aus Baden in die USA ausgewandert. Sie waren Viehhändler auf dem Land gewesen, die einzigen Leute, die den Bauern Geld liehen, wenn sie nach einer Mißernte in finanzielle Schwierigkeiten gerieten. An den Geldverleiher und den Zinseneintreiber denkt man selten mit Sympathie. So fiel es nicht schwer, bei einer Wirtschaftskrise die Viehjuden als Sündenböcke hinzustellen. Samuel Mayer, Edith Kornbluths Großvater, hatte die Folgen solcher Vorurteile zu spüren bekommen. Nachdem man ihm sein Haus angezündet hatte und die Polizei nicht in der Lage gewesen war, die Täter zu ermitteln, war er nach Amerika ausgewandert.

Dort war sein Sohn reich geworden. Eine wohlhabende Tante hatte Edith, als sie sechzehn Jahre alt war, auf eine Reise nach Europa mitgenommen. Sie hatten dort den Kölner Dom besucht, eine Rheinfahrt unternommen, und sie waren im Schwarzwald gewandert. Von dieser Bildungsreise heimgekehrt, wurde Edith mit einem Mr. Kornbluth verheiratet, der bis zu seinem Tod 1932 Sachverständiger am Diamond Centre in der 47. Straße gewesen war.

Zu Max' und meinen Pflichten als Dienerehepaar gehörte es nicht nur, zu putzen, zu kochen und die Hunde auszuführen; zweimal in der Woche verwandelten wir uns am Nachmittag aus Domestiken gewissermaßen in Kulturwesen. Wir wurden dann zu Mrs. Kornbluth in den Salon gebeten und hatten mit ihr über ein Thema, das sich immer fand, Konversation zu machen.

Einer dieser Nachmittage wird mir immer im Gedächtnis bleiben. Max und ich saßen artig auf unbequemen Stühlen mit Samtbezügen. Mrs. Kornbluth, eingehüllt in Decken und umgeben von ihren Hunden, die mir wie ausgestopft vorkamen, versank nahezu in einem gewaltigen Ledersessel, in dem sie noch kleiner und schmächtiger wirkte, als sie es ohnehin war. Von Diamanten war die Rede gewesen, von den scharfen Augen des verstorbenen Mr. Kornbluth, die jede Fälschung entlarvten.

»Ach, zu dumm, Max, daß Sie Musiker sind«, rief Mrs. Kornbluth, »wenn Sie etwas von Diamanten verstünden, könnte ich Ihnen leicht einen Posten verschaffen. Aber sagen Sie, schätzen Sie eigentlich Dvořák?«

»Sehr, *madam*«, antwortete Max. »Er ist einer meiner Lieblingskomponisten. Ich habe in Berlin häufig seine Quartette gespielt.«

»Was Sie nicht sagen. Wissen Sie, daß eine entfernte Verwandte meiner Mutter Jeanette Thurber war – die Frau, die ihn als Direktor an das erste New Yorker Konservatorium geholt hat?«

»Ich weiß nicht, ob Ihnen bekannt ist«, sagte Max genau im Stil jener Salon-Konversation, in der es galt, den anderen mit seiner Bildung zu beeindrucken, und bei der ich vor Langweile innerlich rasend wurde, ohne es zeigen zu dürfen, »daß 1879 in Prag eine Musik- und Tanzgruppe nordamerikanischer Indianer aufgetreten ist, die Dvořák unter Unständen gesehen und gehört hat.«

»Was Sie nicht sagen, mein Lieber ...«

»Später«, fuhr Max fort, »wollte er sogar eine Oper über Longfellows Indianerepos *Hiawatha* schreiben. Es wurde aber nichts daraus. Anklänge an die Indianertänze finden sich übrigens in der Violinsonate G-Dur und dann natürlich in der Neunten Symphonie.«

»Gott nein«, rief Mrs. Kornbluth. »Das wissen Sie! Max, Sie sind der gebildetste Mensch, der mir je begegnet ist. Es ist so angenehm, sich mit zwei gebildeten Menschen zu unterhalten, wie Charlotte und Sie es sind. Ach, mein Glas ist schon wieder leer. Schenken Sie mir bitte noch einen Tropfen Sherry ein und bedienen Sie sich doch bitte auch.«

Max kam ihrer Aufforderung nach.

»Zum Wohl, mein Lieber! Zum Wohl, Charlotte. Und wie mein Großvater immer zu sagen pflegte: ›Schmutz in eure Augen‹.«

Sie nahm ein Schlückchen, und es war lustig mit anzusehen, wie sie das Getränk genoß. Plötzlich wurde ihre Miene ernst, und sie streckte ihr Mäusegesicht vor. »Also, Max, was ich Sie immer schon mal fragen wollte.

Dieser Herr Hitler, von dem in letzter Zeit so viel Aufhebens gemacht wird – was ist das für ein Mensch?«

Ich bewunderte die Beweglichkeit, mit der Max von Dvořáks Interesse an der Neuen Welt zur Persönlichkeit des »Führers« umschalten konnte. Wie aus der Pistole geschossen sagte er ernst und unerbittlich: »Ein gefährlicher Demagoge.«

»Ich hörte neulich durch Zufall seine Stimme im Rundfunk«, sagte Mrs. Kornbluth, »das klang sehr unsympathisch. Geradezu hysterisch. Dann sah ich ein älteres Bild des Mannes in der Zeitung. In Zivil. Er steht vor einem Spiegel und fuchtelt mit den Händen durch die Luft. Also, wie ein Schmierenschauspieler. Auch in Uniform finde ich ihn nicht sehr eindrucksvoll. Die Deutschen scheinen aber recht stolz zu sein auf ihn. Oder wie sehen Sie das, Max?«

»Man sollte Hitler vor allem nicht unterschätzen, *madam*.«

»Aber daß so ein Gauner Erfolg hat?«

»Er versteht es recht geschickt, sich der Ressentiments des deutschen Kleinbürgertums zu bedienen. Die Schande des verlorenen Krieges, die sogenannte Erniedrigung durch den Versailler Vertrag, der Verlust ihrer Spargroschen in der Weltwirtschaftskrise, Arbeitslosigkeit, die Angst vor dem Bolschewismus, überhaupt die politische Instabilität in der Weimarer Republik. Und schuld daran sind immer nur die anderen, die Fremden, die Juden, die Plutokraten, das Großkapital.«

»Wo stammt dieser Mr. Hitler eigentlich her?« wollte Mrs. Kornbluth wissen. »Uns hier ist er erst in den letzten Jahren aufgefallen. Aber er ist ja wohl nicht als *the Führer* geboren worden?«

»Er kommt aus Österreich. Er ist der Sohn eines Zollbeamten und dessen dritter Ehefrau. ›Ich habe das schöne Wort Jugend nie gekannt‹, hat er später mit dem ihm eigenen Hang zu sentimentalem Pathos geschrieben. Die Realschule mußte er wegen schlechten Betragens verlassen. Er wollte dann Maler werden und siedelte 1908 nach Wien über. In die Akademie der Bildenden Künste wurde er wegen mangelnder Begabung nicht aufgenommen. In Wien verbrachte er, wie er in *Mein Kampf* schreibt, Jahre des Elends und des Hungers. Aus dieser Zeit rührt wohl sein Haß auf Juden, Marxisten und Liberale her. Es gab damals in Wien den Bürgermeister Karl Lueger, dessen Antisemitismus und Sorge um die Reinheit des Blutes sich Hitler zu eigen machte. 1909 war sein kleines väterliches Erbe aufgezehrt, und er begann, von der Hand in den Mund zu leben. Aber seine häufigen Umzüge von einem billigen Zimmer zum nächsten, in Männerheime und Asyle, scheinen auch eine Flucht vor der Einberufung zur österreichischen Armee gewesen zu sein.«

Max hielt inne und sah mich fragend an, wollte offenbar wissen, ob er sich auf sein Lieblingsthema zu ausführlich einlasse. Aber noch ehe ich reagieren konnte, sagte schon Mrs. Kornbluth: »Sie kennen sich da aus, als wäre dieser Mr. Hitler ein alter Bekannter von Ihnen gewesen.«

»Ich würde eher sagen: mein Intimfeind«, antwortete Max. Er habe lediglich *Mein Kampf* gelesen. Aber da stehe alles drin.

»Nur weiter«, forderte Mrs. Kornbluth Max auf, und ich muß sagen, auch ich war gespannt darauf, was er noch alles über Hitler würde zu erzählen wissen.

»1913«, fuhr er fort, »verließ Hitler plötzlich Wien und

wechselte nach München, wo er sich als Staatenloser ausgab. Das hinderte die bayerische Polizei nicht, ihn im Januar 1914 dem österreichischen Konsul vorführen zu lassen. Eine Musterungskommission in Salzburg schickte ihn nach vierzehn Tagen als zu schwach und waffendienstunfähig wieder nach München zurück. Also, niemand wollte ihn haben. Doch als dann im Herbst der Erste Weltkrieg ausbrach, meldete sich Hitler freiwillig zu einem bayerischen Reserve-Infanterieregiment.«

»Das ist ja sehr interessant«, warf Mrs. Kornbluth ein. »Wo er doch zuerst nicht Soldat werden wollte. Wahrscheinlich träumte er da noch vom Ruhm als Künstler.«

»Er wollte nur in Österreich nicht Soldat werden. Er haßte die schlampig-dekadente Donaumonarchie. Im Deutschen Reich will man ihn zunächst nicht Soldat werden lassen, aber da möchte er, weil man doch in Deutschland überhaupt erst in Uniform zum Menschen wird. Übrigens erwies er sich als ein tapferer Soldat. Da kann es gar keinen Zweifel geben. Diese Art von Entschlossenheit, die es beim Militär braucht, das lag ihm. Er brachte es zwar nur bis zum Gefreiten, erhielt aber das Eiserne Kreuz erster und zweiter Klasse. Er wurde verwundet, kam ins Lazarett. Deutschlands militärische Niederlage und die Revolution von 1918 versetzten ihn in ohnmächtige Wut. Nach seiner Gesundung überkam ihn die Vorstellung, das Schicksal habe ihn dazu ausersehen, Deutschland von der Schmach des Versailler Vertrages und von den Bolschewisten und Juden zu befreien. Später sprach er immer von der *Vorsehung*. Im Sommer 1919 wurde er so etwas wie ein Spitzel der Reichswehr zur Ausspähung der politischen Ansichten unter den Kriegsheimkehrern. Dabei stieß er auf die Nationalsozialistische Deutsche Arbeiterpartei, und in ihr begann dann sein unaufhaltsamer Aufstieg.«

»Aber diese Stimme«, wandte Mrs. Kornbluth ein, »das ist doch die Stimme eines Verrückten. Wie kann man mit einer solchen Stimme Karriere machen?«

»Ich erkläre mir das so«, sagte Max, »die einen sagten sich, dieser Mensch ist nicht ernst zu nehmen; die anderen erkannten in dieser Stimme ihren eigenen Chauvinismus wieder; sie mußten ihn herunterwürgen. Er wagte es, diese nationalistische Hysterie, diese Mischung aus Demütigung und Überheblichkeit auszuleben. Kleinbürgern imponiert das. Deswegen folgen und glauben sie ihm. Und die Großindustriellen ... die meinten, sie könnten ihn benutzen. Bald benutzte er sie.«

»Bravo«, rief Mrs. Kornbluth, »Sie sollten versuchen, für die Zeitung zu schreiben, Max. Das war eine so klare Darstellung – da könnten sich unsere Sensationsschreiberlinge mal ein Beispiel nehmen.« Dann fiel ihr Blick auf mich. »Und Sie, Charlotte, Sie haben keinen Mucks gesagt. Was halten Sie denn von diesem Herrn Hitler?«

»Wissen Sie«, antwortete ich, und es würgte mich im Hals, »für mich zählt vor allem eines: Meine Eltern sind in seiner Gewalt.«

Sie sah mich lange nachdenklich an, aber das erlösende Wort, das ich immer wieder erwartete, die Zusage, mir mit Geld zu helfen, sie aus Deutschland herauszuholen, oder sich bei einer Hilfsorganisation für sie zu verwenden – es fiel nicht. Es kam ihr wahrscheinlich gar nicht in den Sinn. Im stillen hoffte ich so sehr darauf, aber meine gute Erziehung verbot mir, eine Anspielung zu machen.

Wir haben in diesen Jahren gewissermaßen in zwei Ländern und in zwei Kontinenten gelebt. Wir haben die politischen Ereignisse in Deutschland so genau verfolgt, wie wir nur irgend konnten. Nachdem wir eingesehen hatten, daß Max als Orchestermusiker in den USA nicht würde Fuß fassen können, schwankten wir zwischen der Vorstellung, wieder nach Deutschland zurückzukehren, und dem Wunsch, vor allem meine Eltern aus Deutschland herauszuholen, um sie zu schützen.

Die Indianer waren bei alldem sehr fern. Sie zu besuchen, war immer noch mein Traum. Ich konnte ihn mir ebensowenig erfüllen wie jenen viel bescheideneren, einmal in einer Kutsche durch den Central Park zu fahren.

Nach zwei Jahren, also Ende 1937, starb Mrs. Kornbluth. Es stellte sich heraus, daß sie uns ein Legat ausgesetzt hatte – zweihundert Dollar für Max und zweihundert für mich. Mit dem Geld mieteten wir uns eine kleine Wohnung, zwei Zimmer, auf der Lower East Side. Und ich hatte riesiges Glück. Ich fand schließlich einen Job in der Public Library. Eine Schenkung jüdischer Schriften aus der Zeit der Aufklärung war zu katalogisieren. Jetzt zahlte es sich aus, daß ich bei Herrn Feigelboim Hebräischstunden genommen hatte. Und als diese Arbeit abgeschlossen war, behielt man mich als eine Art Hilfskraft und Mädchen für alles im Magazin. Bücher reinigen und einbinden. Ich verdiente sehr wenig, aber wir hatten es uns abgewöhnt, wählerisch zu sein. Zu viele unserer Freunde und Bekannten hatten überhaupt keine Arbeit. Das Haus, in dem wir wohnten, befand sich in einem verwahrlosten Zustand. Eine Katastrophe war es, als wir einmal einen Rohrbruch hatten. Wir mußten den Schaden aus eigener Tasche bezahlen und das Zimmer neu streichen lassen.

Eines Abends übte Max Geige, und ich saß über dem

Haushaltungsbuch. In gewissen Abständen erschütterte das Geräusch der Subway den Küchentisch. Fünfunddreißig Dollar für die Miete, fünfzig Dollar für die Mahlzeiten, zehn Dollar für Fahrgeld. Es reichte wieder mal nicht hin und nicht her. Das war einer der Augenblicke, in denen ich nicht wußte, wie es weitergehen sollte. Merkwürdigerweise kamen wir dann doch immer irgendwie über die Runden, sei es, daß meine Eltern uns in einem ihrer Briefe ein paar Reichsmark schickten, sei es, daß Max wieder einmal auf einer Hochzeit fiedeln durfte.

Ich hatte vielleicht etwas zu hörbar geseufzt. Jedenfalls brach Max' Geigenspiel abrupt ab. Er trat, das Instrument noch in der Hand, hinter mich und streichelte mir übers Haar. »Hör mal, Charlotte«, sagte er, »ich habe mich erkundigt, was ich für meine Geige bekäme.«

»Die alte oder die andere?« fragte ich, denn er besaß zwei.

»Natürlich die alte. Sie würde dreihundert Dollar bringen.«

»Mehr nicht?« sagte ich, alles andere als begeistert. »Das kommt gar nicht in Frage. Worauf willst du spielen, wenn sie dich für die Carnegie Hall verpflichten?«

Das war einer unserer bitteren Scherze.

»Ich finde keine Anstellung in einem Orchester oder bei einem Quartett. Über zwei Jahre renne ich mir jetzt die Hacken ab. Charlotte, es ist völlig unrealistisch.«

»Du darfst die Hoffnung nicht aufgeben. Ach was, in Wirklichkeit tust du das ja auch nicht. Weswegen übst du sonst vier, fünf Stunden am Tag?«

Er schaute düster auf die Geige. »Ich will mir nichts vormachen. Der Ton läßt nach. Von Woche zu Woche. Hörst du's nicht auch?«

»Das bildest du dir nur ein. Könnte uns nicht Konrad etwas Geld leihen, nur für ein, zwei Monate?«

»Ich mag ihn nicht fragen.«

»Dann frage ich ihn.«

»Das wirst du nicht tun, Charlotte. Bitte!«

Max verkaufte also sein gutes Stück. In gewissem Sinn war das ein Hinweis darauf, daß er kapituliert hatte. Wir zahlten von dem Geld die Rechnung für den Klempner und den Maler. Zwei Monate später tat Max etwas, was er bis dahin immer strikt abgelehnt hatte. Er nahm einen Job als Stehgeiger im Café eines teuren Hotels an. Später spielte er mit einem Flötisten aus Italien und einem spanischen Gitarristen Tangos in einem Nachtclub in der Village. Der Gitarrist hieß Arturo Gomez. Er hinkte stark. Ich erfuhr, er habe auf seiten der Republik im Norden Spaniens gegen Franco gekämpft und sei bei einem Bombenangriff der Legion Condor verwundet worden. Der Flötist war Neapolitaner und Sozialist. Er wollte nicht als Soldat Mussolinis Abessinien erobern helfen und flüchtete zu Verwandten nach New York.

Nachdem das Trio seine ersten zwei, drei Auftritte gehabt hatte, ging ich einmal zuhören. Um das Fahrgeld für die Subway zu sparen, machten Max und ich den Heimweg durch das nächtliche New York zu Fuß. Wir hatten Washington Square schon hinter uns und liefen über den Little Broadway, den ich sonst wegen seiner Lebhaftigkeit und seiner so verschiedenartigen Geschäfte liebte, der aber jetzt wie eine Geisterstraße dalag. »Na«, fragte Max unvermittelt, »wie waren wir?«

»Prima. Und die Leute waren begeistert.«

»Nun ja«, sagte er skeptisch. »Noch haben wir uns nicht durchgesetzt. Vorerst sind wir für zwei Wochen engagiert. Mr. Barrow, der Manager, hat gesagt, die Musik müsse sich in erhöhtem Umsatz bemerkbar machen. Sonst . . . !«

»Ihr seid wirklich gut, Max. Glaub mir. Ihr schafft das.«

»Weißt du«, sagte er, »daß der deutsche Kaiser seinen Offizieren seinerzeit verboten hat, in Uniform Tango zu tanzen?«

Ich hielt das für eine harmlose Reminiszenz. »Nein, das wußte ich nicht.«

»Es ist ein Tanz, der aus Seemannskneipen und Opiumhöhlen stammt«, erklärte er mir.

»Stört dich das?«

»Überhaupt nicht.«

»Man hört euch natürlich an, daß ihr von der klassischen Musik herkommt.«

»Hoffentlich nicht zu sehr«, meinte er. »Das wäre nicht gut für Mr. Barrows Umsatz. Machen wir uns keine Illusionen, Charlotte. Die seriöse Musik wäre damit endgültig ad acta gelegt. Ab jetzt werde ich nur noch tingeln.«

Ich blieb vor ihm stehen, vertrat ihm den Weg, so daß er auch stehenbleiben mußte. »Das schaffst du nicht, Max.«

»Das schaff ich sehr wohl«, sagte er entschieden. »Und der Tango eignet sich ausgezeichnet dazu. Der Tango ist ein Singen von Traurigkeit, ohne zu weinen. Sehr passend in meiner Situation.«

In diesem Trio hatte Max Erfolg. Er verdiente mit der Zeit auch passabel. Dafür sorgte schon die Musikergewerkschaft. Recht glücklich wurde Max dabei allerdings nicht. Er sprach nie darüber, aber ich spürte, daß er der klassischen Musik nachtrauerte. Er kam nun immer erst spät in der Nacht heim. Ich hatte wieder viel Zeit zum Lesen. In der Public Library lieh ich mir die Lebenserinnerung der Yateh aus, einer Indianerin aus dem Stamm der Navajo. Das war seit langem wieder einmal ein Buch, über dem ich alles vergaß. Ich las und las...

Yateh, eine Indianerin aus dem Stamme der Navajo

1863 erteilt General Carleton den Auftrag, Arizona so schnell wie möglich von allen Indianern zu säubern. Es sind Goldfunde gemacht worden, und die Besitzer der Fundstellen befürchteten, bei der Ausbeutung der Bodenschätze mit den Indianern Schwierigkeiten zu bekommen. Der weiße Scout Kit Carson, selbst mit einer Indianerin verheiratet, erhält von General Carleton den Befehl, alle Navajo-Männer ohne Gnade zu töten, die Frauen und Kinder aber gefangenzunehmen und nach Fort Defiance zu bringen. Die Maisfelder und Pfirsichplantagen der Navajo im Canyon de Chelly sollen niedergebrannt werden, die Brunnen sind zuzuschütten oder zu vergiften.

Yateh lebt zu dieser Zeit mit ihren zwei Kindern, dem alten Mann und der alten Frau in der Nähe des Teiches der Weidenbäume. Ihren Mann Pacolito hat sie seit zwei Jahren nicht mehr gesehen. Sie weiß nicht, ob er noch lebt, ob er in Gefangenschaft geraten ist, ob er sich in den Bergen im Norden versteckt hält.

Es ist ein kalter, klarer Februartag im Jahre 1864, als

eine Abteilung der US-Kavallerie in diese Gegend kommt. Die Soldaten stecken das Maisfeld in Brand und stoßen dann auf einen alten Mann und einen achtjährigen Jungen, der Dojuh heißt.

»Nur ruhig, mein Kleiner«, sagt der alte Mann, als die Weißen anreiten. »Nur ruhig. Die weißen Teufel sehen sehr furchterregend aus. Aber einem alten Mann und einem kleinen Jungen werden sie nichts tun.«

»Ja, Großvater«, kann Dojuh gerade noch sagen, dann sind die Reiter heran.

»He, Alter, wo sind eure Krieger?« fragt ein Soldat den Großvater vom Pferd herab. Er spricht Englisch und ist erstaunt, als der Großvater auf englisch antwortet. Dojuh versteht die fremde Sprache nicht, aber er kann sich vorstellen, was die Soldaten und der Großvater da verhandeln. Der Soldat wird nach den Männer gefragt haben, und der Großvater hat ihm gewiß versichert, hier lebten nur eine alte Frau, eine junge Frau und zwei Kinder. Hier ist Friede, wäre der letzte Satz seiner Antwort gewesen, wenn er auf Dineh geantwortet hätte. An ihren Gesichtern kann der Junge ablesen, daß die Soldaten dem Großvater nicht glauben. Verächtlich sagen sie etwas. Wahrscheinlich bezichtigen sie den Großvater der Lüge. Wenn den weißen Männer eine Auskunft nicht paßt, behaupten sie immer, die Indianer würden lügen.

Der Großvater verfällt jetzt sehr leise in Dineh und sagt kaum hörbar zu dem Jungen: »Geh jetzt zu deiner Mutter, mein Kleiner. Lauf wie ein Hase. Haken schlagen, verstehst du.«

Dojuh rennt los. Hinter seinem Rücken hört er Schüsse. Er weiß, was das zu bedeuten hat. Sie haben den Großvater erschossen. Er weiß es, aber er begreift es nicht. Dojuh weiß, daß der Befehl der Soldaten lautet: Alle Männer sind ohne Gnade zu töten.

Der Großvater ist tot. So rasch ist das gegangen. Dojuh kann sich das nicht vorstellen. Nach seiner Mutter ist ihm der Großvater der liebste Mensch, den er kennt.

Tot.

Dojuh rennt und rennt.

Es geht zum Hogan ziemlich steil aufwärts. Er weiß, daß die Reiter ihm nachsetzen werden. Und dann werden sie die Großmutter, seine Mutter, seine Schwester und auch ihn töten.

Indianer sind wie Nissen, sagen die weißen Männer, man muß sie zerknacken, damit keine Läuse daraus werden.

Er weiß, es hängt von ihm ab, ob seine Großmutter, seine Mutter, Yateh, und Kutuh, seine Schwester, überleben. Er muß schneller laufen. Auch wenn er Seitenstechen hat. Er darf nicht vergessen, was der Großvater ihm geraten hat. Im Zickzack.

Die Frau sieht den Jungen und die beiden Reiter, die dem rennenden Kind nachsetzen. Die Frau wundert sich, warum rennt er nur immer hin und her. Dann wird ihr klar, daß er versucht, kein Ziel zu bilden, auf das sie in aller Ruhe anlegen können. Gut, mein Kleiner, denkt die Frau. Aber die Schüsse, die die Soldaten aus dem Sattel abgeben, liegen immer näher bei dem Jungen. Wie er sich ängstigen wird, denkt sie. Hab ich ihn unter Schmerzen geboren, damit ihn Menschen zu Tode hetzen wie ein Kaninchen? Die Frau hat ein ovales Gesicht. Sie hat langes blauschwarzes Haar, das bis über die Schultern herabfällt und die Hälfte ihrer Stirn und das eine Auge verdeckt. Sie hat breite Lippen. Wenn sie sie fest aufeinanderpreßt, bekommt ihre Miene etwas Aufbegehrendes. Sie wirkt kräftig, ruhig. Entschlossenheit spricht aus ihrem Blick. Wenn man in dieses Gesicht sieht, weiß man: Sie ist jemand, der stark zu lieben und zu hassen versteht.

Sie hört ihren Sohn schreien: »Mutter, Mutter ... weiße Soldaten, Reiter ... sie haben den Großvater erschossen.«

»Dann rasch«, sagt sie kaltblütig. »Kutuh, Großmutter – hinauf zur Höhle. Dort werden sie uns nicht finden.«

Die beiden Kinder und die alte Frauen beginnen mit ihr zu rennen.

Sie sieht, wie Dojuh sich umschaut. Das sollte er nicht tun. Das hält auf.

»Wir schaffen es nicht«, ruft er aufgeregt. »Sie holen uns ein.«

»Wir schaffen es schon. Wir müssen nur schneller laufen. Wir bleiben zusammen, was immer auch geschieht. Kutuh, am Hang mußt du der Großmutter helfen.«

Aber dazu kommt es nicht. Das Geräusch der beiden Reiter hinter ihnen kommt immer näher.

»Stehenbleiben«, ruft ihnen der eine auf Dineh zu.

»Nimm die Kleine mit dem Lasso, Mac«, hört Yateh ihn zu seinem Kameraden in der fremden Sprache sagen.

Dann ist das Sausen der Leine in der Luft. Yateh sieht, wie ihre Tochter, die eben noch neben ihr gewesen war, plötzlich hinfällt und rückwärts fortgeschleift wird. Da bleibt sie stehen. Sie wischt sich die Haarsträhne aus der Stirn. Sie hat Angst, daß ihr die beiden Soldaten Gewalt antun werden. Sie versucht, nicht daran zu denken, obwohl sie weiß, daß es hundertmal geschehen ist. Sie macht kehrt, rennt ihnen nun entgegen.

Vor ihr rutscht das Kind hilflos durch den Staub.

Eine wilde Empörung ist in ihr. Sie schnauft vor Zorn. Sollen sie mich anrühren, denkt sie. Ich erwürge sie, wenn sie Hand an mich legen. Sie besitzt beträchtliche Körperkräfte. Sie hat sogar einmal mit einem Berglöwen gekämpft und ihn erlegt – da hatte sie ein Messer, jetzt nicht. Mach dir nichts vor, denkt sie, es sind zwei.

Dann wirft sie sich über das Kind, das immer noch von dem Strick durch den Staub geschleift wird. Sie murmelt: »Sei ruhig, Kutuh. Bleib ruhig liegen. Gleich wird es besser. Ich bin ja bei dir.«

Sie hört den einen Soldaten auf dem Pferd lachend etwas sagen.

Wenn sie es hätte verstehen können, hätte sie ihn sagen hören:

»Siehst du, Mac, vier auf einen Streich.«

Aber sie achtet nicht auf die beiden. Sie sieht nur, daß die Großmutter und Dojuh auch nicht weitergerannt sind.

Dojuh sagt: »Mutter, sieh mal, da unten. Noch mehr Soldaten. Sie zünden den Hogan an.«

Yateh schnellt hoch. »Mordbrenner!« ruft sie auf Dineh und spuckt aus.

»Los, mitkommen. Marschieren ... Fort Defiance ... Verstanden?«

Sie wirft dem Mann einen Blick zu, in dem eine ungeheure Verachtung liegt. Wieder versteht sie die Worte nicht, kann aber erraten, was der andere Soldat sagt: »Der würde ich es auch gern mal zeigen.« Und dann: »Los, setzt euch in Bewegung. Nach Fort Defiance.«

Sie steht jetzt unter den anderen vor der Umzäunung aus Palisaden, vor dem Fort. Es sind fast ausschließlich Frauen, Kinder und Alte, die da gespannt darauf warten, daß ihnen Kit Carson erklärt, warum man sie hierhergebracht hat. Die alte Frau ist bei ihr und die beiden Kinder. Sie denkt: Ich muß sie durchbringen. Was immer auch geschieht, ich muß sie durchbringen. Ich schaffe das schon.

Kit Carson kommt. Er steigt auf ein Faß, und als es nicht sofort still wird, zieht er seinen Revolver und feuert einen Schuß in die Luft ab.

»Ruhe jetzt und aufgepaßt, Leute«, ruft er auf Dineh. »Wir werden morgen zu einem langen Marsch nach Westen aufbrechen. Ich selbst werde an der Spitze des Zuges reiten und euch führen. Es kann unterwegs etwas mühsam und beschwerlich werden, aber wenn ihr durchhaltet, erwartet euch am Ziel auch eine schöne Belohnung. Wir ziehen nach Bosque Redondo. Der große weiße Vater meint es gut mit euch. Jetzt seid ihr eine Bande von Nichtsnutzen, Schurken und Pferdedieben. In Bosque Redondo bei Fort Sumner wird man zivilisierte Menschen aus euch machen. Ihr werden dort schöne neue Häuser vorfinden, eine Schule, ein Krankenhaus, gutes Ackerland, reiche Jagdgründe ... « Er verfällt plötzlich in jene Primitivsprache, die Weiße gebrauchen, wenn sie auf Indianer stoßen, die nur wenig Englisch verstehen: »Prima, prima dort.« Und wieder in Dineh fährt er fort: »Man wird euch in Bosque Redondo alles geben, was den Menschen eigentlich erst zum Menschen macht. Und das einzige, was man von euch verlangt, ist, daß ihr brav marschiert. Es sind dreihundert Meilen.«

Kutuh zupft an Yatehs Kleid. »Mutter, glaubst du, was der weiße Mann verspricht?«

Sie glaubt kein Wort. Aber sie sagt: »Man wird sehen.«

»Werden wir mit ihm ziehen, Mutter?«

»Es wird uns nichts andres übrigbleiben.«

Die Großmutter meldet sich zu Wort.

»Es ist nicht recht, dieses Land zu verlassen, das von den heiligen Bergen umgeben ist, Tochter.«

»Das weiß ich«, sagt sie ruhig, »aber wenn wir hierbleiben, werden uns die weißen Männer totschlagen oder wir werden verhungern.«

»Die heiligen Wesen werden nicht ungestraft zusehen, wenn wir das Land, das sie uns geschenkt haben, verlassen.«

Der weiße Mann auf dem Faß redet immer noch.

Yateh sagt leise: »Großmutter, du kennst dich gewiß aus mit dem Willen der heiligen Wesen. Aber es kann nicht ihr Wille sein, daß wir verhungern oder daß die Weißen uns töten. Mögen die heiligen Wesen mich strafen. Wir haben zwei Männer in unserer Familie verloren, aber diese beiden Kinder sollen leben.«

Die Großmutter sagt, sie ziehe nicht mit nach Bosque Redondo.

Einen Augenblick ist Yateh sprachlos. Damit hat sie nicht gerechnet.

»Was willst du statt dessen tun?«

»Ich werde heute nacht in die Steppe hinausgehen. Ich werde mich dort hinsetzen und fasten und warten, bis ich vergehe. Ich werde die blauen Gebirge vor mir sehen. Ich werde den Adler sehen. Ich werde die Sonne sehen. Ich werde den Regenbogen sehen.«

Ich habe keine Macht über sie, denkt Yateh.

Aber sie sagt dennoch: »Tu das nicht, Großmutter. Bleib bei uns.«

Und Dojuh sagt: »Wir lieben dich, und wir brauchen dich.«

»Ich liebe euch auch«, sagt die Großmutter. »Aber man darf die heiligen Wesen nicht noch mehr erzürnen.«

»Komm doch mit, Großmutter«, bettelt Kutuh.

Und Dojuh sagt: »Großmutter, es wird ganz gewiß wunderschön sein in Bosque Redondo.«

Die alte Frau wendet sich ab und sucht sich einen Weg durch die Menge.

Die Kinder wollen ihr nach.

Yateh hält die Kinder fest. »Laßt sie.«

Am 4. März 1864 setzt sich der Zug der Navajo nach Bosque Redondo in Marsch. Wer kein Pferd oder Maultier besitzt, muß zu Fuß laufen. Die Alten und Kranken hokken unter den Planen der wenigen Ochsenkarren. Als Kutscher auf dem Bock sitzen Mexikaner, die den Navajo ihre Verachtung nur allzu deutlich zeigen.

Yateh hört das gleichmäßige Knarren der überladenen Planwagen. Sie hört Peitschenknallen, die Anfeuerungsrufe der Kutscher, die schlurfenden Schritte vieler Menschen.

Wenn sie nach oben sieht in den klarblauen Himmel, lassen sich dort die Geier treiben, die dem Zug folgen. Geier sind die verkörperte Geduld, denkt sie.

Die Frau, die neben ihr geht, beschreibt den Tod einer Verwandten am Vormittag: »Ein böser Geist ist in ihren Leib gefahren und hat an ihren Gedärmen genagt. Plötzlich ist sie umgefallen, hat zuckend und schreiend auf dem Boden gelegen. Die anderen sind weitergezogen. Ein Soldat ist noch einmal zurückgelaufen und hat sie erschossen.«

»Erzähl nicht solche Geschichten hier vor den Kindern«, sagt Yateh mißbilligend.

»Aber es war genau so, wie ich gesagt habe.«

»Erzähl hier nichts von Geistern.«

»Vielleicht war es eine Hexe.«

»Unsinn. Sie hat das Mehl nicht vertragen, das die weißen Männer ausgegeben haben. Man darf es nicht roh essen. Man muß es kochen oder backen.«

»Es ist Gift«, ruft die Frau eigensinnig, »reines Gift. Sie werden uns alle vergiften. Sie führen uns in die Steppe hinaus. Nur damit niemand sieht, wie wir alle sterben.«

»Sei jetzt endlich still«, befielt ihr Yateh.

Nun beginnt Dojuh zu klagen. »Mir ist kalt, Mama. Dauernd schlagen meine Zähne aufeinander, so kalt ist mir.«

»Hier«, sagt Yateh, »nimm mein Schultertuch um.«

»Ein Frauentuch«, nörgelt er. »Die anderen werden mich auslachen.«

»Willst du lieber frieren?« fragt sie.

Eine Weile trotten sie schweigend dahin.

Dann sagt Kutuh: »Mutter, kommt der Mann, der das Sonnengestirn trägt, nicht hervor, weil er uns bestrafen will?«

»Warum sollte er uns bestrafen wollen?«

»Vielleicht, weil wir das Land verlassen haben, das die Frau der Veränderungen den Navajo geschenkt hat.«

»Daran sind wir nicht schuld«, sagt Yateh zu ihrer Tochter, »und das weiß auch der Mann, der die Sonne trägt. Er sieht alles. Und er wird es der Frau der Veränderungen sagen.«

Schon wieder quengelt Dojuh: »Wie lange müssen wir noch laufen, Mama?«

»Vielleicht noch eine Stunde.« Es sind noch zwei, aber sie will ihn nicht entmutigen. Wenn erst die eine Stunde herum ist, sieht man, wie die nächste vergeht.

»Das ist aber sehr lange«, sagt Dojuh.

»Gar nicht so lange. Du mußt nicht immer klagen, Dojuh.«

»Du hast gut reden«, sagt Dojuh finster. »Du bist groß. Du hast viel längere Beine als ich. Alle, die hier laufen, haben längere Beine als ich.«

»Lange Beine sind auch nicht alles.«

Aber ihr Sohn sieht das ganz anders. »Wenn man lange Beine hat, ist man groß. Und wenn man groß ist, kann man mit den Männern gegen die Weißen kämpfen.«

Immer nur Krieg, Krieg. Sie will nicht, daß er einer von diesen Kriegsmännern wird. Sie sagt nur: »Sei jetzt still, Dojuh. Es gibt Mexikaner, die können unsere Sprache verstehen.«

»Jetzt auch noch still sein«, mault er, und nach einer Weile, als sie ihn schon im stillen lobt, fängt er wieder an zu quengeln: »Mama, ich kann nicht mehr laufen.«

»Versuch doch wenigstens noch eine Weile durchzuhalten, Dojuh. Es ist nicht mehr weit bis zu der Stelle, an der wir Rast machen.«

»Ich kann wirklich nicht mehr. Sieh mal, mein Fuß hier. Mein Mokassin hat ein großes Loch, und die Fußsohle blutet.«

Das scheint nun wirklich ernst zu sein.

»Zeig mal her«, sagt Yateh.

Er steht auf einem Bein, streckt den anderen Fuß vor. Es sieht wirklich böse aus. Daheim wäre das nicht so schlimm. Der Mokassin ließe sich flicken, auf den Fuß striche sie über Nacht eine Kräutersalbe. Aber jetzt, unterwegs, ist weder ein Lederfleck noch eine Arznei zur Hand. Also wendet sie sich an die Tochter und befielt ihr: »Kutuh, geh du mit den anderen weiter. Ich nehme Dojuh erst einmal auf den Rücken. Ich werde fragen, ob er auf dem Wagen aufsitzen kann.«

Kutuh schimpft: »Dojuh, warum hältst du nicht noch ein bißchen durch. Du bist zu schwer, um auf dem Rükken getragen zu werden.«

»Still, laß«, sagt Yateh, »es wird schon gehen. Dojuh, leg deine Arme um meinen Hals. So, und nun streck die Beine nach vorn.«

Jetzt muß sie auch noch schneller gehen, damit sie den Wagen einholt. Der Wagen ist ein ganzes Stück voraus. Als sie neben dem Kutscher herläuft, der oben auf dem Bock sitzt, ruft sie zu ihm hinauf: *»Por favor, señor.* Laß den Jungen auf den Wagen. Er kann nicht mehr laufen. Seine Fußsohlen bluten.«

»Nichts da, der Wagen ist überfüllt. Verschwinde.«

»Bitte, *señor.* Er kann wirklich nicht mehr laufen.«

Der Mexikaner knallt mit der Peitsche und ruft böse: »Faules Pack. Fort.«

Sie bleibt mit dem Jungen auf dem Rücken neben dem Wagen.

»Ich sagte, verschwinde«, brüllt der Kutscher. »Willst du wohl gehorchen, verdammtes Indianerweib.«

»Bitte, *señor*!«

Da schreit er: »Dich will ich laufen lehren!« Mehrmals schlägt er mit der Peitsche nach ihr. Ein Schlag trifft sie ins Gesicht. Die nächsten Schläge treffen wieder die Zugtiere.

»Voran, ihr Mistviecher. Voran!«

Sobald der Zug den abendlichen Lagerplatz erreicht hat, treibt man die Indianer zu einem Kreis zusammen, den die Proviantwagen umschließen und der von den Weißen bewacht wird. Wenn die Feuer angezündet sind und Wasser geholt worden ist, geht Kit Carson umher und zeigt den Indianern, wie sie die ihnen unbekannten Lebensmittel der Weißen zubereiten müssen.

Yateh hört den weißen Mann sagen: »Ihr müßt die grünen Kaffeebohnen langsam rösten, sie mit einem hölzernen Stößel zu grobkörnigem Pulver zerstampfen und dann mit Wasser überbrühen. Ein rechter Kaffee sollte so stark sein, daß ein Hufeisen in ihm nicht versinkt.«

Yateh drängt sich durch die Gruppe der indianischen Frauen, die dem weißen Mann zuhören. Mit Carson kann man Dineh sprechen. Das ermutigt sie.

»Mr. Carson«, sagt sie.

Er hat sich schon abgewandt, will gehen. Ihre Stimme kann verlockend klingen. Sie weiß, daß sie mit ihrer Stimme Macht hat.

»Ja, was gibt's?«

»Mein Junge kann nicht mehr laufen. Seine Füße sind blutig. Die Wunden heilen nicht mehr zu.«

»Wo liegt da ein Problem?« fragt Carson sachlich. »Setz ihn morgen mit auf den Wagen.«

»Aber der mexikanische Kutscher weigert sich.«

»Ich werde es ihm befehlen, dann wird er sich nicht mehr weigern. Was ist mit deinem Gesicht passiert?«

»Nichts weiter, *sir*.«

»Bist du gestürzt?«

Yateh schweigt.

Kutuh hat sich zu ihr durchgedrängt. »Er hat sie geschlagen, *sir*. Mit einer Peitsche«, ruft sie.

»Ist das wahr?« fragt Carson.

»Ja, *sir*«, sagt Yateh, »aber bestrafen Sie ihn nicht. Er wird sich an uns rächen, wenn Sie nicht dabei sind.«

»Das wollen wir doch mal sehen«, ruft Carson. »Was im Zug geschieht, bestimme immer noch ich. Hier wird Disziplin gehalten. Und wer nicht pariert, kann was erleben.«

Auch Dojuh steht jetzt plötzlich neben der Mutter.

»Wie weit ist es noch bis Bosque Redondo, *sir*?« will er wissen.

»Erst müssen wir noch über den Fluß.«

»Wie sieht es in Bosque Redondo aus?« fragt Kutuh.

»Wunderschön, meine Kleine. Wirklich wunderschön«, sagt Carson in einem Tonfall, der für Yateh unehrlich klingt, »wie im Paradies.«

»Was ist das Paradies?«

Carson gerät in Verlegenheit.

»Wie soll ich dir das erklären«, sagt er unsicher. »Es ist ... gutes Weideland für Schafe. Äcker, auf denen Mais, Kürbisse und Bohnen gut wachsen.«

»Findet man auch Türkise dort?« will Kutuh von ihm wissen.

»Wieso Türkise?«

»Ich bin schon elf, *sir*. Ich möchte anfangen, für meinen Brautschatz zu sammeln.«

»Ja, ja«, sagt er amüsiert, und im Weggehen fügt er noch hinzu: »Dann wird es wohl auch Türkise in Bosque Redondo geben.«

Sie erreichen den Rio Grande. Die meisten können nicht schwimmen. Viele Navajo ertrinken, als sie sich verkrampft an den Schwanz eines Pferdes oder Maultiers klammern und so versuchen, das andere Ufer zu erreichen.

Yateh hat gemeint, Glück gehabt zu haben, als ihr und den Kindern ein Platz auf einem Floß angewiesen worden ist. Aber in der Mitte des Flusses versuchen immer mehr Indianer, die im Wasser um ihr Leben kämpfen, das Floß zu entern. Es kentert, und alle stürzen in die Fluten. Es gelingt Yateh, Dojuh so lange über Wasser zu halten, bis sie wieder Boden unter ihren Füßen spürt.

Als sie triefend naß am Ufer stehen, mitten in der Nacht, sieht sie, daß Kutuh nicht da ist.

»Wo ist deine Schwester?« fragt sie Dojuh.

»Ich weiß nicht. Sie hatte sich mit anderen an einen Baumstamm geklammert. Aber der Fluß hat den Stamm fortgetrieben.«

Yateh zögert keinen Augenblick. »Komm«, sagt sie zu Dojuh, »wir müssen deine Schwester suchen gehen.«

»Aber es ist dunkel. Man sieht doch nichts mehr«, jammert Dojuh.

»Wir finden sie. Wir müssen sie finden. Komm und bleib neben mir«, sagt Yateh und läuft flußabwärts. Von Zeit zu Zeit ruft sie:

»Kutuh! Wenn du uns hörst, antworte ... Kutuh!«

»Der Fluß hat eine lautere Stimme als du«, sagt Dojuh.

Offenbar hat er sich schon damit abgefunden, daß die Schwester für immer verschwunden ist. Was heißt verschwunden? Ertrunken. Yateh ärgert sich über Dojuh. Wann wird er endlich lernen, daß man nie aufgeben darf?

»Kutuh! Kutuh!« ruft sie immer lauter.

Sie hören nur das Geheul eines Kojoten.

»Hier sind keine Menschen«, sagt Dojuh. »Und die Kojoten kommen näher.«

»Wo hast du das Messer? Gib es mir«, sagt Yateh.

»O weh, ich habe es nicht mehr. Ich muß es im Fluß verloren haben.«

»Auch das noch«, seufzt Yateh. »Aber nun komm. Wir suchen weiter nach deiner Schwester.«

Eine Meile stromabwärts finden sie Kutuh im Schilf und schleppen sie zurück zu der Stelle, wo an diesem Abend das Lager errichtet worden ist. Nachts ist es sehr kalt. In den nächsten Tagen nehmen die Erkrankungen im Treck zu. Eine Grippe-Epidemie, heißt es. Viele der älteren und ohnehin schon geschwächten Leute sterben. Schließlich wagt niemand mehr, die von den Weißen ausgegebenen Nahrungsmittel anzurühren. Das Gerücht läuft um, die mexikanischen Kutscher hätten, erbost über die Zurechtweisung durch Carson, Wolfsgift unter das Weizenmehl gemischt. Der Chinook, der Eiswind, heult über das offene Land. Es ist, als ob sich eine Unzahl winziger Nadeln in Wangen und Stirn spießten.

Manchmal hört Yateh Carsons Stimme: »Weiter Leute, nicht stehenbleiben. Bald haben wir's geschafft. Habt ihr mal was von Moses und dem Volk Israel gehört? Wir sind unterwegs ins gelobte Land.«

Schließlich sind sie am Ziel. Voller Staunen betrachten sie die Öde. Bosque Redondo, das bedeutet: der runde Wald. Außer drei, vier Cottonwood-Stämmen ist von einem Wald nichts zu sehen. Statt dessen dürres unfruchtbares Land, mit Mesquite-Büscheln bewachsen.

Die Soldaten lassen ihnen nicht viel Zeit, sich zu besinnen. Sie treiben einen nach dem anderen durch ein hölzernes Tor in einen Palisadenkreis, wie man ihn baut, wenn man Mustangs zähmen will. Für sie sind wir nur wilde Tiere, denkt Yateh. Soldaten mit aufgepflanztem

Seitengewehr stehen rechts und links des Tores und stoßen die Zögernden. Die Mütter halten die Babys unter Decken verborgen, damit sie das Böse, das um sie herum geschieht, nicht sehen.

Ein Gespräch zwischen General Carleton und Kit Carson...

Das hat Yateh nicht mit angehört.

Aber Gerüchte werden davon bis zu den Indianern gedrungen sein. Und also kann sie sich vorstellen, wie das Gespräch verlaufen ist.

Carson mag gesagt haben:

»General, ich protestiere gegen das, was hier vor sich geht. Man hat nicht nur die Indianer betrogen, was ja nichts Neues ist. Man hat mich zum Werkzeug eines beispiellosen Betrugs gemacht. Man hat den Navajo Häuser versprochen, Acker- und Weideland, Schulen, ein Hospital. Was ich hier sehe, ist ein Stück Wüste, mit Palisaden und Stacheldraht eingezäunt. Die Leute finden nicht einmal Zweige und Holz, um sich einen Windschutz zu bauen. Das Wasser des einzigen Brunnens weit und breit ist ungenießbar. Man hat die Navajo entwaffnet, aber es wimmelt hier überall von Apachen, die Gewehre und Revolver besitzen und die, wie jeder weiß, von jeher die Erzfeinde der Navajo sind.«

Darauf der Militär, vielleicht ist es Carleton, vielleicht aber auch nur seine Ordonnanz, mürrisch, überheblich:

»Sind Sie mit Ihrer Mängelrüge zu Ende, Carson? Ich habe keine Ahnung, was man Ihnen in Fort Defiance erzählt hat. Wir im Hauptquartier jedenfalls haben beschlossen, die Probleme mit diesem Stamm dadurch zu lösen, daß wir ihn dezimieren.«

»*Dezimieren*? Was soll das heißen?«

»Nun, ich kann mich auch vornehmer ausdrücken: den Bevölkerungszuwachs einschränken...«

»Also ist das hier in Wahrheit ein Straf-, ein Vernichtungslager, *sir*?«

»Wenn Sie das so nennen wollen: ja. Bedenken Sie, daß die Armee zunächst für die Versorgung dieser Wilden aufkommen muß, die uns jahrelang nichts als Ärger bereitet haben. Wer von ihnen ins Gras beißt, den brauchen wir nicht weiter mit durchzuschleppen. Der amerikanische Steuerzahler wird es uns danken.«

»Dann darf ich Sie bitten, meine Entlassung aus den Diensten der US-Armee zu genehmigen.«

»Aber Carson, das kann doch wohl nicht Ihr Ernst sein. Haben Sie plötzlich Ihre empfindsame Seele entdeckt? Nein, mein Lieber, Sie können mich jetzt nicht im Stich lassen. Ich weiß, dies ist ein schmutziger Job. Aber dafür werden wir gut bezahlt.«

Die Navajo graben Löcher in den sandigen Boden, gerade so tief, daß die Seitenwände nicht einstürzen. Sie flechten grobe Matten aus Gras und Zweigen und decken die Erdunterstände damit ab, um sich ein wenig gegen die Witterung zu schützen. Ein paar Zelte sind ihnen in Fort Defiance ausgehändigt worden, doch die reichen bei weitem nicht aus, um die achttausend Menschen unterzubringen, die im Laufe des Sommers in Bosque Redondo eingetroffen sind. Glühende Sonne im Sommer, Wind, Regen und Schnee im Winter bereiten den Indianern furchtbare Qualen.

Das Wasser der einzigen Quelle ist alkalihaltig, das Wasser des Flusses brakig. Die Indianer haben Angst davor, bei der Suche nach Holz und Wurzeln den Fluß zu überqueren, da häufig Menschen, die schwere Holzlasten auf dem Rücken trugen, im Treibsand versunken sind. Gewiß, man gibt jedem Navajo ein Stück Land. Aber es ist bereits zu spät im Jahr, um noch Mais oder Bohnen anzubauen. Außerdem muß die Wildnis erst gerodet werden. Im Frühjahr zwingen die Soldaten die Indianer mit vorgehaltenen Gewehren, das Land von Unkraut zu säubern. Im Sommer kommt eine Dürre. Der Boden springt auf von der Hitze. Die Maispflanzen verdorren. Was nicht die Sonne verbrannt hat, vernichtet im Spätsommer ein Hagelsturm. Die wenigen Schafe, die sie noch besitzen, finden keine Weide. Die Indianer treiben sie nach Süden, um dort nach Weideplätzen zu suchen. Die Wachsoldaten glauben an einen Fluchtversuch und eröffnen das Feuer auf die Hirten.

Verlassenheit, Furcht, Hunger und Krankheiten, die sie früher nicht gekannt haben, lassen den Lebenswillen der Navajo schwinden. Viele versinken in Apathie, warten auf den Tod. Vielleicht werden sie dann als Geister in ihr Land zwischen den heiligen Bergen zurückkehren. Sie würden die Heimat an dem Geruch von Salbei und Pinienwäldern erkennen.

Still und in sich gekehrt sitzt Yateh vor dem Erdloch, in dem sie mit den Kinder haust. Sie betet nicht mehr laut. Sie hat es einmal versucht. Die Leute aus dem Loch neben ihnen sind gekommen und haben sie verhöhnt. Sie haben Dinge gesagt, die das Gebet entehren.

Wochenlang hat sie morgens und abends laut den einen Satz in die Steppe geschrien: »Ich will durchkommen. Ich will die Kinder durchbringen.«

Die anderen halten sie für verrückt. Aber darum kümmert sie sich nicht. Ihr hilft es beim Durchhalten, und vielleicht nimmt die Windfrau diesen Satz auf und trägt ihn zu Pacolito, wo immer er sein mag.

Dies ist ein so schöner Morgen. Kühl noch, hell von der Sonne, selbst die Erde um diesen trostlosen Lagerplatz scheint zu glänzen. Man muß dankbar sein. Es tröstet, es macht Mut. Und deswegen wendet sie ihre Gedanken nach innen und spricht nicht, sondern denkt dieses Gebet:

Tse-gi-hi.
Haus aus Morgendämmerung.
Haus aus Abendlicht.
Haus aus dunkler Wolke.
Haus aus männlichem Regen.
Haus aus dunklem Nebel.
Haus aus Blütenstaub.
Haus aus Zikaden.
Die dunkle Wolke steht an der Tür.
Der Zickzack des Blitzes steht hoch über dir . . .

Plötzlich ein Schrei. Die Stimme Kutuhs, ihrer Tochter: »Mutter, Mutter . . . die Mexikaner!«

»Ruhig, Kutuh . . . was ist geschehen?«

»Sie haben Dojuh gefangen. Sie haben ihn gefesselt und sind mit ihm fortgeritten.«

Sie ist bestürzt. Sie möchte etwas tun. Aber was kann sie gegen berittene Mexikaner ausrichten? Sie besitzt nicht einmal ein Gewehr.

»Komm, erzähl mir alles«, sagt sie zu Kutuh, die zittert und ihr Gesicht an ihr Kleid preßt.

»Wir waren schon über den Fluß«, erzählt das Mädchen. »Da kamen sie angeritten. Fünf oder sechs. Wir rannten. Aber sie waren schneller. Plötzlich ist Dujuh stehengeblieben. Er hat gesagt: Ich halte sie auf. Du läufst weiter. Erst als ich ein ganzes Stück weiter war, habe ich mich noch einmal umgeschaut. Da waren sie gerade dabei, Dojuh an Händen und Füßen zu fesseln und auf ein Packpferd zu setzen.«

»In welche Himmelsrichtung sind sie geritten?«

»Nach Süden. Was werden sie mit ihm machen?« fragt Kutuh leise.

»Ihn als Sklaven verkaufen, wie so viele andere.«

»Können wir gar nichts tun?«

»Nein – gar nichts.«

Aber Yateh geht zu den Soldaten. Sie führt Beschwerde über Dojuhs Entführung. Die Soldaten lachen nur. In ihren Gesichtern steht geschrieben: Wieder ein Indianer weniger.

»Wer hat unsre Tränen gezählt? Wer kann unsere Leiden beschreiben?« sagt Yateh zu der Windfrau.

Im Mai des Jahres 1868 schickt der große weiße Vater General Sherman nach Bosque Redondo. Yateh sieht ihn, wie er durch das Lager geht. Danach sagt sie zu Kutuh: »Seine Augen sind noch nicht vergiftet vom Töten.«

»Wo ist Dojuh?« sagt Kutuh. »Er soll uns Dojuh wiedergeben. Ach, ich hasse sie alle. Ich werde sie bis an mein Lebensende hassen.«

Nachdem General Sherman das Lager besichtigt hat, bittet ihn Carson in das Blockhaus, in dem er wohnt und sein Büro eingerichtet hat. Der Kaffee, den Carsons indianische Frau ihnen vorsetzt, ist in Ordnung. Ein Cowboykaffee, lobt Sherman. Ein Hufeisen würde darin nicht untergehen. Er nimmt ein paar Schlucke, und es ist ihm anzusehen, daß er darüber nachgrübelt, wie er beginnen soll.

»Also«, sagt er schließlich und schlägt mit der Faust auf den Tisch, daß der Kaffee auf die Tischplatte schwappt, »machen wir uns nichts vor, Carson. Dieses Lager ist eine Schande für die ganze Nation. Zwei Millionen Dollar sind für den Unterhalt der Indianer und ihre Umerziehung ausgegeben worden. Und wo stehen wir jetzt?«

Carson nickt betreten. »Ihr Vorgänger war der Meinung«, sagt er, »das Problem werde sich durch *Dezimierung* von selbst lösen. Von den achttausend Indianern, die nach Bosque Redondo gebracht wurden, sind bisher zweitausend gestorben. Wenn wir also noch ein paar Jahre warten ...«

»Sie sind zynisch, Carson.«

»Hier wird man zynisch, General.«

»War nicht ursprünglich einmal geplant, die Selbstversorgung durch Anbau von Mais zu gewährleisten?« fragt der Offizier.

Carson hebt die Augenbrauen. Wenn er so dreinblickt, sieht er melancholisch aus wie ein Uhu, den der Tag außerhalb seines Nests überrascht hat.

»Ja, man hat die Indianer im Laufe der Zeit sechstausend Acres mit Unkraut überwuchertes Land roden und Bewässerungsgräben anlegen lassen. Vergebliche Liebesmühe. Hier wächst nichts. Und selbst wenn die Böden besser wären: Die Indianer sagen, es sei sinnlos. Die Götter zürnen uns. Wir haben keinen farbigen Mais für das heilige Mehl und keine bunten Erden aus unseren Bergen für Sandmalereien, um unsere Kranken heilen zu können.«

»Ein unmögliches Volk«, sagt Sherman. Nicht eigentlich aufgebracht, eher voller Staunen. »Und das Wohnungsprogramm?«

»Meinen Sie ›Fair Carltonia‹?« fragt Carson mit einem höhnischen Auflachen. »Tja, das war auch wieder so ein Geniestreich. Man wollte eine Navajo-Siedlung mit Kastenhäusern bauen – Häuser, wie sie die Pueblo-Indianer in ihren Dörfern haben. Eines hat man gebaut. Erst dann sprach sich bei den Herren Architekten herum, daß die Navajo Hogans gewohnt sind und ein Pueblo nie betreten würden. Man nannte das den ›Aberglauben der Indianer‹. Damit war das Projekt gestorben.«

Sherman reibt sich die Stirn. Er unterdrückt einen Fluch. Was Carson da erzählt, ist ja kein Einzelfall, er könnte eine ganze Liste törichter Maßnahmen aufstellen. Überall, wo er hinkommt, muß er die Suppe auslöffeln, die diese verdammten Beamten in Washington eingebrockt haben. Er hat Lust, ihnen eins auszuwischen. Bis sie überhaupt erfahren, was geschehen ist, wird es zwecklos geworden sein, seine Anordnung zu widerrufen. Er sagt:

»So kann das ja wohl nicht weitergehen. In Washington streitet man sich, wer die nächsten fünf Millionen Dollar zahlen soll. Hier versickern sie nur so im Sand. Und die Armee kommt immer mehr ins Gerede. Also, Carson, was schlagen Sie vor?«

Carson mustert Shermans Gesicht. Der Mann ist offenbar anders als die meisten der Militärs, die er im Westen erlebt hat. Wahrscheinlich macht er sich da etwas vor. Aber warum nicht einmal sagen, was er die ganze Zeit schon denkt? Er geht höchstens das Risiko ein, einen Wutanfall zu provozieren. Dann wird er die Flasche Bourbon hervorholen, um damit den Brand wieder zu löschen.

»Man sollte die Indianer in ihre Heimat zurückkehren lassen«, sagt er.

Sherman lächelt.

Ein schlaues, schadenfrohes Lächeln ist das, denkt Carson.

Was freut ihn denn an meinem Vorschlag nur so? Da kenne sich einer aus mit den Militärs.

»Gut«, sagt Sherman, »nur, was glauben Sie, wie es in deren Heimat aussieht? Wir haben dort eine Politik der verbrannten Erde praktiziert. Aber ich bin auch Ihrer Meinung, daß dies der einzig vernünftige Ausweg wäre. Also gut, machen Sie den Leuten klar: Ich habe angeordnet, der Stamm soll in seine alten Gebiete in Arizona heimkehren. Mit den Goldfunden dort war es ja wohl nicht so weit her, so daß dieser Grund für eine Umsiedlung entfällt.«

Yateh hockt zusammengekrümmt in dem Erdloch, einen Arm um das Kind vor sich gelegt, das ruhig schläft. Manchmal liegt sie lange Zeit in der Nacht wach. Sie beobachtet dann, wie der Mond aufgeht, über den Himmel zieht, wie er untergeht. Sie betrachtet die Sternbilder und versucht, sich an deren Namen zu erinnern. Heute ist Neumond. Yateh hört das sirrende Geräusch der Baumgrillen und manchmal in der Ferne den Ruf eines Kojoten. Aber das ist sehr weit fort. Warum ist sie nur aufgewacht? Das ist eine Nacht wie viele andere. Sie sieht eine

Gestalt auf dem Stück Land zwischen ihrem und dem nächsten Erdloch herankommen. Sie kann nicht genau erkennen, wer da kommt, erkennt nicht einmal, ob es ein Mann oder eine Frau ist.

»He, Mama, Kutuh«, raunt die Gestalt.

Ich träume, denkt sie.

»Nun wacht doch auf. Ich bin's!«

Sie springt hoch und streckt ihre Arme aus.

Die Gestalt beginnt zu rennen, und als sie sie erreicht hat, drückt sie den Kopf gegen ihren Bauch. Sie legt ihre Hände auf diesen Kopf, der sich da an sie drängt und schluchzt.

»Ist es Dojuh?« hört sie Kutuh fragen.

»Ja«, sagt sie.

Der Kopf löst sich von ihrem Körper. Dojuh reibt sich mit den Händen übers Gesicht, als wolle er seine Tränen auswischen.

»Mama, ich bin wieder bei euch.«

»Die heiligen Wesen haben dich geführt«, sagt Yateh. »Wie ist das geschehen? Wir dachten schon, die Männer, die dich fingen, hätten dich als Sklaven verkauft.«

»So war es auch. Aber ich habe gewartet, bis ich eine Wasserflasche und einen Vorrat an Lebensmitteln besaß, dann bin ich davongelaufen.«

»Aber wie hast du zurückgefunden?«

»Ich habe mir den Weg sehr genau eingeprägt, als sie mich fortschleppten. Manchmal war es schlimm. Die Hitze ... ich glaube, ich hatte Fieber. Aber dann war ich ganz sicher, daß ich euch wiedersehen würde. Ich bin einfach immer weitergegangen ... immer weiter.«

Yateh streckt die Arme aus und drückt den Jungen wieder fest an sich. »Dojuh«, sagt sie, als sei es das schönste

Wort auf der Welt, »du bist da. Wir sind alle wieder vereint.«

Am 1. Juni 1868 unterzeichnen die weißen Männer und die Häuptlinge der Navajo Verträge, die es den Verschleppten gestatten, Bosque Redondo zu verlassen. Bis in den späten Herbst werden die Indianer noch bei Fort Wingate zurückgehalten, da die Reservation noch nicht vermessen ist. Sie leben von Kaninchen und Präriehunden und sammeln Kräuter. Nur jeden Freitag werden Lebensmittel von der Armee verteilt.

Ehe der erste Schnee fällt, ziehen die Heimkehrer nach Fort Defiance. Von dort schwärmen die Familien und Klane in das weite Land aus, um nach ihren Hogans und Weidegründen zu suchen. Viele Navajo finden ihre Heimstätten verbrannt vor, die Zäune und Gehege sind niedergelegt, die Schafherden haben sich verstreut, die Pfirsichbäume sind abgeholzt worden.

Yateh zieht mit den beiden Kindern durch den Canyon aufwärts. Der Schnee liegt wie eine merkwürdige Zutat auf allen Dingen. Und sie denkt an die heilige Geschichte, derzufolge die Menschen aus einer unteren Welt aufgestiegen sind. Dies hier ist ihre Heimat. Aber sie kommt sich vor, als schreite sie in eine neue Welt.

Als sie in die Nähe des Teiches der Weidenbäume kommen, ruft Dojuh, der schon vor einer Weile vorausgelaufen ist, ihr zu:

»Unser Hogan ist wieder aufgebaut. Dort steht ein ganz neuer Hogan.«

Es ist merkwürdig, an das Nächstliegende denkt sie nicht. Statt dessen meint sie, Stammesgenossen, die vom großen Marsch heimgekehrt sind, hätten womöglich hier ihre Wohnstatt genommen. Dann würde sie wieder streiten und kämpfen müssen. Sie ist müde ... zu müde, sich zu wehren.

Langsam und etwas zögernd geht sie auf die Hütte zu. Sie hebt die Felldecke am Eingang. Es riecht fremd hier drinnen. Einen Augenblick braucht es, bis sie Pacolito erkennt.

Dann sitzen sie am Feuer und erzählen.

Pacolito ist schon im Sommer aus den Bergen zurückgekommen. Vor drei Monaten ist er zu einer Reinigungszeremonie in Fort Defiance gewesen. Dort hat er von den weißen Männern gehört, daß die Verschleppten zurückkämen. Er hat seine Zweifel gehabt, ob er der Nachricht Glauben schenken solle. Immer wieder hat es Gerüchte gegeben, aber er hat daraufhin doch begonnen, Vorräte für den Winter anzulegen.

Dann berichten die Kinder:

»Dojuh wurde von Mexikanern entführt, die ihn als Sklaven verkaufen wollten. Aber er ist ihnen wieder ausgerissen.«

»Und Kutuh wäre einmal beinahe vom Fluß fortgespült worden.«

Und Kutuh wieder: »Im letzten Winter hatte ich Masern, und danach wäre ich beinahe verhungert, weil die Rinder, die der große weiße Vater geschickt hatte, in einem Unwetter umgekommen waren.«

»Und du, Yateh?« fragt Pacolito. »Du sagst ja gar nichts. Es war doch wohl schlimm in Bosque Redondo?«

»Es war sehr schlimm. Ich hätte nie geglaubt, daß wir uns in dieser Welt noch einmal wiedersehen würden«, sagt sie.

»Laß das alles hinter dir«, sagt Pacolito. »Wir fangen neu an. Im Frühjahr pflanzen wir neue Obstbäume und Mais. Mit vier, fünf Schafen kommen wir über das nächste Jahr, wenn ich dazu noch ein bißchen Glück auf der Jagd habe. Und dann: Ich habe oben im Norden ein paar Türkise gefunden.«

»Könnte ich einige davon haben?« bittet Kutuh. »Bekomme ich die Türkise als Brautschmuck? Ich bin doch schon fünfzehn. Es wird höchste Zeit, daß ich an meinen Brautschmuck denke.«

Yateh sieht, wie Pacolito ihr zuzwinkert.

»Oh, ja«, sagt er wie aus einem Erstaunen hervor, »Brautschmuck. So etwas wird jetzt wieder wichtig.«

»Sechs Jahre waren wir getrennt, Pacolito«, sagt Yateh. Sie tastet mit ihrem Finger nach der Narbe unter der Nase, die von dem Peitschenschlag des mexikanischen Kutschers geblieben ist. Irgendwann, wenn sie sich nahe sind, wird Pacolito diese Narbe entdecken. Yatehs Stimme hat nicht jenen Optimismus, mit dem Pacolito seine Zukunftspläne kundgetan hat. »Sechs Jahre Angst, Verfolgung. Hunger. Und warum? Nur, weil wir Indianer sind.«

»Jetzt ist Frieden«, sagt Pacolito.

»Aber wird Frieden bleiben?« fragt Yateh.

Manhattan, die Geistertänzer oder Begrabt mein Herz in der Biegung des Flusses (1938 – 1945)

Wir gehn allein
mitsammen.
Wir berühren uns nicht.
Unsere Hoffnung ist
nicht zu wissen
daß wir keine
Hoffnung haben.

Felix Pollak

Es kam das Jahr 38. Du hast mich mal gefragt, Barbara, ob man 1938 in New York schon gemerkt hätte, daß es Krieg geben würde. Ich bin dir die Antwort schuldig geblieben und versuche jetzt, mir diese Zeit noch einmal vorzustellen. Laß mich sehen, was in meinem Gedächtnis hängengeblieben ist. Krieg. Nein, davon sprach 1938 noch keiner, obwohl ja der Spanische Bürgerkrieg schon begonnen hatte. Ein deutscher Schriftsteller, daran erinnere ich mich, sammelte für die Flüchtlingskinder in Spanien Geld. Ernst Toller hieß er. Zwei Jahre später würde er, verzweifelt darüber, daß er den großen Krieg nicht hatte verhindern können, und voller Heimweh nach Deutschland, in New York Selbstmord begehen. Im übrigen: Im Sommer 1938 gab es in den USA 10,5 Millionen Arbeitslose. Boxweltmeister Joe Louis schlug Max Schmeling in der ersten Runde k.o. Das war ein Gesprächthema. In den Zeitungen erschienen die ersten Folgen des Comic strips von Superman. In Europa hofften viele, es werde Frieden bleiben. Die Westmächte England und Frankreich wollten keinen Krieg mit Hitler. Sie dachten, wenn sie Zugeständnisse machten, lasse sich der Krieg vermeiden. Max war da anderer Meinung. Er predigte jedem, der es hören oder nicht hören wollte: Mit Zugeständnissen macht man Hitler nur noch begehrlicher.

Im März war der sogenannte »Anschluß« Österreichs an das Deutsche Reich erfolgt. Im September 1938 forderte Hitler von der Tschechoslowakei die Abtretung des Sudetenlandes. Da fürchteten manche schon das Schlimmste. Dann reiste der britische Premierminister Chamberlain zu Hitler nach Berchtesgaden auf den Obersalzberg. Ende September trafen sich Hitler, Mussolini, der französische Ministerpräsident Daladier und der englische Premierminister Chamberlain zu einer Konferenz in München. Als Chamberlain und Daladier nach London und Paris zurückkehrten, wurden sie als Retter des Friedens gefeiert. Aber der Preis, den sie für den Frieden hatten zahlen müssen, war hoch gewesen. Sie hatten die Tschechoslowakei Hitlers Willkür ausgeliefert.

Was meine Eltern anging, die ja immer noch in Deutschland lebten, so waren Max und ich durchaus nicht einer Meinung. Er drängte, ja er beschwor mich, ich solle sie auffordern, in die USA zu kommen.

Ich sagte mir: Das sind alte Leute. Beide waren inzwischen über sechzig. Mein Vater durfte nicht mehr praktizieren. Er schrieb, sie hätten, was sie benötigten. Von heute aus betrachtet, hätte man sie unbedingt herausholen müssen. Was aber für mein Zaudern, das ich mir später oft zum Vorwurf gemacht habe, letztlich entscheidend war – in New York hätten wir ihnen nicht einmal eine Bleibe bieten können. Wir schlugen uns selbst eher schlecht als recht durchs Leben.

Erstaunlicherweise schien sich Blumenthal um diese Zeit mit dem Gedanken vertraut zu machen, Deutschland den Rücken zu kehren. Erstaunlich war es für mich, weil er ja, als Max und ich 1935 emigrierten, jeden Gedanken an Auswanderung noch weit von sich gewiesen hatte.

Nach einer kurzer Zeit der Entspannung im Jahr 1936, als in Berlin die Olympischen Sommerspiele stattfanden, hatte der Druck auf die Juden 1937 wieder zugenommen. Mein Vater erwähnte, in dem Gasthaus im Pfälzer Wald, in das er mit dem alten Blumenthal bei Wanderungen immer einkehre, hinge jetzt ein Schild im Fenster: *Juden unerwünscht*. Wenn sie vorbeikämen, nähme es der Wirt, solange sie da seien, immer heraus. Hirsch Blumenthal schrieb mir im September 1938, dreimal seien ihm innerhalb der letzten vier Wochen die Fensterscheiben eingeschlagen worden. Er betrete die *Bücherstube* jeden Morgen nur noch unter Zittern und Zagen. Arische Freunde wagten sich nun überhaupt nicht mehr in seine Geschäftsräume. Er habe aber die Abendveranstaltungen in seiner Privatwohnung fortgesetzt. Im Augenblick lese er mit diesem Fähnlein der sieben Aufrechten den Roman eines jungen amerikanischen Autors mit Namen Thomas Wolfe, der im vorletzten Jahr auch in Berlin gewesen sei. So erhalte er einen Eindruck von meiner neuen Heimat.

Neulich, als sie bei eben dieser Lektüre beisammengesessen hätten und es spät noch klingelte, seien alle Gesichter bleich geworden. Die anwesenden Arier seien hastig unters Sofa und in andre ebenso unsinnige Verstecke befördert worden. Nach Minuten bangen Herzklopfens habe sich die Spannung in einem etwas verkrampften Gelächter gelöst. Es habe sich nämlich herausgestellt, daß es nur ein Freund gewesen sei, der sich verspätet habe. Alles in allem werde die Situation für ihn immer unhaltbarer. Deswegen seine Frage an mich: Würden Max und ich ihm raten, seine Auswanderung nach Amerika zu betreiben? Aus meinem letzten Brief, schrieb er weiter, meine er eher gewisse Vorbehalte gegenüber der Neuen Welt herausgelesen zu haben. Vor allem: Würde er denn *drüben* irgendwelche Arbeit finden, die ihren Mann ernähre?

Der Brief trug eine französische Briefmarke und war in Paris eingeworfen worden. Also gab es wohl in Deutschland eine Zensur, die er umgehen wollte. Verständlich, denn seinem Brief lag eine mit Schreibmaschine erstellte Abschrift der *Straßburger Deutschen Chronik* bei, die den Untergang der Straßburger Judengemeinde im Februar des Pestjahres 1349 eindringlich schilderte. In mehr als dreihundert Gemeinden wurden in diesem Jahr in Europa Juden erschlagen, ertränkt, verbrannt, gerädert, gehängt, erdrosselt, lebendig begraben... Einige Zeilen weiß ich noch wörtlich, so tief haben sie sich mir eingeprägt: »Mit allen Todesarten gefoltert zur Heiligung des göttlichen Namens«, hieß es da. Ich erinnere mich auch noch, daß in dem beigelegten Auszug aus der Chronik davon die Rede war, man habe alle Pfänder und Schuldbriefe, die die Juden besaßen, zurückgegeben. Und mit Kopierstift unterstrichen war der Satz: »Das bare Geld, das sie hatten, nahm der Rat und teilte es unter die Handwerker nach Marktzahl. Das war auch das Gift, das die Juden tötete.«

Ebenfalls mit Kopierstift hatte Blumenthal auf dem Rand des Blattes hinzugefügt, ich solle dieses Dokument übersetzen und dafür sorgen, daß der Text in den Zeitungen der New Yorker Judenschaft veröffentlicht werde. Die Übersetzung fertigte ich umgehend an. Aber gedruckt hat sie dann keiner. Ich lief im wahrsten Sinne des Wortes von Pontius zu Pilatus. Man sagte mir: zu kraß ... nicht aktuell ... könnte unter Umständen falsch verstanden werden.

Eingedenk solcher Erfahrungen fiel mein Antwortbrief an Blumenthal eher abratend aus. Ich schrieb zurück, es werde für ihn so gut wie ausgeschlossen sein, in seinem Beruf eine Anstellung zu finden. Wenn er komme, müsse er sich darauf gefaßt machen, jede Arbeit zu tun, die sich biete. Ohne Beherrschung der englischen Sprache sei man aufgeschmissen. Ich berichtete ihm in meinem Brief auch von dem scheußlichen Jargon, den ich Emigranten, die aus Deutschland kamen, hatte annehmen hören. Sie *crossen* die *town*, sie suchen einen *job* und *supposen* so manches. Ich verschwieg nicht meine Empörung über die Schilder an manchen Häusern, die zu vermieten waren: *For gentiles only.* Was soviel bedeutet wie: Hier können Juden nicht wohnen. Ich unterdrückte nicht mein Wissen um Badestrände in New Jersey, die zu betreten Negern wie Juden gleichermaßen untersagt war.

Es kam der November 1938. Ich hatte in jener Nacht endlos lange auf Max' Heimkehr gewartet, weil ich eine merkwürdige Unruhe in mir spürte. Schließlich war ich im Sessel eingeschlafen.

Plötzlich stand er vor mir, noch in Hut und Mantel. Der Schrecken stand ihm ins Gesicht geschrieben.

Ich wußte einen Moment nicht, war ich noch in einem Traum oder schon wach.

»Wie spät ist es denn?« sagte ich und kam langsam zu mir. Ich sah auf die Uhr. Halb vier. »Bist du jetzt erst gekommen?« fragte ich.

»Ja. Ich wollte erst Gewißheit haben.«

»Worüber Gewißheit?«

»Hast du keine Nachrichten gehört?«

»Doch, NBC. Wie immer.«

»Und sie haben nichts darüber gebracht? Das ist unerhört!«

»Was hätten sie denn bringen sollen?«

»In allen Städten in Deutschland brennen die Synagogen.«

»Das ist nicht wahr. Ist das sicher? Vielleicht ist es nur ein Gerücht«, sagte ich.

»Nein, nein. Gomez brachte schon die Nachricht, ehe wir um zehn anfingen. Als wird dann Pause machten, bin ich rasch hinausgelaufen und habe die heutige Zeitung gekauft. Es steht schon drin ... du kannst es schwarz auf weiß hier lesen. *German synagogues in flames!*

In Paris hat ein junger Mann auf einen deutschen Botschaftsangehörigen geschossen. Den Nazis muß das wie gerufen gekommen sein. Als wir fertig waren, haben wir uns zu dritt ein Taxi genommen und sind zur jüdischen Gemeinde gefahren. Es waren viele Leute dort. Sie wußten auch nicht viel mehr als das, was in der Zeitung stand. Jedenfalls stimmt es. In der Nazipresse soll von einer spontanen Kundgebung gegen jüdische Geschäfte und Einrichtungen die Rede sein. Tatsächlich aber scheint der

Befehl von Goebbels auf einer Versammlung der NSDAP und der SA in München gegeben worden zu sein.«

»Hör auf«, schrie ich ihn an. Ich sah mich mit Liesel auf der Frauenempore in der Synagoge in Worms, sah die beim Beten sich wiegenden Männer unten.

Ich sagte zu Max: »Verzeih ... aber meine Eltern ... und Blumenthal.«

»Und Blumenthals Eltern«, sagte Max.

»Was können wir tun?« fragte ich.

»Ich weiß es nicht«, sagte Max. »Nichts können wir tun, nichts als uns schämen und trauern.«

Was mit meinen Eltern in diesen Tagen geschehen war, erfuhren wir erst viele Jahre später, nach Kriegsende. Sie hatten sich aus Worms in das leerstehende Haus von Bekannten in ein Dorf in der Pfalz geflüchtet. Wahrscheinlich hofften sie, dort wisse man nicht, daß sie Juden seien.

1948 kam es in der Kreisstadt zu einem Prozeß gegen einen Mann, der Heinz L. hieß und 1938 siebzehn Jahre alt war.

L. hatte die Volksschule besucht, dann eine Maurerlehre abgebrochen und war seit 1937 beim Bau des sogenannten Westwalls als Hilfsarbeiter beschäftigt. Am 8. und 9. November hatte L. Heimaturlaub.

L. wurde 1949 zu zwei Jahren Gefängnis wegen schweren Landfriedensbruchs in Tateinheit mit gefährlicher Körperverletzung verurteilt. Die Rädelsführer und Anstifter der Tat konnten nicht zur Verantwortung gezogen werden. Der Angeklagte zeigte sich, wie es dann in einem der Zeitungsberichte über den Prozeß hieß, »geständig und reuig«.

Ich war zu dem Prozeß mit Max von New York herübergekommen. Nach dem Prozeß beeilten wir uns, wieder in die USA zurückzukehren. Deutschland erschien uns als ein Land, in dem sich zu wenig geändert hatte, als daß wir uns dort hätten wohl fühlen können. Aber das ist eine andere Geschichte.

Also, zurück zum Schicksal meiner Eltern. Erst beim Prozeß und durch den Mund des Staatsanwalts erfuhr ich genau, was sich da in Mehringen abgespielt hatte.

L. kam am Tag des Pogroms – genau darum handelte es sich nämlich; ich weigere mich, *Reichskristallnacht* zu sagen, denn das ist ein Naziwort – gegen dreizehn Uhr in Mehringen an. Da er keinen seiner Angehörigen zu Hause vorfand, fuhr er mit dem Fahrrad ins Dorf.

Als er in die Nähe des Liebermannschen Hauses kam, das meine Eltern bewohnten, sah er dort eine größere Menschenmenge stehen, zumeist Jugendliche. Schon beim Näherkommen hörte er, wie der Ortsgruppenleiter die Anwesenden aufforderte, ins Haus einzudringen und meinen Vater herauszuholen.

L. stellte sein Rad in der Nähe ab und betrat kurz danach den Hof des Gebäudes. Von dort ging er mit anderen in das Haus. Ob sie dort die Hintertür aufbrachen oder ob diese schon offenstand, konnte später nicht mehr geklärt werden. Es ist auch nicht weiter von Bedeutung. L. stieg zunächst in den obersten Stock, wo sämtliche Möbel bereits zerschlagen worden waren. Dann begab er sich zurück ins Erdgeschoß. Als er die Treppe herunterkam, sah er, wie mehrere ihm angeblich nicht bekannte Männer auf meinen in eine Ecke des Treppenhauses gedrängten Vater einschlugen. Dieser wehrte sich, schon blutüberströmt, mit einem Spazierstock. L., der angeblich nur an der Gruppe vorbei wollte, ohne sich einzumischen, fühlte sich nun von meinem Vater bedroht. Angeblich in Abwehr, ergriff er den Stock – *kühn*, wie er sagte – und riß ihn meinem Vater aus der Hand. L. hat dann auf meinen Vater eingeschlagen und ihn im Gesicht getroffen.

Mein Vater scheint versucht zu haben, L. und die anderen Plünderer beiseite zu drängen. Er stolperte die Treppe hinunter, wobei er verzweifelt den Namen meiner Mutter rief. Die Plünderer folgten ihm. Allen voran L., der den Flüchtenden rasch einholte. Im Freien vor dem Haus trieb er meinen Vater mit Schlägen und Tritten vor sich her. Diese Jagd zog sich etwa über hundert Meter hin. Dann hakte L. den gebogenen Griff des Spazierstocks, den er immer noch in der Hand hatte, um das Bein meines Vaters und brachte ihn zu Fall. Er stürzte sich dann auf den wehrlos Daliegenden und schlug mehrmals mit dem Stock auf ihn ein. Die umstehende Menschenmenge klatschte Beifall, schrie: »Saujud! Recht geschieht's dem Jud! und: ›Mach ihn doch kalt!‹« In diesem Augenblick griff der Zeuge K. ein, der den Angeklagten von seinem Opfer wegriß und ausrief: »Mach dich nicht unglücklich, Heinz!«

Nach diesen Ereignissen im November 1938 erblindete mein Vater fast völlig. Meine Eltern kehrten kurz darauf nach Worms zurück. Dort erfuhren sie, daß der alte Blumenthal seine Frau und sich mit Zyankali vergiftet hatten. Auch in Worms war es zu schweren Ausschreitungen gekommen. Schlägertrupps drangen in jüdische Wohnungen ein, zerschlugen Möbel und Einrichtungsgegenstände, Fensterscheiben und Geschirr, schlitzten mit Vorliebe Deckbetten auf, daß die Federn stoben, stürzten selbst schwere Gegenstände durch die Fenster hinaus auf die Straße. Am Morgen des 10. November war die alte

Synagoge in Brand gesteckt worden. Als der Rabbiner Dr. Frank davon Kenntnis erhielt, rief er aus dem Haus des Synagogendieners die Feuerwehr an. Von der Feuerwache erhielt er die Auskunft: Wir sind zu beschäftigt hier. Wir können nicht zum Löschen kommen. Der Rabbiner, der keine Ahnung hatte, daß es sich um eine gezielte Maßnahme der Nazis handelte, holte ein paar junge Leute zusammen, die dann den Brand ziemlich bald gelöscht hatten. Zusammen mit ihnen wurde er um acht Uhr morgens verhaftet. Als die Brandstifter zu einem zweiten Versuch anrückten, war die Lehrerin Herta Mansbacher zur Stelle. Sie warf sich den Eindringlingen entgegen, um sie am Betreten der Synagoge zu hindern. Das gelang ihr freilich nicht. Sie wurde zur Seite gestoßen, erstaunlicherweise dann aber nicht mehr behelligt. Schon damals wurde dieser Vorgang in Worms gerüchtweise bekannt.

Die alte Synagoge brannte aus und war nach der Pogromnacht nicht mehr benutzbar. In der aus dem neunzehnten Jahrhundert stammenden Levyschen Synagoge wurde die Einrichtung demoliert, aber kein Feuer gelegt, weil die SA wohl befürchtete, die Brände könnten auf anliegende Häuser nichtjüdischer Besitzer übergreifen.

Meine Eltern wurden verhaftet und zusammen mit Darmstädter Juden ins KZ Buchenwald transportiert. Doch nach etwa einer Woche kamen sie von dort wieder frei. Mit kahlgeschorenen Köpfen wurden sie bei Nacht mit dem Lastauto vor das Polizeipräsidium gebracht und dort abgesetzt. Nun versuchten sie, doch noch aus Deutschland fortzukommen. Aber weder konnten wir ihnen die Visa für die Vereinigten Staaten beschaffen, noch gelang ihnen die ebenfalls erwogene Ausreise nach

Palästina. Es hieße es sich zu einfach machen, wollte ich den amerikanischen Behörden die Schuld geben. Immerhin ließen sie noch im Jahr 1939 über siebenundzwanzigtausend Einwanderer aus Deutschland und Österreich ins Land. Die meisten davon waren Juden. Ich muß es so hart sehen und sagen: Es lag eigentlich an uns. Wir konnten keine Bürgschaft stellen. Und Max' wohlhabender Vetter Konrad? Ein trauriges Kapitel, das ich dir ersparen will, Barbara.

Bis zum Kriegsausbruch 1939 scheint man meinen Eltern dann relativ wenig Schwierigkeiten gemacht zu haben, abgesehen von den üblichen Schikanen gegenüber Juden. So jedenfalls stellten es uns Bekannte dar, als Max und ich im Jahr 1949 zu dem Pogrom-Prozeß wieder nach Deutschland kamen. Vielleicht war das eine Schutzbehauptung, vielleicht wollten sie uns trösten. Schwer abzuschätzen. Ab 19. September 1941 mußten alle Juden den gelben Stern tragen. Kein Jude durfte ohne schriftliche Genehmigung der örtlichen Polizeidienststellen seine Wohngemeinde verlassen. Unsere Kenntnisse über die Lebensumstände meiner Eltern waren recht vage. Bis 1940 konnten wir manchmal telefonieren. Auch das war kompliziert, weil man inzwischen meinen Eltern den Telefonanschluß im Haus gesperrt hatte. Wir mußten bei Bekannten anrufen. Meine Eltern mußten zu diesen Bekannten gehen und dort auf unseren Anruf warten. Dann stand einmal in einem Brief die Bemerkung, wir sollten bitte nicht mehr anrufen. Wie ich später erfuhr, befürchteten die Leute, bei denen meine Eltern telefonierten, für Spione gehalten zu werden, wenn sie häufiger Anrufe aus den Vereinigten Staaten bekämen.

Beim dem, was man sagte, was man schrieb, blieb zwangsläufig vieles unausgesprochen. Erst beim Pogrom-Prozeß 1949 erfuhr ich, daß man den Juden bald auch die Benutzung der öffentlichen Verkehrsmittel verbot und sie von der Belieferung mit Zeitungen und Zeitschriften durch Post und Verlage ausschloß. Ab April 1942 mußten auch ihre Wohnungstüren mit einem Judenstern gekennzeichnet sein. Es war ihnen nun auch untersagt, einen deutschen Friseur aufzusuchen. Blinden Juden war es nicht erlaubt, die gelbe Armbinde zu tragen, weil dadurch ein Arier hätte veranlaßt werden können, ihnen behilflich zu sein. In New York erreichte uns das letzte Lebenszeichen meiner Eltern Anfang 1941. Danach riß die Verbindung völlig ab. Wir erfuhren noch, daß man ihnen das Haus weggenommen und sie in eine Sammelunterkunft eingewiesen hatte. Meine Mutter war zur Zwangsarbeit in einer Metallfabrik verpflichtet worden.

So arg diese Zeit war, so sehr uns die politischen Ereignisse und der Kampf ums Überleben von Tag zu Tag in Atem hielten, spielte ich, wie ich nicht verschweigen will, in all den Jahren immer wieder mit dem Gedanken, einmal zu den Indianern zu fahren. Jeder hat so seinen Traum. Es kam nie dazu: das liebe Geld. Was blieb, war die Möglichkeit, als interessierter Laie die Geschichte der Indianer systematisch lesend zu erkunden. Die Voraussetzungen dafür waren sehr günstig. Die Bestände der Public Library in Manhattan sind sehr umfangreich. Was ich dort nicht fand, bestellte ich mir aus der Congress Library oder aus dem Smithonian Institute in Washington im Leihverkehr.

Ich will zugeben: Das Indianerthema war für mich die

einzig wirksame Ablenkung von der bedrückenden, peinigenden Ungewißheit über das Schicksal meiner Eltern. Und noch etwas brachte mir mein Lesen und Forschen: Ich verwandelte mich in eine streitbare Gegnerin aller Kriege. Das war wiederum nicht unproblematisch, denn dieser Krieg, in den nun auch Amerika eintrat, der Krieg gegen Hitler, schien auch mir ein notwendiger Krieg, das einzige Vorgehen, von dem ich mir noch eine mögliche Rettung meiner Eltern erhoffen konnte. Und dennoch habe ich auch diesen Krieg gehaßt.

In den Jahren des Krieges beschäftigte ich mich mit der sogenannten Geistertänzerbewegung. Ich erzähle dir wieder so davon, wie du es von mir gewöhnt bist. Teils berichtend, teils mir Personen vorstellend, die an ganz verschiedenen Orten lebten, handelten, redeten, dachten. In einem Roman nennt man das den allwissenden Erzähler. Du weißt, Barbara, daß ich nicht allwissend bin. Aber die Fähigkeit, für Augenblicke diese oder jene Person zu sein – sie wirklich zu *sein* und sich das nicht nur einzubilden –, ist vielleicht eine Eigenschaft, die ich mit meinem Leben geschenkt bekommen habe. Vielleicht, daß sich die spekulierend-tüftelnde Phantasie meiner Vorfahren so in mir fortsetzt.

Manchmal verlangt es mich danach, das eine oder andere ausführlicher darzustellen, aber dann rufe ich mich zur Ordnung. Ich muß mir immer wieder klarmachen: Ich habe nicht so viel Zeit. Wenn du mehr wissen willst – es gibt Bücher, auch wenn ich alte Frau manchmal fürchte, die Freude an Büchern, wie sie sich durch Blumenthal auf mich übertragen hat, könnte mit meiner Generation untergehen. Aber es waren wohl immer nur wenige Menschen, denen Bücher soviel bedeutet haben wie

Blumenthal und mir. Ich sage das ohne elitären Hochmut. Ich sage es eher so, wie man einen Köder auswirft. Diese wenigen – ein Schriftsteller hat sie einmal frei nach Shakespeare die *happy few* genannt – sind wirklich zu beneiden und sollten Reklame machen für ihr Glück.

1886 gab es in Nevada einen Payute-Indianer namens Wowoka. Die Weißen nannte ihn Jack Wilson. Die Angehörigen des Stammes, zu dem er gehörte, lebten von der Kaninchenjagd und vom Sammeln von Piniennüssen. Sie gerieten in Not, als die Weißen in dieser Gegend mit dem Bergbau begannen und die Pinienwälder abholzten. Die Indianer, die nicht in den Minen arbeiten wollten, mußten verhungern. Auch Wowoka ging es schlecht. Als er restlos verzweifelt war, machte er sich auf den Weg in die Wildnis, um dort zu sterben.

Nachdem er drei Tage und zwei Nächte gefastet hatte, wiederholte er die Frage, die er zu all den Stunden immer wieder ausgerufen hatte. »Großer Geist, warum zürnst du uns? Großer Geist, gib mir ein Zeichen, wie wir deinen Zorn besänftigen können.«

Da plötzlich meinte er aus den Wolken eine Stimme zu vernehmen, die sagte: »Wowoka, hörst du mich?«

»Ja, großer Geist, ich höre deine Stimme.«

Und die Stimme aus den Wolken sprach weiter: »Du wirst jetzt sterben. Nicht einmal wirst du sterben, sondern zweimal. Aber sei ohne Furcht. Dies geschieht nur, um ein Zeichen zu setzen für deine Schwestern und Brüder.«

»Dein Wille geschehe, großer Geist, Vater im Himmel, der du immer unserer Mutter, der Erde, in ihr Gesicht siehst.«

»Spürst du, wie das Leben dich verläßt?«

»Ich zittere. Mir ist kalt.«

»Du mußt die Furcht überwinden.«

»Ich will es versuchen, großer Geist.«

»Jetzt bist du ohne Furcht das erste Mal gestorben. Geh jetzt durch das Land der Toten, geh immer weiter und weiter.«

»Ich mag nicht, ich bin müde«, sagte Wowoka, »Steine wachsen in meiner Brust. Meine Füße gehen hin über Felsen und Disteln. Meine Füße sind blutig.«

»Geh dennoch weiter«, meinte er die Stimme aus den Wolken sagen zu hören. »Du mußt. Geh!«

»Ich gehe, wie du befiehlst. Oh, ich werde leicht; ich werde ein Nichts. Ich bin nicht mehr Wowoka.«

»So ist es gut«, sagte die Stimme aus den Wolken zufrieden, »jetzt bist du zum zweitenmal gestorben. Du stehst jetzt in der Prärie. Über dem Boden und dem Gras hängt Nebel. Was siehst du hinter dem Nebel?«

»Ich sehe nichts. Ich kann nichts erkennen.«

»Du siehst nicht genau hin.«

»Stärke mich. Stärke mein Sehen«, rief Wowoka.

»Dein Sehen ist gestärkt.«

Es war wunderbar. Es war, wie die Stimme gesagt hatte.

»Ja«, flüsterte Wowoka, »jetzt durchdringen meine Augen den Nebel.«

Eine der Gestalten, die hinter dem Nebel im Sonnenlicht tanzten, kam auf ihn zu. Sie verkündete ihm, eine Woge aus Wasser und Schlamm werde über die Erde rollen. In ihr würden die Weißen und all ihre Bauten und Maschinen untergehen. Die Indianer aber müßten nur tanzen, dann würde ihnen die Flut nichts anhaben. Die

Flut würde sie tragen, bis die Erde wieder grün sei. Alles werde dann so sein wie in den Zeiten vor der Ankunft des weißen Mannes. Und dann verkündete die Gestalt noch etwas, das Wowoka besonders beeindruckte. Sie sagte, alle Wesen, die tot seien, aber auf Erden immer noch geliebt würden, sollten nach der großen Flut wieder lebendig werden. Endlich verschwand die Erscheinung, und auch der große Geist schien ihm nichts mehr zu sagen zu haben.

Nun braucht man nicht gleich an Wunder zu denken. Was Wowoka da in der Wildnis erlebt hatte, könnte man eine Halluzination nennen. Das Bedürfnis nach Hoffnung muß unter allen Indianerstämmen der Prärie zu jener Zeit sehr groß gewesen sein. Was die Nachbarn der Payutes anging, so waren aus stolzen berittenen Büffeljägern längst elende Almosenempfänger des weißen Mannes geworden.

Vor allem unter den Prärie-Indianern breitete sich Wowokas Lehre rasch aus, zumal der Erleuchtete Botschaften verschickte. Da er nicht schreiben konnte, mußten die Männer, die als Boten fungierten, sie auswendig lernen.

Und so lautete eine dieser Botschaften:

»Wenn ihr heimkommt, sollt ihr fünf Tage tanzen. Der Tanz soll vier aufeinanderfolgende Nächte andauern und in der fünften Nacht bis Sonnenaufgang. Danach sollt ihr alle im Fluß baden und euch in eure Wohnungen begeben.

Ich werde euch dafür lieben. Mein Herz ist voller Glück über die Geschenke, die ihr mir gebracht habt. Wenn ihr zu Hause angekommen seid, werde ich eurem

Stamm guten Regen schenken. Das wird euch wohltun. Ich gebe euch auch guten Geist und alle guten Farben. Ich will, daß aus jedem der Stämme des Indianerterritoriums Boten zu mir geschickt werden. Dieses Jahr wird viel Schnee fallen und wenig Regen. Im Herbst aber will ich euch soviel Regen bescheren wie nie zuvor. Und ich sage euch: Wenn ein Freund stirbt, so sollt ihr nicht weinen. Ihr sollt niemanden verletzen. Handelt immer rechtens. Sagt den Weißen von all dem nichts. Aber Gottes Sohn ist nun wieder in der Welt. Er erscheint jedem, der Augen hat zu sehen, als eine Wolke. Die Toten sind auferstanden. Ich kann euch nicht sagen, wann sie hier sein werden, vielleicht in diesem Herbst, vielleicht auch erst im Frühjahr. Aber wenn dies geschieht, dann gibt es keine Krankheiten mehr, und ein jeder wird wieder jung sein.

Weigert euch nicht, für die Weißen zu arbeiten, und laßt euch auf keinen Streit mit ihnen ein, denn sie werden ohnehin verschwinden. Wenn die Erde bebt, so fürchtet euch nicht, denn dieses ist das Zeichen für den Beginn einer neuen Welt.«

Und die langen Tänze bei den verschiedenen Stämmen begannen.

Die Kiowa sangen:

»Unser Vater, unser Vater
hat Mitleid mit uns gehabt.
Ich strecke meine Hände
gegen den Himmel aus
und rufe.
In meiner Armut strecke ich
meine Hände aus und erflehe
seine Hilfe.«

Die Cheyenne sangen:

»Ach, meine Kinder.
Ach, meine Kinder,
hört nicht auf zu tanzen,
hört nicht auf zu singen.
Wenn die Erde erzittert;
wenn die Flüsse über die Ufer treten,
wenn der Mond auf die Erde fällt,
werden wir unsre toten Freunde wiedersehen.«

Jener Stamm, auf den die Botschaft den stärksten Eindruck machte, waren die Sioux. Sie waren als einziger unter allen Indianerstämmen nie endgültig von den Weißen besiegt worden. Mit erstaunlicher Zähigkeit hatten sie sich in ihrer Heimat behauptet. Aber einige ihrer Häuptlinge erkannten, daß ihnen dies nicht auf Dauer gelingen würde. Nachdem die Weißen ihnen Lebensmittel, Werkzeuge und Kleider versprochen hatten, waren sie schließlich bereit, sich in eine geräumige Reservation zu begeben, in der sie zwar kaum noch Büffel, wohl aber Rotwild jagen konnten. Sie verhandelten mit dem weißen Mann durchaus als Gleichberechtigte, und sie gingen davon aus, daß sie auch weiterhin ihre Tipis dort aufschlagen durften, wo sie es wollten. Es gab unter ihnen gewiß auch Leute, die es recht bequem fanden, nicht arbeiten zu müssen, die zufrieden waren, von den Weißen das zu bekommen, was sie zum Lebensunterhalt brauchten.

Für die von der Regierung auf der Reservation eingesetzten Agenten waren die Sioux ungebärdige Wilde. Ihnen war es vor allem darum zu tun, daß sich die Indianer ruhig verhielten. Als ein probates Mittel, sie einzuschüchtern, erwies es sich, rings um die Reservation Militärstationen anzulegen. Die Sioux haßten diese Forts in ihren alten Jagdgründen. Und was sie noch mehr haßten, waren die rasch aufblühenden kleinen Niederlassungen der weißen Siedler, die stolz darauf waren, Indianer abzuschießen wie andere Leute Krähen oder Kaninchen.

Nun wirst du sagen, jetzt übertreibt sie wieder. Also gut, Barbara, natürlich dachten nicht alle weißen Siedler so. Andererseits gab es um diese Zeit einen gewissen Oberst Custer, der den Satz prägte: »Nur ein toter Indianer ist ein guter Indianer.«

Oder nimm ein Ereignis wie das Massaker von Sand Creek im Jahre 1864. Da überfällt am 28. Dezember Oberst Chivington, im Zivilberuf ein Methodistenprediger, das Lager der den Weißen freundlich gesinnten Cheyenne.

Man schätzt, daß in jeder der etwa hundert Hütten fünf oder mehr Menschen wohnten, etwa die Hälfte davon Frauen und Kinder.

Als die Indianer den Anmarsch der Soldaten beobachten, läßt Black Kettle, der Häuptling, auf seiner Hütte eine amerikanische Nationalflagge hissen, die ihm einige Jahre zuvor von Kommissar Greenwood geschenkt worden ist. Zum Zeichen seiner Friedfertigkeit setzt er darunter eine kleine weiße Fahne, wie man es ihm bei der Begegnung mit Truppen auf der Prärie geraten hat.

Mr. Smith, der Dolmetscher des Stammes, geht davon aus, daß die Truppen sich über die Haltung der Indianer, die da kampieren, nicht im klaren sind. Er reitet ihnen entgegen, wird aber durch Schüsse zurückgetrieben. Dann beginnt das Massaker. Nach wenigen Minuten fliehen alle Indianer in Verwirrung und Schrecken hinaus auf die Prärie. Einige wenige verstecken sich an der Böschung des Baches. Sie werden umstellt und niedergemacht, obwohl sie kaum Widerstand leisten. Vom Säugling bis zum ältesten Krieger werden alle Indianer umgebracht, die den weißen Soldaten in die Hände fallen. Keiner der Offiziere unternimmt auch nur den geringsten Versuch, den Gewaltakten Einhalt zu gebieten. Mehr als zwei Stunden hält das Morden an, bis an die hundert Leichen, größtenteils Frauen und Kinder und teilweise bestialisch verstümmelt, auf der Prärie verstreut liegen. Bei einer späteren Kriegsgerichtsverhandlung stellte sich heraus, daß sich der Befehlshaber der amerikanischen Soldaten durchaus im klaren gewesen war, daß es sich um eine Gruppe von Indianern handelte, die mit den Weißen Frieden hielt. Nach Denver zurückgekehrt, brüstete er sich mit den tapferen Taten, die er und seine Männer vollbracht hatten.

Major Scott Anthony, einer der beteiligten Offiziere, sagte unter Eid aus:

»Da war ein kleines Kind, vielleicht drei Jahre alt, gerade groß genug, um im Sand überhaupt laufen zu können. Die Indianer waren fortgelaufen, und das kleine Kind rannte ihnen nach. Der kleine Bursche war vollkommen nackt. Ich sah, wie einer unserer Männer von seinem Pferd stieg, aus einer Entfernung von ungefähr fünfundsiebzig Meter auf das Kind schoß und es verfehlte. Ein anderer Mann kam heran und sagte: ›Überlaß mir diesen Hurensohn, ich treff ihn, wirst sehen.‹ Er stieg vom Pferd, kniete sich hin und schoß auf das kleine Kind, traf es aber ebenfalls nicht. Ein dritter Mann kam, machte eine ähnliche Bemerkung, feuerte, und der kleine Kerl brach tot zusammen.«

Ich erspare dir andere Zeugenaussagen, die so schrecklich sind, daß ich es unmenschlich finde, sie auch nur zu wiederholen. Sie zeigen den Menschen als Bestie.

Zurück zu den Geistertänzern. Im Sommer 1890 – wenn man sich vorstellt, das ist erst hundert Jahre her, aber wie fern scheint uns diese Zeit –, im Sommer 1890 also schickten die Sioux eine Delegation zu Wowoka. Er hieß sie, im Kreis zu tanzen, und gab ihnen jene Prophezeiung, die du schon kennst, mit auf den Heimweg. Den Sioux, bei denen sich fast alle jungen Männer auf der Suche nach einer Vision und einem Schutzgeist in die Einsamkeit zurückzogen, war die Sprache der mystischen Bilder, derer sich Wowoka bediente, recht vertraut. Außerdem hatte sich bei ihnen Wut und Zorn auf die Weißen über Jahre hin aufgestaut. Vor allem aber gab ihnen Wowokas Botschaft ein neues Selbstbewußtsein.

Die Botschafter erzählten ihren Stammesgenossen, Wowoka trage ein Hemd aus weißem Leder mit aufgemalten roten Blitzen und mit Adlerfedern an den Ellbogen. Ein Zauberhemd. Er habe ihnen geraten, nicht zu schießen. Aber sie sollten sich solche Hemden, wie er eines trage, von ihren Squaws nähen lassen. In diesen Hemden sei man gefeit gegen die Kugeln des weißen Mannes.

Nicht alle Sioux schlossen sich der Geistertänzerbewegung an. Sitting Bull, Medizinmann und Regenmacher der Hunkpapa-Sioux, gehörte zu jenen, die eher zögerten. Doch viele andere Stämme tanzten und tanzten.

Für die weißen Agenten war es nicht leicht herauszufinden, wer den Geistertänzern anhing und wer nicht. Sie wurden langsam nervös, denn die Geistertänzer zogen von Ort zu Ort. Die Indianer hielten Ratssitzungen ab, und es gab endlose Palaver.

1876 versucht Oberst Custer, der für das Amt des amerikanischen Präsideten kandidieren will, mit seinem 7. Kavallerieregiment durch einen raschen Sieg über die am Little Big Horn River zu ihrem Sommerlager versammelten Stämme der Prärie-Indianer die Wähler im Osten und Westen auf sich aufmerksam zu machen. Bei der Sonnentanzzeremonie, die dem Sommerjagdzug vorausgeht, hatte Sitting Bull eine merkwürdige Vision gehabt. Er hatte sich, wie es üblich ist, Wunden beigebracht und in diesem Schwächezustand von Sonnenaufgang bis Sonnenuntergang in die Sonne gestarrt, bis er ohnmächtig zusammengebrochen war. Als er wieder zu sich kam, erzählte er von vielen Soldaten, gegen die die Indianer den Sieg davontragen würden.

Als Custer am Ash Creek entlang in das Tal des Little Big Horn kommt, stößt er dort auf ein Indianerlager, das weit größer ist, als er erwartet hat. In drei großen Kreisen stehen die Zelte über drei Meilen hin am Ufer des Flusses. Die Miniconjous, die Oglala und die San Arc kampieren dort, zudem die Cheyenne. Und es ist ihr Prophet Box Elder, der das Anrücken weißer Soldaten vorhersagt.

Custer, der den Sieg braucht, greift am Morgen des 25. Juni an und wird vernichtend geschlagen. Von seiner Einheit fallen an diesem Tag zweihundertsechsundsechzig Soldaten, fünfundvierzig werden verwundet. Auch er selbst kommt bei der Schlacht am Little Big Horn River ums Leben. Es ist entschieden die ärgste Niederlage, die der amerikanischen Armee je durch die Indianer beigebracht worden ist. Im gesamten neunzehnten Jahrhundert war der Beruf des Offiziers in den Vereinigten Staaten kein besonders geachteter. Von Kollegen wurde Custer wegen seiner Siege über die Indianer, die vor allem auf Rücksichtslosigkeit und gewagten taktischen Manövern beruhten, bewundert oder beneidet. Jedenfalls galt er als ein *dashing man*. Im Deutschen würde man sagen, er galt als »schneidig«. Die Niederlage von Wounded Knee wurde als Schande für die Armee, wenn nicht für die gesamte Nation, betrachtet.

Nun gab es viele Militärs, die diese Scharte wieder auswetzen wollten. Nicht zuletzt die Offiziere in dem ehemals von Custer geführten Regiment, das, neu aufgestellt, weiter im Westen Dienst tat.

1883 wird die erste transkontinentale Eisenbahnlinie in den USA, die durch Indianerland führt, eingeweiht. Für die Eröffnungfeier hat man sich etwas Besonderes ausgedacht. Der Medizinmann Sitting Bull soll eine Rede halten. Ein junger Offizier, der die Sprache der Sioux beherrscht, wird die Ansprache des »Wilden« ins Englische übersetzen.

Es gibt betretene Gesichter, als Sitting Bull sich nicht an den verabredeten Text hält und statt dessen vor den Festgästen erklärt: »Ich hasse die Weißen. Ihr seid Diebe und Lügner. Ihr habt uns unser Land weggenommen und uns zu Ausgestoßenen gemacht.«

Sitting Bull ist lebenserfahren genug, um zu wissen, daß ihm bestimmte Weiße eine solche Provokation nie verzeihen werden.

Sitting Bull kennt die Welt des Weißen Mannes, und er weiß, wovon er redet.

Von den einst Millionen Menschen der indianischen Nationen Nordamerikas sind 1870 noch sechsundzwanzigtausend übriggeblieben. Die meisten von ihnen führen ein erbärmliches Dasein in Agenturen oder Reservationen, die mehr oder minder alle Ähnlichkeiten mit Straflagern haben.

Ein Gespräch zwischen dem neuen Kommandeur der Siebenten und dem Präsidenten der USA in dessen Amtszimmer stelle ich mir etwa so vor: Sie reden über die Geistertänzer. Ohne daß du Anlaß hättest, mich wieder der Ungerechtigkeit zu bezichtigen, Barbara, können wir davon ausgehen, daß die beiden von den Nöten, Hoffnungen und Wünschen der Indianer so gut wie nichts begriffen. Also suchten sie nach Erklärungen aus dem Bereich ihrer eigenen Kultur. Wäre ich daheim, suchte ich mir das Heft des *National Geographic Magazine* heraus, das dem Weißen Haus gewidmet ist, und könnte dir dann auch noch die Inneneinrichtung des Zimmers beschreiben, in dem das Gespräch stattgefunden hat. Den Präsidenten lasse ich mißmutig auf und ab gehen und sagen: Jahrzehnte haben unsere Missionare mit einer Engelsgeduld diesen Indianern die Botschaft des Christentums nahezubringen versucht. Wir sind fast immer auf taube Ohren gestoßen.

Und der Kommandeur der sagenhaften 7. Kavallerie könnte geantwortet haben: Mit Verlaub, *Mr. President*. Dieser Wowoka ist eben Indianer, einer von ihnen, und Missionare sind Weiße.

Lassen wir den Präsidenten stehenbleiben und sich – sagen wir – an seinem Jackett zupfen.

Er sagte: Es ist an der Zeit, daß wir hart durchgreifen. Noch eine solche Niederlage wie die der Siebenten können wir uns nicht leisten. Die Öffentlichkeit erwartet von uns, daß wir das Indianerproblem ein für allemal lösen.

Und der Offizier: Sehr wohl, *Mr. President*. Aber

dann braucht die Armee auch weitreichende Vollmachten.

Die wird sie bekommen. Das verspreche ich Ihnen. Ja, Oberst, machen wir dem rasch und gründlich ein Ende. Je rascher und gründlicher, desto besser für uns wie für die Indianer. Man kann eben aus Wilden keine zivilisierten Menschen machen. Man hat es immer wieder versucht. Es ist wider das Gesetz der Natur. Die jeweils stärksten und hochentwickeltsten Exemplare einer jeden Spezies überleben. Lesen Sie nach bei Darwin *Die Entstehung der Arten durch natürliche Zuchtwahl*. Zuerst wird man uns schelten, aber die Geschichte wird uns loben.

Ich habe verstanden, *Mr. President*, wird der Oberst gesagt haben und zufrieden gewesen sein mit dem Verlauf dieser Audienz.

Nächster Akt: Die Festnahme von Sitting Bull. Nach allem, was man weiß, hielt sich der Alte von den Geistertänzern fern, aber das half ihm wenig. Er war ein prominentes Mitglied des indianischen Widerstandes, also mußte er sterben. Die Armee überließ den schmutzigen Teil der Arbeit diesmal der Indianerpolizei. Am 15. Dezember 1890 dringen Leutnant Bullhead und zehn Polizisten in ein Holzhäuschen ein, in dem Sitting Bull sich aufhält. Er soll gefangengenommen und abgeführt werden und widersetzt sich auch nicht. Aber draußen warten noch mehr Gefangene, eine Gruppe heulender Geistertänzer. Die Indianerpolizei wird unsicher. Es entsteht ein Tumult. Sitting Bull wird von einem Geschoß zwischen die zehnte und elfte Rippe getroffen. Die Armee führt Verstärkung heran. Diesmal sind es reguläre Soldaten. Das Handgemenge zwischen der Indianerpolizei und den Geistertänzern hält an. Die Armee setzt Artillerie ein. Das Geschützfeuer treibt die Indianer in die Flucht.

Sitting Bull hat versucht, sich im Buschwerk zu verstecken. Er feuert von dort aus mit seiner Winchesterbüchse. Ein indianischer Polizist entdeckt ihn, zerrt ihn hervor, schlägt mit einer Holzlatte auf ihn ein. Andere Soldaten zerbrechen sein Gewehr, zerschneiden ihm mit Messern das Gesicht. Irgendwann hat das Herz des alte Regenmachers aufgehört zu schlagen.

Nach Sitting Bulls Tod schließen sich die meisten seiner Anhänger dem Häuptling Big Foot an. Sie fliehen in die sogenannten Badlands. Nun werden dreitausend amerikanische Soldaten aufgeboten, um sie einzufangen. Am 28. Dezember stellt das 7. Kavallerieregiment – Custers altes Regiment – Big Foot und seine Leute.

Big Foot trifft sich zu einer Unterredung mit Major Whitside. Er ist so schwach, daß er in einem Wagen gefahren werden muß.

Er sagt: »Ich bin krank, und mein Volk will Frieden.«

»Ich will keine langen Reden hören«, erwidert der Major. »Entweder ihr ergebt euch, oder wir werden euch alle töten.«

»Wir wollen Frieden«, versichert Big Foot abermals. »Wir hätten uns schon eher ergeben, wenn wir gewußt hätten, wo wir euch finden. Wir ertragen den Hunger nicht mehr, meine Leute sind dem Tod nahe.«

»Unter eurem Haufen gibt es Geistertänzer. Liefert sie uns aus.«

»Was wird mit ihnen geschehen?« fragt Big Foot.

»Oh, wir wollen sie tanzen lehren«, sagt der Offizier, als sei das ein guter Witz.

»Ich habe nie daran geglaubt, daß eine neue Welt kommt«, erklärt Big Foot, »aber wenn der weiße Mann meint, wir würden unsere Brüder verraten, täuscht er sich.«

Whitside macht eine wegwerfende Handbewegung.

»Ergebt ihr euch nun bedingungslos oder nicht?«

»Was bleibt uns anderes übrig? Wir ergeben uns. Aber wir werden die Geistertänzer unter uns schützen.«

»Deine Geistertänzer kannst du dir an den Hut stekken, Häuptling«, sagt der Major.

Daraufhin weist er Big Foot an, mit seinen Leuten zum Wounded Knee Creek zu ziehen und dort ein Lager aufzuschlagen.

Big Foot führt diese Anweisung peinlich genau aus. Während des Marsches beobachten die Soldaten, die die Indianer begleiten, nichts Ungewöhnliches. Die Indianer scheinen bei guter Laune, offenbar erleichtert, daß nun Frieden ist. Sie schwatzen und lachen mit den Soldaten. Diese bieten ihnen manchmal Zigaretten an und schütten sich aus vor Lachen, wenn die Indianer nicht damit zurechtkommen, sie zu rauchen. Keinem der Kavalleristen fällt auf, daß einige Indianer heilige Geisterhemden tragen.

Big Foots Gesundheitszustand hat sich nicht verbessert. In den Worten der Weißen: Er fiebert, hat eine Bronchitis. Da er sich nicht mehr im Sattel halten kann, reist er in seinem Planwagen. Er sieht nichts, hört kaum etwas von dem, was draußen geschieht. Niemand berichtet ihm davon, daß Yellow Bird, der Medizinmann, immer wieder die ganze Länge des Zuges abreitet, manchmal auf einer Flöte aus Adlerknochen bläst und die Gesangsstrophen der Geistertänzer murmelt.

Als man Wounded Knee erreicht, wird den Indianern ein Lagerplatz in der Nähe des Biwaks der Armee angewiesen. Die weißen Männer zählen nun die Indianer. Es sind hundertzwanzig Männer und zweihundertdreißig Frauen und Kinder dort versammelt. Lebensmittel werden verteilt. Die Indianer richten sich für die Nacht ein. Major Whitside stellt ihnen mehrere Armeezelte zur Verfügung. Der Truppenarzt untersucht den kranken Big Foot. Ein Ofen wird in dessen Zelt aufgestellt.

Seit dem Wortwechsel, den die beiden Männer miteinander hatten, hegt Whitside gegenüber Big Foot ein gewisses Mißtrauen. Er muß aufpassen, daß der Häuptling die Geistertänzer nicht verschwinden läßt. Deswegen auch die Zählung. Genau dieses Problem ist es auch, das Big Foot Kopfzerbrechen bereitet. Er hat zugesagt, die Geistertänzer zu schützen. Er hat gegenüber dem weißen Mann erklärt, er werde sie nicht ausliefern. Zu seinem Wort wird er stehen. Aber was ist, wenn die Geistertänzer weiter versuchen, für ihre Sache Anhänger zu gewinnen? Big Foot weiß, daß es unter der Gruppe, die sich um ihn geschart hat, nicht wenige gibt, die nicht in eine Reservation wollen, es gibt andere, die wollen Rache für das erbärmliche Ende, das Sitting Bull genommen hat. Es gibt wieder andere, und das ist die Mehrzahl, die wollen Frieden, nichts als Ruhe und Frieden. Major Whitside hat vier Hotchkiss-Kanonen, die Vorläufer des Maschinengewehrs, schußbereit um das Indianerlager postiert.

Es wird eine kalte Nacht. Der Bach, den eine Baumreihe säumt, ist schon zugefroren, in der Luft ist ein Geruch, als werde es bald schneien.

Während der Nacht trifft Oberst James W. Forsyth von der 7. Kavallerie mit einem weiteren Armee-Verband ein und übernimmt das Kommando. Am nächsten Morgen beginnt die Entwaffnung der Indianer. Die Krieger stellen sich im Halbkreis vor den Zelten auf. Die Soldaten durchsuchen jedes einzelne Zelt. Diese Aufgabe hat Leutnant James Mann übernommen. Bei ihm sind drei Soldaten. Die Indianer kommen ihm gutmütig vor. Es sieht nicht so aus, als werde es Schwierigkeiten geben. Die Frauen sitzen auf Bündeln, in denen manchmal recht plump Gewehre und andere Waffen versteckt sind. Die Soldaten bitten sie aufzustehen. Sie behandeln die Frauen so vorsichtig wie irgend möglich.

Kaum ist die Durchsuchung zu Ende, da beginnen die Frauen zu packen.

Vor dem Halbkreis der Krieger hat unterdessen der Medizinmann mit einer Rede begonnen. Er sagt: »Ich besitze eine Medizin gegen die Munition des weißen Mannes. Es ist eine gute Medizin, und seine Kugeln werden euch nicht verletzen. Sie werden an euren Geisterhemden abprallen, aber eure Kugeln werden die Weißen töten.«

Leutnant Mann, den ein Gefühl des Unbehagens überkommt, geht mit den drei Männern aus seinem Zug auf diese Gruppe zu.

Sie sind jetzt nur noch etwa zehn Meter von dem Halbkreis der Krieger entfernt. Zwischen den Leutnant und die drei Kavalleristen schieben sich plötzlich vier Krieger, drei sind mit Gewehren bewaffnet, einer hat Pfeil und Bogen. Der Leutnant zieht seinen Revolver und erzwingt so, daß er zu seinen drei Leuten durchgelassen wird.

Die Indianer im Halbkreis strecken ihre Waffen über den Kopf zum Himmel, als seien sie eine Opfergabe, reißen sie dann herunter und legen plötzlich auf den Leutnant und die drei Soldaten an.

Fast gleichzeitig wirft der Medizinmann eine Handvoll Staub in die Luft und setzt seine Kriegshaube auf. Ein Schuß fällt, den der Leutnant für ein Signal hält. Auch er befiehlt jetzt: Feuer frei! Ein Befehl, dem die drei Männer seiner Gruppe augenblicklich nachkommen.

Überlebende Indianer werden später die Ereignisse, die dem Massaker vorausgingen, ganz anders darstellen. Ihrer Version nach hat sich der erste Schuß, der gefallen ist, aus dem Gewehr eines jungen Mannes zufällig gelöst, als dieser die Waffe abgeben wollte.

Augenzeugen beider Seiten stimmen darin überein, daß nach diesem ersten Gewehrschuß die Hotchkiss-Kanonen sofort zu feuern begannen. Pro Minute schlagen nun fünfzig ihrer zwei Pfund schweren Geschosse im Menschengewimmel des Indianerlagers ein. Tot oder verwundet stürzen die Menschen zu Boden. Die Zeltbahnen der Tipis werden zerfetzt und beginnen zu brennen. Einige der überlebenden Indianer fliehen in eine nahe gelegene Schlucht und verstecken sich dort zwischen Felsen und im Unterholz. Andere rennen den Abhang eines Hügels hinauf. An diesem und am nächsten Tage tobt in der Gegend ein Blizzard, dem auch noch einige der Überlebenden zum Opfer fallen. Sie sind in der Prärie erfroren oder verhungert.

Das Beerdigungskommando der Armee zählt vierundsechzig Männer und Jungen, vierundvierzig Frauen und achtzehn Kleinkinder. Auch bei der Armee hat es Tote gegeben. Die meisten Soldaten sind im Kreuzfeuer ihrer Kameraden gefallen. Die Indianer werden in ein Massengrab geworfen.

Mit dem Massaker von Wounded Knee ist der Widerstand der Sioux endgültig gebrochen.

Menschenverluste im Zweiten Weltkrieg:

Soldaten 24,4 Millionen, davon UdSSR 13,6 Millionen; Deutschland 3,25; China 3,5; Japan 1,7; Großbritannien 370000; Frankreich 250000; USA 220000; Österreich 23000. Zivilpersonen: 25 Millionen. Davon China 10 Millionen; UdSSR 6 Millionen; Deutschland 3,64 Millionen; Polen 2,5 Millionen; Jugoslawien 1,3 Millionen; Frankreich 270000.

Auf einem Denkmal für die Opfer des Zweiten Weltkrieges sollte als Inschrift ein Satz des amerikanischen Schriftstellers William Faulkner stehen. Er lautet:

KEINE SCHLACHT WIRD JEMALS
GEWONNEN. SCHLACHTEN
WERDEN NICHT EINMAL GESCHLAGEN.
DAS SCHLACHTFELD ENTHÜLLT
DEM MENSCHEN LEDIGLICH
SEINE EIGNE DUMMHEIT UND
VERZWEIFLUNG, UND SIEG
IST NUR EINE ILLUSION VON
PHILOSOPHEN UND TOREN

Manhattan oder Chuka, die Reise vom Tod ins Leben (1980 und 1905)

Und ein Kind, schon, das aus der Schule
nach Haus kommt und fragt,
    Daddy, wer war Hitler?

Felix Pollak

Die offizielle Benachrichtung über den Tod meiner Eltern im KZ erhielt ich Ende 1945 in New York. Das war die schlimmste Zeit. Ungewißheit, Selbstanklagen. Empörung über viel Naivität in unserer Umgebung. Ich kann meine Ängste in diesen Jahren nicht beschreiben. Das meiste habe ich heruntergewürgt, selbst mit Max habe ich nur selten darüber gesprochen. Nachdem ich die Todesnachricht erhalten hatte, versuchte ich Leute aufzuspüren, die meine Eltern im KZ getroffen haben mochten. Vergeblich. Es blieben nur die nüchternen Daten des offiziellen Bescheids. 24./27. 9. 1942 Theresienstadt. Das Vorzeigelager für das Ausland. Danach Auschwitz. Tod im Gas 1944. Ihre Namen standen in den entsprechenden Listen.

Nun, ich erwähnte es ja schon, wir sind dann 1949 zu dem Pogromnacht-Prozeß in der Bundesrepublik gewesen. Dabei ist uns erst einmal das Heimweh auf Deutschland gründlich vergangen.

Also, mein Eindruck damals war: Von der vielbeschworenen Stunde Null, von einem radikalen politischen Neuanfang in Deutschland konnte nicht die Rede sein. An vielen Gerichten die alten Richter, auf hohen Regierungsposten immer noch viele jener Beamte, die schon den braunen Herren ergeben gedient hatten. Bei den Behörden war es nicht viel anders. Und die meisten Leute, mit denen Max und ich 1949 in Deutschland sprachen, hatten von den KZs angeblich nichts gewußt. Jedenfalls sahen sie immer noch nicht ein, daß sie – und sei es nur durch Schweigen und Wegschauen – mit dazu beigetragen hatten, daß die Juden, die Zigeuner und die politischen Gegner des Faschismus *systematisch* und *maschinell* ... ja, ich bestehe auf diesen beiden Wörtern ... hatten ermordet werden können. Wenn man manche dieser Leute reden hörte, hätte man meinen können, der Nationalsozialismus und der Krieg seien nichts anderes als ein Betriebsunfall der Geschichte gewesen. Und ein paar Jahre später waren ja dann auch deutsche Soldaten wieder gefragt.

Unsere traurigen Erfahrungen bei den Behördengängen, die zur Anerkennung meiner Wiedergutmachungsansprüche nötig geworden waren, will ich hier gar nicht erwähnen.

Viele haben mich gefragt: Habt ihr eigentlich in Amerika eine Vorstellung davon gehabt, was in den KZs geschah, habt ihr vom Holocaust, vom Massenmord an den Juden gewußt?

Ich habe 1943 zum erstenmal Genaueres über den Holocaust gehört. Es ging mir wie vielen unserer jüdischen Freunde und Bekannten: Ich konnte es zuerst nicht glauben. Dabei ist mir nachträglich auch klargeworden, daß es wohl einen Mechanismus in unserem Bewußtsein gab, der solche Zweifel, dieses Nein-das-kann-doch-nicht-wahr-sein noch verstärkte. Wir alle, die wir Angehörige in Deutschland hatten und nichts für sie tun konnten, wollten uns die Hoffnung erhalten, sie wiederzusehen.

Von der Massenvergasung in den KZs einmal abgesehen, war es überhaupt nicht einfach, sich über die Lebensbedingungen der Juden im Hitlerdeutschland nach 1939 von den USA aus ein klares Bild zu machen. Viele Einzelheiten habe ich erst erfahren, als wir Hirsch Blumenthal dann wiedertrafen.

Ja, wir haben uns wiedergesehen. Anfang 1945 war das. Jedenfalls noch vor Kriegsende. Und wieder haben dabei die Indianer eine wichtige Rolle gespielt.

Ich habe über den Zeltkreis der Osage-Indianer promoviert, die Geschichten der sogenannten Kleinen Alten Männer, die am heiligen Ort, im Haus der Geheimnisse erzählt werden.

Das Buch mit diesen Geschichten war in meinem Elternhaus in Worms zurückgeblieben. Und dort ist es von den braunen Besitzern des Hauses nach der Verschleppung meiner Eltern wahrscheinlich verhökert worden oder in einer Bombennacht verbrannt. Ich wollte den Band wiederhaben, gerade um diese Zeit brauchte ich ihn. Für mich ging eine starke Magie des Lebensmutes von ihm aus. Und um den war es mir um diese Zeit zu tun. Ich wollte mich damit aufladen. Und ich wollte das Buch nicht nur ausleihen. Ich wollte es besitzen, und wohin ich ging, sollte es mich begleiten. Ich erkundigte mich. Doch, der Band war durchaus noch zu haben. Das Bureau of American Ethnology, das ihn 1921 veröffentlichte, ist eine gediegene Institution, der weder Weltwirtschaftskrise noch Weltkrieg hatte etwas anhaben können.

Aber der Preis war für meine Verhältnisse einfach unerschwinglich. Eine Kollegin in der Bibliothek riet mir, ich solle versuchen, das Buch antiquarisch aufzutreiben. Ich schlug also in den *Yellow Pages*, dem Branchenverzeichnis nach und stieß auf die Adresse eines Antiquariates in *Soho*, wie man in Manhattan das Viertel *South of Houston Street* nennt. Das Geschäft hatte einen kuriosen Namen. Es hieß *The Roaring Twenties*, auf deutsch, frei übersetzt: *Die wilden zwanziger Jahre*. Ich ging dort vorbei. Tatsächlich suchte ich ja ein Buch, das in den zwanziger Jahren erschienen war.

Ein etwas verschlafen aussehender junger Mann erschien und fragte, was er für mich tun könne. Er war einer von den Personen, bei denen man meint, sie verlangten erst eine Entschuldigung für das unsittliche Ansinnen, einem eines ihrer Bücher zu verkaufen. Irgendwie kam ich mir fehl am Platz vor und wollte schon wieder gehen. Dann nannte ich aber doch meinen Wunsch, gab ihm den genauen Titel an: *The Osage Tribe: Rites of the Chiefs. Sayings of the Ancient Men,* Washington 1921. Er sagte, wiederum ziemlich abweisend, es tue ihm leid, das Antiquariat sei ausschließlich auf Werke der belletristischen Literatur spezialisiert.

»Also nur Romane?« fragte ich.

»Romane, Lyrik, seltene Ausgaben von literarischen Zeitschriften aus den zwanziger Jahren«, erklärte er mir.

Ich bat ihn, mir doch ein Antiquariat in New York zu empfehlen, das ethnographische Bücher führe.

So gedehnt, als wolle er dabei einschlafen, sagte er die Adresse her, als plötzlich jemand aus einem Hinterzimmer auftauchte, von dem gehobenen Trennvorhang wie von einer im Triumph geschwenkten Fahne umweht.

Nicht unfreundlich, aber entschieden sagte dieser Jemand zu dem jungen Mann: »Ed, laß mich das mal machen. Ich kümmere mich um die Dame. *She is a very old friend of mine.*«

Mir blieb fast das Herz stehen.

Es war Blumenthal.

In einem Tonfall, als sei es eine Unverschämtheit von ihm, hier aufzutauchen und mich so zu erschrecken, brachte ich nur heraus: »Aber Herr Blumenthal, was machen Sie denn hier?«

»Nun, was werde ich machen?« sagte er, »*Büchel verkoifen.* Guten Tag, Charlotte. Wie geht es Ihnen? Wir haben uns ...«

»... eine ganze Weile nicht gesehen.«

»Das kann man wohl sagen. Darf ich Sie zu einer Tasse Tee mit nach hinten bitten? Es ist zwar kein Assam, der ja wohl Ihre Lieblingsmarke war, aber ein ausgezeichneter chinesischer Rauchtee.«

»Ja, gern. Ach, Herr Blumenthal!« Vor Aufregung konnte ich kaum sprechen. »Ich kann es immer noch nicht fassen, Sie hier zu sehen.«

»Nun, in solchen Zeiten«, sagte er, »ich habe mich daran gewöhnt, fassungslos zu leben. Wie die Eingeborenen hier sagen: *anything can happen.*«

»Sie haben ja sogar Englisch gelernt, Herr Blumenthal!« rief ich.

»Wenn einem das Wasser bis ans Kinn steht ... Ich wollte doch überleben. Ich wollte Sie in dieser Welt noch einmal wiedersehen, Charlotte. Und wie geht es denn Max?«

»Ach wissen Sie«, sagte ich, »eigentlich könnte es ihm ganz gutgehen, wenn man darüber hinwegsieht, daß er nie mehr in einem Symphonieorchester untergekommen ist und sein Geld damit verdient, in einen Nachtclub Tangos zu spielen.«

An diesem Tag kam ich mit mehr als zwei Stunden Verspätung in die Public Library, was während meiner ganzen Dienstzeit nie vorgekommen war. Blumenthal hatte mir in groben Zügen die Geschichte seiner Flucht erzählt.

Er hatte vergeblich versucht, uns in New York zu finden, und ohne mein Indianerhobby wären wir uns wahrscheinlich auch nie wieder begegnet.

Natürlich wollte er auch Max wiedersehen. Also lud ich ihn für den darauffolgenden Montag zum Abendessen ein. Montags hatte Max seinen freien Abend.

Blumenthal, ehemals Besitzer der *Bücherstube* in Berlin-Charlottenburg, ging nach allen Schikanen, Verfolgungen und Katastrophen wieder mit seltenen und schönen Büchern um. Das paßte irgendwie zu ihm.

Statt Blumen brachte er mir ein Buch. Als ich sah, was es war, trieb es mir fast Tränen in die Augen ... eine Ausgabe von *The Osage Tribe: Rites of the Chiefs*. Auf das Vorsatzpapier hatte Blumenthal geschrieben: *Der Krieg ist das Chaos. Für Charlotte, die sich zu Zeiten des Chaos immer noch für die Ordnung des Kosmos interessiert*.

Auch Max wurde beschenkt. Ihm brachte er eine Schallplatte mit Liedern von Gustav Mahler mit. Wir aßen zusammen. Max schilderte, wie wir all die Jahre in den USA überstanden hatten, und nach dem Kaffee zum Abschluß des Essens sagte er: »Nun müssen Sie aber endlich erzählen, Herr Blumenthal.«

Der kleine Herr Blumenthal rückte sich auf unserem Sofa zurecht. »Sitzt ihr beiden bequem?« fragte er. »Ihr seid gewarnt: Es ist eine lange und eigentlich unglaubliche Geschichte ... mein Pech oder mein Glück, daß ich sie erlebt habe. Alles in allem, so will ich mal behaupten, haben sich Pech und Glück darin ziemlich die Waage gehalten. Nein, eigentlich muß das Glück überwogen haben, sonst wäre ich nicht hier. Also. Am Morgen nach der Pogromnacht 1938 wurde ich in Berlin verhaftet. Man brachte mich zunächst in ein Zuchthaus, dann in ein KZ in der Nähe von Berlin. Ich erspare euch, was ich im einzelnen dort erlebt habe. Als ich mich nach vier Tagen mit kahlgeschorenem Schädel und mehreren gebrochenen Rippen wieder auf freiem Fuß befand, war ich entschlossen, Deutschland so rasch wie möglich zu verlassen. Ich sagte mir: Noch einmal wirst du nicht durch eine solche Hölle gehen.

Ich beschaffte mir Gift, das ich seither immer bei mir getragen habe, um mir notfalls selbst das Leben zu nehmen, wie es meine Eltern getan hatten. In meiner Wohnung fand ich unter der Post ein Schreiben vor, mit dem die Arisierung meiner Buchhandlung verfügt wurde. Ich verkaufte. Natürlich zu einem Spottpreis. Mit Nachdruck betrieb ich meine Auswanderung. Ich wollte eigentlich nach Palästina, bekam aber schließlich ein Visum nach Mexiko angeboten, das nach Havanna geschickt werden sollte. Am 13. Mai 1939 ging ich an Bord des Hapag-Dampfers *St. Louis*. Alle Passagiere besaßen die Landeerlaubnis der kubanischen Einwanderungsbehörde. Die meisten meiner Mitreisenden wollten auf Kuba die Erteilung ihrer Visen für die USA abwarten. Als wir am 5. Juni 1939 um vier Uhr morgens auf der Reede von Havanna ankamen, erfuhren wir, daß man uns nicht an Land lassen werde. Unsere Visa zweifelhafter Qualität waren inzwischen für ungültig erklärt worden. Das Angebot einer jüdischen Hilfsorganisation, an die kubanischen Behörden pro Passagier fünfhundert Dollar zu zahlen – Schmiergeld, versteht sich –, wurde abgelehnt. Ganz klar gaben die Kubaner zu verstehen: Es war ihnen zu wenig. Aber die Hilfsorganisation besaß nicht mehr. Es half alles nichts: Die *St. Louis* mußte schließlich mit neunhundert jüdischen Flüchtlingen an Bord die Rückreise nach Europa antreten. Wir hatten schreckliche Angst, wieder den Nationalsozialisten in die Hände zu fallen. Wir gründeten an Bord ein Komitee, schickten Funksprüche an jüdische Organisationen in England, Frankreich, Belgien und den Niederlanden. Die entsprechenden Schriftsätze habe ich abgefaßt. Wir setzten schließlich durch, daß man uns in Antwerpen an Land ließ. Ende des ersten Aktes.«

»Stoff für einen ganzen Roman«, sagte ich.

»Mindestens«, meinte Blumenthal.

Und Max sagte: »Nehmen Sie's mir nicht übel, Blumenthal, aber soviel Tatkraft und Zielstrebigkeit hätte ich Ihnen, ehrlich gesagt, gar nicht zugetraut. Sie haben sich sehr verändert. Wenn ich daran denke, wie ich Sie damals in Berlin beschworen habe, Deutschland zu verlassen.«

Blumenthal hob die Schultern. Dabei wirkte er noch kleiner. Es sah fast so aus, als könne er seinen Körper wie in einem Etui verschwinden lassen. »Es war schließlich ganz einfach«, sagte er. »Ich hatte die Bedingungen meines Lebens neu bestimmt ... und auch die meines Todes.«

»Und der zweite Akt?« fragte Max.

»... klingt abenteuerlich, unwahrscheinlich, hat sich aber so zugetragen«, begann Blumenthal. »Ich hatte etwas Geld aus Deutschland herausgebracht. Das war nicht erlaubt. Ich hab's riskiert. Es war mir gelungen – wie, das ist eine Geschichte für sich. Nun, in Antwerpen machte ich die Bekanntschaft eines Diamantenschleifers, der mir einen guten Rat gab. Er sagte mir, ich solle alles Geld, das ich erübrigen könne, in Diamanten anlegen und diese dann in den Umschlag meiner Hosen einnähen lassen. Das leuchtete mir ein. Der Mann sagte auch zu mir: ›Holen Sie die Steine nur heraus, wenn es gar nicht mehr anders geht, wenn Sie einen Paß kaufen oder jemanden bestechen müssen, um am Leben zu bleiben.‹ – Hier, wenn Sie mal fühlen wollen, Max. Von den zehn Diamanten, die ich in Antwerpen gekauft habe, sind mir sieben übriggeblieben. Und sie sind immer noch an ihrem Platz. Eingenäht in die Umschläge der Hose, die ich jeweils gerade trage. Und wenn ich mir eine neue Hose kaufe, ist dies das erste, was ich tue: Ich trenne bei der alten Hose den Saum auf, hole die Diamanten heraus und nähe sie in den Saum der neuen Hose wieder ein. Es ist das zuverlässigste System der Wertsicherung in finsteren Zeiten. Nicht nur materiell, sondern auch psychologisch.«

»Bitte keine zu langen Abschweifungen«, rief ich, »weiter im zweiten Akt.«

»Ach ja. Von Antwerpen dann nach Paris. Dort habe ich als Kellner gearbeitet und war in einer Emigrantenorganisation tätig. Sommer 1939: Kriegsausbruch. Aufforderung der Behörden, sich zur Internierung als feindlicher Ausländer einzufinden. Ich tauche unter, lebe eine Zeitlang bei einem Schäfer in den Pyrenäen, nahe der spanischen Grenze. Nach der Kapitulation der französischen Armee überquere ich illegal die Grenze nach Spanien, durchwandere das Land, gelange bis nach Tanger, wo es damals von Spionen und Geheimagenten nur so wimmelte. Veräußerung des ersten Diamanten, zum Erwerb der Papiere eines an Flecktyphus im Hafenhospital verstorbenen französischen Matrosen. Als Steward heure ich schließlich auf einem Schiff an, das unter der Flagge von Honduras nach Recife in Brasilien unterwegs ist.

Das Schiff wird von deutschen U-Booten angegriffen. Wir überleben den Untergang in Rettungsbooten, werden nach vier Stunden von einem Kreuzer der US-Marine aus dem Wasser gezogen. In der Panama-Zone, wo der Amerikaner die Schiffbrüchigen absetzt: Veräußerung des zweiten Steines und Einreise mit gültigem Visum nach Mexiko. Dort war ich unter anderem Straßenfotograf, Gehilfe eines Kurpfuschers, Lehrer in einer Sprachenschule für Deutsch und Latein, Komparse bei einem Film in der Rolle eines aus dem Hitlerdeutschland emigrierten Juden.«

»Und Sie haben mal zu mir gesagt«, warf Max ein, »Sie seien der typische Fall eines Nesthockers, könnten nie aus Deutschland raus, ohne abzustürzen. Nicht mal aus Berlin würden Sie sich rauswagen.«

»Richtig«, meinte Blumenthal. »Wenn Sie mir 1938 gesagt hätten, wo ich mich noch überall würde durchbeißen müssen, hätte ich Sie für verrückt erklärt. Heute habe ich drei Lebensregeln. Erstens: Du kannst alles, wenn es sein muß. Zweitens: Riskiere alles. Es kann nicht mehr als schiefgehen. Drittens: Ohne Paß bist du schon gestorben. Zwei Pässe sind die beste Lebensversicherung.«

»Der dritte Akt«, verlangte ich.

»Oh, das ist die vielleicht erstaunlichste Episode meiner Irrfahrten. Als Geschichtenerzähler müßte ich mich für die Unwahrscheinlichkeit der Ereignisse vor Ihnen entschuldigen, aber ich erfinde nichts, ich gebe Wirklichkeit wieder, und die schert sich nicht darum, ob sich etwas wahrscheinlich anhört oder nicht. Auf der *St. Louis* – Sie erinnern sich, das Schiff, auf dem wir nach Kuba wollten – befand sich unter den Passagieren eine Frau mittleren Alters, die ich hier provisorisch einmal Jessica nennen will. Sie war Jüdin. Wollte in die USA. Sie war Professorin der Germanistik und Anglistik in Jena gewesen. Unsre gemeinsame Bewunderung galt dem herrlichen Heinrich Heine. Ein deutscher Dichter mit Erfahrungen in politischer Emigration, daher vielleicht Angehörigen meiner Generation besonders nahestehend ...«

Hirsch Blumenthal deklamierte:

»Ich habe gerochen alle Gerüche
In dieser holden Erdenküche;
Was man genießen kann in der Welt,
das hab ich genossen wie je ein Held.

Merken Sie's«, sagte er. »Heine nimmt man sogar heute noch das Wort *Held* ab, das uns doch wirklich sonst unerträglich geworden ist. Je nun, *ein weites Feld*, aber Charlotte hat sich Exkurse verbeten. Darum: zurück zu Jessica. In Antwerpen verloren wir uns aus den Augen, nach sieben Wochen Englischlektionen und Flirts mit Hilfe von Heine-Zitaten an Bord der *St. Louis*. Aber im Herbst letzten Jahres begegneten wir uns auf Grund eines Zufalls, vergleichbar mit jenem, der Sie und mich hier in New York wieder zusammengeführt hat, in Mexico City wieder. Sie haben richtig gehört, in einem Straßencafé in Mexico City. Erfreutes, ja enthusiastisches Wiedersehen. Jessica arbeitete unterdessen an einem College in New York. Wir setzten unseren Flirt, angereichert mit Heine-Zitaten, fort. Jünger geworden waren wir beide nicht. Aber da war wohl noch immer Glut unter der Asche. Sie schlug mir vor, nach New York zu übersiedeln. Sie beschaffte das Affidavit. Sie hatte Beziehungen zu New Yorker Antiquariaten. Und, *well*, hier bin ich. Der Laden gehört nicht mir. Ich bin dort nur Geschäftsführer, aber ich komme über die Runden. Und ich habe wieder mit Büchern zu tun. Ende des dritten Aktes. *Happy end*.«

»Sie haben uns noch nicht gesagt, wann Sie den dritten Diamanten veräußert haben?« sagte Max.

Blumenthal lachte.

»Das haben Sie nicht erraten? Ich habe ihn bei *Baron* in der 47. Straße schleifen und fassen lassen und ihn Jessica geschenkt.«

»Sie haben geheiratet, Blumenthal?«

»Nein, nein. Das liegt uns wohl beiden nicht. Ich, ein alter Büchernarr, und sie, *a cute little professor* ... nein. Aber, wie soll ich sagen: Die letzte Strecke des Weges gehen wir wohl gemeinsam.«

»Und warum haben Sie uns dann Ihre Lebensgefährtin vorenthalten?« rief ich entrüstet aus. »Sie hätten sie doch mitbringen können, Herr Blumenthal!«

»Das hätte ich gewiß auch getan, wenn sie nicht zu einem Kongreß nach Chicago gefahren wäre, zu einem Vortrag über die historischen Quellen von Heines *Rabbi von Bacharach*.«

»Also, Herr Blumenthal«, sagte Max, »ehe wir Jessica nicht gesehen haben, glauben wir Ihnen die ganze Geschichte nicht.«

Blumenthal verfiel plötzlich in eine jüdisch-berlinerische Sprachmelodie, wie man sie bei nicht wenigen Emigranten damals hörte. »Nu, was wolln Se«, rief er aus, »leben wer nich in einer unglaublichen Zeit!«

Übrigens, seine Lebensgefährtin hieß gar nicht Jessica, sondern Henriette, eine warmherzige und gescheite Person. Sie bekam schließlich noch den Lehrstuhl für deutsche Litaratur in Yale. Inzwischen ist sie längst erimitiert. Als ich vor sechs Wochen nach New York kam, habe ich sie besucht. Ich bin mit ihr auf den Mount Carmel Friedhof in Brooklyn gefahren, wo inzwischen der gute alte Blumenthal liegt. Er starb an einem Herzversagen Anfang der fünfziger Jahre, kurz nachdem wir von New York nach Berlin übersiedelten. Es fiel mir dabei ein, daß ich schon das zweite Mal ein jüdisches Grab in New York besuchte. Das andere war das von Madruschek, aber er lag auf dem Friedhof in der West 23. Straße in Manhattan. Blumenthal gehörte zu den Menschen, bei denen man sich eigentlich nie klarmachte, wie alt sie sind. Und merkwürdigerweise kam es mir überhaupt so vor, als habe er sich durch die Emigration verjüngt. Vielleicht aber hat das auch seine Liebe zu Henriette bewirkt.

Das Antiquariat *The Roaring Twenties* gibt es auch nicht mehr. Ich bin natürlich auch dort neulich vorbeigegangen. Nostalgie. In dem Laden befindet sich heute eine ganz normale Buchhandlung. Aber an einem Samstagnachmittag durch die Prince Street mit ihren Modeboutiquen, Galerien und Psychedelic Shops zu flanieren, lohnt sich noch immer. Eine unglaubliche, eine einzigartige Atmosphäre. Für Augenblicke glaubt man, nicht in Amerika zu sein, auch nicht in Europa, sondern in einer Welt, die Manhattan heißt und viele Erdteile hat.

Ehe ich von New York nach Denver flog, suchte ich noch einmal Henriette auf. Wir redeten über alte Zeiten und von dem besonderen Verhältnis, das Blumenthal zu Büchern gehabt hatte.

»Ja«, sagte Henriette, »im Grund verliebte er sich in Bücher wie in Menschen. Ich glaube, Bücher kamen in seiner Vorstellung Menschen ziemlich nahe. Er machte da manchmal gar keinen Unterschied. Übrigens, wer weiß, Charlotte, ob Sie mich alte Schachtel noch einmal wiedersehen. Deshalb will ich es Ihnen jetzt gleich geben. Ich habe da etwas für Sie.«

»Na hören Sie mal«, protestierte ich, »so jung bin ich nun auch nicht mehr.«

»Sie sind einundsiebzig, aber ich bin siebenundachtzig, das ist schon noch ein kleiner Unterschied«, beharrte sie. »Ich denke, es wäre auch ganz und gar in Hirschs Sinne, wenn ich es Ihnen mitgebe. Es ist bei Ihnen besser aufgehoben als bei mir. Ich sehe gerade, auf der ersten Seite steht eine Widmung für mich. Nun, ich kann sie für Sie ja noch ergänzen.«

Sie machte es wirklich sehr spannend, und ich wurde immer neugieriger, was sie mir da geben würde.

»Ich sagte ja schon, es hat etwas mit Indianern zu tun«, sagte sie unter einem listigen Kichern. »Für Indianer ist Charlotte zuständig, hat Blumenthal immer gesagt.« Sie suchte im Zimmer herum, schimpfte vor sich hin über ihre Unordnung und Vergeßlichkeit. Endlich fand sie ihren Füllfederhalter und kritzelte etwas an ihrem Schreibtisch. Dann überreichte sie mir in einem schwarzen Ringbuch ein Manuskript.

»Kaufen könnten Sie es nicht«, sagte sie. »Es ist die erste längere Arbeit eines jungen Mannes, den ich in meinem Kurs für kreatives Schreiben hatte. Eine Erzählung. Ich halte John für recht begabt. Er ist halb Navajo und halb Hopi. Übrigens könnten Sie ihn auf der Reservation besuchen. In John hätten Sie gewiß einen orts- und sprachkundigen Fremdenführer. Und das ist wichtig, wenn man in den *Four Corners* tatsächlich mit Indianern in Kontakt kommen will. Unglaublich, daß Sie es Ihr ganzes Leben nicht geschafft haben, dort einmal hinzukommen. Sie haben recht daran getan, sich jetzt noch einmal auf den Weg zu machen. Ich für meinen Teil würde gern noch einmal auf den Père-Lachaise gehen, um Harry Heine einen Veilchenstrauß aufs Grab zu legen. Aber damit wird es wohl nichts mehr werden. Immerhin bin ich zweimal in meinen Leben schon dort gewesen. Einmal als junges Ding, noch von Deutschland aus. Das zweite Mal nach Blumenthals Tod von New York aus mit dem Flugzeug. Ach, diese schönen Strophen, die so klingen, als seien sie für uns geschrieben:

Wo wird einst des Wandermüden
Letzte Ruhestätte sein?
Unter Palmen in dem Süden?
Unter Linden, an dem Rhein?

Werd ich wo in einer Wüste
Eingescharrt von fremder Hand?
Oder ruh ich an der Küste
Eines Meeres in dem Sand?

Immerhin! Mich wird umgeben
Gotteshimmel, dort wie hier,
Und als Totenlampen schweben
Nachts die Sterne über mir.«

Sie sagte das ganze Gedicht auf, zitierte es so selbstverständlich, daß ich an Blumenthals phänomenales Gedächtnis erinnert wurde.

Es war merkwürdig, dieses Gedicht an einem Tag und in einer Stadt zu hören, in der alle Leute sonst Amerikanisch sprachen. Auch unser beider Unterhaltung hatte sich bis dahin wie selbstverständlich in dieser Sprache abgespielt.

Ich nahm also von Henriette mit: die Erinnerung an Heines Grabspruch, eine Adresse und Telefonnummer in Window Rock und ein Manuskript. Da ich vorhatte, diesen John, der eigentlich To Dilhil Biye (»Sohn des Schwarzen Wassers«) hieß, zu treffen, holte ich auf dem langen Flug von New York nach Denver das Manuskript hervor und begann zu lesen. Johns Erzählung trug den Titel:

Chuka oder die Reise vom Tod ins Leben
Ein indianischer Entwicklungsroman

Er wurde geboren im Sand-Klan und erhielt den Namen Chuka. Das bedeutet soviel wie ein Gemisch aus Sand und Ton. Er war ein Indianerjunge aus dem Stamm der Hopi. Als Chuka drei Jahre alt war, schenkte ihm sein Großvater ein merkwürdiges Wesen.

»Beschreibe mir, was du da in der Hand hältst«, sagte der Großvater.

Und Chuka antwortete: »Es sieht nicht aus wie ein Mensch. Es sieht nicht aus wie ein Tier. Es ist bunt bemalt. Es hat ein paar Adlerfedern auf dem Kopf, und wo bei einem Menschen die Stirn ist, hat es in blauer Farbe eine Maispflanze aufgemalt. Es hält eine Rassel in der einen Hand und in der anderen einen Blitz. Was ist das für ein merkwürdiges Ding, Großvater?«

»Es ist eine Kaschina, das Abbild eines heiligen Wesens, Chuka«, erklärte der Großvater. »Solche Wesen wohnen in allen Pflanzen, in den Flüssen, in den vier Himmelsrichtungen. Sie haben eine große Macht. Wir Menschen müssen uns hüten, sie zu erzürnen.«

»Aber warum kann man sie nicht sehen, wenn man einen Stein, einen Berg, einen Fluß oder eine Pinie betrachtet?« fragte Chuka.

»Wenn man die heiligen Wesen überall sehen könnte, wären sie nicht heilig. Aber damit wir Menschen uns eine Vorstellung machen können, wie sie vielleicht aussehen mögen, schnitzen die Leute ein Ebenbild von ihnen.«

»Werde ich die echten einmal zu Gesicht bekommen?« fragte Chuka weiter.

»Vielleicht ja, vielleicht nein«, sagte der Großvater. »Weißt du, man muß sich erst einmal sehr anstrengen, will man der heiligen Wesen ansichtig werden. Hat man aber endlich einen Blick von ihnen erhascht, dann sollte man damit nicht prahlen.«

»Und zu was sind sie nütze?« wollte Chuka nun noch wissen.

»Sie trösten uns, wenn wir traurig sind«, sagte der Großvater, »sie bestärken uns, wenn wir Mut brauchen. Sie sagen uns, welches der rechte Weg ist, wenn wir uns verlaufen haben.«

»Und woher wissen sie es selbst so genau?«

»Ha«, rief der Großvater, »du willst immer Dinge wissen, über die sich selbst gescheite Leute lange den Kopf zerbrochen haben. Ich kann dir nur sagen, wie ich es mir vorstelle. Die heiligen Wesen sind so alt wie die Welt. Sie haben in der langen Zeit seit damals viel gesehen, viel gelernt und viel Kraft in sich aufgenommen.«

Der Großvater und Chuka sprachen danach nie mehr über die heiligen Wesen, und Chuka verstand auch warum. Immer, wenn er die Kaschina ansah, die an der weißgekalkten Wand am Fußende seines Lagers hing, überkam ihn ein seltsames Gefühl: Für den Bruchteil eines Augenblicks wußte er alles auf der Welt. Die Steine, die Pflanzen, das Wasser der Flüsse ... all das war ihm nicht mehr fremd oder feindlich. Es öffnete sich ihm, und er stellte sich vor, daß die heiligen Wesen hervortreten und ihn beschützen würden.

Die Hopi hatten immer in Furcht vor den Weißen und vor den Regierungstruppen gelebt. Nun kamen schwarzhäutige Soldaten auf starken Pferden geritten und brachten die indianischen Kinder unter Zwang in die Schule der Weißen am Fuß des Tafelberges von Oraibi.

Unter diesen Kindern befand sich auch Chukas Schwester.

Die Weißen schnitten ihr das lange Haar ab, verbrannten ihre indianischen Kleider. Man gab ihr einen neuen Namen. Was für eine Schande!

Nach einigen Wochen lief sie aus der Schule davon. Im Jahr darauf wurde sie wieder eingefangen und in die Schule des weißen Mannes zurückgebracht. Diemal bekam sie den Namen Gladys. Chukas älteren Bruder hatten die Eltern über mehrere Jahre hin versteckt gehalten, wenn die Soldaten kamen. Aber in jenem Jahr tauchten die Reiter überraschend auf. Sie sahen Chukas Bruder draußen auf dem Melonenfeld und fingen ihn mit einem Lasso ein. Sie nahmen ihn einfach mit. Chukas Mutter lief neben ihm her, den ganzen Weg bis zum Schulgebäude in Neu-Oraibi. Als sie wieder zurückkam, erzählte sie: »Sie haben ihn kahlgeschoren und seine Kleider verbrannt. Er heißt jetzt auch nicht mehr Ya-Lahi, sondern Ira.«

Chuka war sich darüber klar, daß er der nächste sein werde. Der Großvater versuchte ihm zu erklären, was die Weißen bezweckten.

»Sie wollen Weiße aus euch machen«, sagte er. »Eines Tages, meinen sie, werden die wenigen Indianer, die es dann noch gibt, denken und reden wie sie. Sei immer stolz darauf, daß du ein Hopi bist. Die Weißen haben kein Recht, aus Indianern Weiße zu machen.«

Chuka dachte einen Augenblick nach, dann sagte er mit so einem schlauen Lächeln, das manchmal in seinem Gesicht aufkam: »Großvater, kannst du mich nicht lehren, mit einem Gewehr zu schießen?«

»Wozu?«

»Du und ich«, antwortete Chuka, »vielleicht noch Palu ... wir könnten sie doch totschießen, wenn sie kommen. Es sind immer nur wenige.«

Der Großvater verzog mißmutig das Gesicht.

»Das haben andere schon vor dir versucht«, sagte er. »Es nimmt immer ein schlimmes Ende.«

»Und warum helfen uns die heiligen Wesen nicht gegen die Weißen?«

»Sie helfen uns, aber ihre Gedanken sind nicht unsere Gedanken. Ihre Zeit ist nicht unsere Zeit«, sagte der Großvater.

Diesen Satz begriff Chuka nicht gleich. Aber als er am Abend auf seinem Lager lag und die Kaschina an der Wand betrachtete, glaubte er zu verstehen, was der Großvater gemeint hatte. Es würde vielleicht lange Zeit dauern, aber dann würde sich herausstellen, daß die Weißen nicht Sieger blieben.

Als Chuka neun Jahre alt war, wurden seine Eltern dazu aufgefordert, nun auch ihren jüngsten Sohn in die Schule des weißen Mannes zu schicken. Um seine indianischen Kleider zu retten, wickelte Chuka sie in eine Navajo-Decke, versteckte sie und kam nackt und barfuß von dem Tafelberg herab. Die Weißen schimpften ihn aus und nannten ihn schamlos.

Er hatte keine Ahnung, was sie damit meinten.

Die Haare wurden ihm kurz geschnitten. Er bekam ein Hemd, einen Overall und einen neuen Namen. Sie nannten ihn Peter.

Im ersten Jahr lernte er in der Schule fünf ganze Wörter Englisch, nämlich *yes, no, bright, smart* und *candy*.

Er hätte mehr Wörter lernen können, aber er hatte sich vorgenommen, ein Indianer zu bleiben.

Die Lehrer hatten den Eindruck, die Indianerkinder seien alle strohdumm. Wenn sie unter sich waren, sprachen sie nicht von »Jungen« und »Mädchen«. Sie nannten ihre Schüler dann »diese Tiere«. Einmal sagte Chuka zu einem anderen Jungen, der das gehört hatte und sich gekränkt fühlte: »Ach was, ich wäre gern ein Bär. Dann würde ich diesem McRees einen solchen Prankenhieb versetzen, daß er durchs Fenster fliegt und auf einem Pflaumenbaum landet.«

Im nächsten Jahr brachten die Eltern Chuka abermals in die Schule des weißen Mannes. Daß Chuka dort allzuviel lernen werde, glaubten sie zwar nicht, aber es herrschte in diesem Jahr eine Hungersnot, und man mußte froh sein, wenn man in der Familie einen Esser weniger hatte. Tatsächlich verkauften sie Chuka an die Weißen. Denn sie erhielten dafür, daß sie ihn in die Schule schickten, fünfzehn Yard Kleiderstoff und eine Hacke aus Eisen.

Und wieder bekam er einen neuen Namen. Hatte er im ersten Jahr Peter geheißen, so hieß er jetzt Don.

Im Winter wurde er mit anderen Jungen dabei erwischt, daß sie mit den Mädchen indianisch sprachen. Das waren gleich zwei Vergehen. Erstens durfte man sich nicht indianisch unterhalten, zweitens sollten sie nicht mit den Mädchen zusammenstehen. Alle, die man erwischte, erhielten je nach Alter zwischen fünfzehn und dreißig Schlägen mit der *rawhide*. Eine *rawhide* ist ein Strick aus getrockneter Rinderhaut.

Der weiße Lehrer wunderte sich, daß er kein »au« und kein »oh« von Chuka hörte. Nachdem er ihn verprügelt hatte, sagte er: »Ihr Indianer seid schon hartgesottene Burschen. Ihr seid wohl von klein auf daran gewöhnt, daß man euch halbtot schlägt, wie?«

Chuka sagte nichts. Er hatte fest an die Kaschina gedacht, die daheim am Fußende seines Lagers hing.

Die Kaschina, sein Schutzgeist, hatte ihre Blitze nach dem prügelnden Lehrer geschleudert. Der weiße Mann würde schon noch merken, welche Folgen das hatte. Und plötzlich flüsterte der Schutzgeist Chuka etwas zu.

»Sag am besten *yes, sir*«, raunte der Schutzgeist. »Das will er hören. Glaub mir, ich kenne mich aus mit solchen Burschen.«

»*Yes, sir.*«

»Abtreten«, sagte der Lehrer.

Am Heldengedenktag drückten die Weißen den indianischen Schülern Papierfähnchen und Blumen in die

Hand. Sie mußten zu den Gräbern von zwei weißen Soldaten marschieren, die bei dem Überfall auf die Hopi-Dörfer zwanzig Jahre zuvor ums Leben gekommen waren. Mit der Zeit lernte Chuka, daß die Weißen nur mit dem Kopf denken und nicht mit dem Herzen. Als er elf war, wurde er plötzlich mit fünfzig anderen Kindern in eine Schule in Riverside in Kalifornien gebracht.

In diesem Winter lernte er Tomaten essen, die Staaten der Union auswendig hersagen, Choräle singen und Anfeuerungsrufe bei Footballspielen brüllen. Er lernte auch englisch fluchen. *Goddamn* und *go to hell!* Als Chuka sich weigerte, bei einer Diskussion vor sechshundert Schülern in der Aula zu sprechen, wurde er abermals mit Schlägen bestraft. Diesmal setzte es fünfzehn Hiebe mit der *rawhide*, und als die Ferien herankamen, hieß es, er habe zu wenig Fortschritte in Englisch gemacht, er sei überhaupt so widerspenstig. Das wolle man ihm abgewöhnen. Deswegen dürfe er nicht zu seiner Familie heimfahren. Statt dessen schickte man ihn als Erntehelfer ins Imperial Valley. Heimlich weinte er viel, weil er Heimweh hatte, und schämte sich, daß er vor Heimweh weinen mußte.

Als die Schule wieder begann, besaß er ein gutes Messer, einen Pappkoffer und eine Fünf-Dollar-Uhr, für die er zwanzig Dollar bezahlt hatte. Er beschwerte sich bei seinem Schutzgeist. »Warum hast du mich nicht gewarnt?«

»Warum wolltest du eine solche Uhr besitzen?«

»Weil unser Direktor in der Schule eine solche Uhr an einer Kette trägt. Ist die Pause zu Ende, zieht er sie aus der Westentasche, wirft einen Blick darauf, steckt sie wieder in die Tasche und klatscht dann in die Hände.«

»Was ist so Besonderes daran?«

»Ich habe mir eingebildet, wenn ich eine solche Uhr besäße, würde ich soviel Macht haben wie der Direktor.«

»Es lohnt sich nicht, sich Macht zu wünschen«, sagte der Schutzgeist.

»So schlau bin ich jetzt auch«, sagte Chuka wütend.

»Dann hast du die zwanzig Dollar ja nicht umsonst ausgegeben«, erwiderte der Schutzgeist.

Im November holte sich Chuka eine Erkältung.

Er bekam hohes Fieber. Man brachte ihn vom Krankenrevier der Schule in ein Krankenhaus der weißen Männer. Es ging ihm aber nicht besser. Aus der Erkältung war eine Lungenentzündung geworden. Er wollte gar nicht gesund werden.

Eines Nachts fühlte er, wie es ihm kalt wurde. Ein Schauder kroch von den Zehen her über seine Beine hinauf. Er dachte: So muß es sein, wenn man stirbt. Ja, ich will sterben. Es ist mir recht.

Plötzlich sah er am Fußende des Bettes das Abbild des heiligen Wesens, das daheim an der Wand über seinem Lager hing. Nein, es war nicht mehr das Abbild. Es war anders. Es war – er erschrak sehr – es war das heilige Wesen selbst, in einem Tanzgewand, mit der Maske vor dem Gesicht und mit einer blauen Feder in der linken Hand. Das heilige Wesen redete ihn an: Wie ich gehört habe, Chuka, willst du sterben. Du weißt, ich bin dein Schutzgeist. Ich habe über dein bisheriges Leben gewacht. Ich finde, du bist noch viel zu jung, um zu sterben. Ich werde jetzt hierbleiben und über deine Körperhülle wachen. Gleichzeitig werde ich dich auf der Reise beschützen, die du gleich antreten wirst.«

»Was für eine Reise?« fragte Chuka mißtrauisch.

»Du hast doch Heimweh. Wie wäre es mit einer Reise nach Hause?«

»Schön, aber wie soll ich denn heimkommen? Es ist so weit fort. Sie haben mich auch in den Ferien nicht heimgelassen. Das werden sie es jetzt, da ich krank bin, erst recht nicht tun.«

Chuka fühlte sich hochgehoben. Das Fenster sprang auf, und wie eine Feder wehte ihn der Wind hinaus. Schon flog er über die Gebirge seiner Heimat. Da unten war der Tafelberg, auf dem Alt-Oraibi lag. Dort war das Wasserloch am Abhang des Berges. Und nun kam das Dorf, in dem der Sand-Klan lebte. Die Feder senkte sich zur Erde. War er ein Mensch, oder war er eine Feder? Er wußte es nicht mehr. Er betrat das Haus seiner Eltern. Seine Mutter kämmte gerade seinem Großvater das Haar. Sie sahen ihn nicht, aber er sah sie. Sie hörten ihn nicht, aber er hörte sie.

Wie mag es wohl Chuka gehen, sagte die Mutter. Wir haben schon so lange nichts mehr von ihm gehört.

Um Chuka mußt du dir keine Sorgen machen, erwiderte der Großvater. Er ist stark. Und er wird ein Indianer bleiben, was immer auch die Weißen mit ihm anstellen werden.

Sie haben starken Zauber ... Feuerwasser und Silberdollars, wandte die Mutter ein.

Der Großvater kicherte, dieses merkwürdige hohe Lachen, in das er manchmal ausbrach, wenn er von einem Geheimnis sprach.

Aber Chuka hat einen Schutzgeist, der stärker ist, beharrte er, ich habe neulich, als ich fastete, Chukas Schutzgeist getroffen. Er sagte mir: Der Junge wird durch große Gefahren gehen. Aber muß das nicht jeder junge Mann?

Er wird aus dem Strudel der Gefahren auftauchen: stark, sicher und heil.

Es ermutigte und tröstete Chuka, die Gesichter seiner Angehörigen zu sehen, den Tonfall ihrer Stimmen zu hören. Aber schon war er wieder hinausgeschwebt. Der Wind trug ihn in einem Wirbel hoch. Er schwebte in sehr großer Höhe nahe den Sternen über dem Land der Hopi und der Navajo. Da waren die Täler der Zwei Herzen, dort der Berg der Schönheit, der Grand Canyon, die Pinienwälder, die Bergseen.

Und dann geschah noch etwas viel Wunderbareres. Er sah jetzt die heiligen Wesen, die überall dort wohnten. Sie versteckten sich nicht wie sonst im Herzen des Gesteins, zwischen den Wellen der Flüsse oder in der Winzigkeit eines Sandkorns. Sie standen da, unterhielten sich, lachten. Manche schauten auch in den klaren nächtlichen Himmel, dessen Raum so weit war, und winkten ihm zu, während er dort federleicht umherwirbelte.

Es dauerte nur einen Augenblick, aber die Kraft dieses Augenblicks war stark genug, um seine Stimmung vollkommen zu ändern. Nun wollte er nicht mehr sterben. Wenn es möglich war, das alles zu sehen, die Vielzahl dieser Wesen, von denen keines dem anderen glich, die alle so phantastisch und erstaunlich waren, daß man sich nicht satt sehen konnte an ihnen, dann wollte er leben.

Er schlug die Augen wieder auf. Er befand sich im Krankenzimmer in seinem Bett. Die Schwester sagte: »Der Puls kommt wieder. Ich dachte wirklich schon, er sei tot.«

Chuka richtete sich auf, sah sich verwirrt um.

»Chuka, kannst du mich hören?«

»Ja, freilich, Schwester. Warum denn nicht?«

»Nun, du warst in der letzten Nacht schon gestorben. Aber du warst noch nicht kalt wie ein Toter. Deshalb haben wir dich auch noch nicht in einen Sarg gelegt.«

»Untersteht euch«, sagte er leise, aber das hörte sie nicht. Sie drückte ihn auf das Kissen zurück und tätschelte seine Wange. Das war ihm unangenehm.

Die Krankenschwester ging hinaus, um dem Arzt zu erzählen, daß Chuka wieder bei Bewußtsein sei.

Der Schutzgeist stand am Fußende des Bettes.

»Eines Tages, mein Junge«, sagte er, »wirst du ein wichtiger Mann bei den Zeremonien deines Volkes werden. Deshalb sollst du leben. Du mußt aber auch den Willen dazu haben. Deine Heimat habe ich dir gezeigt und dich gestärkt. Aber ich kann nicht nur helfen, sondern auch strafen. Wenn du dem Gesetz deines Lebens nicht folgsam bist, werde ich dich das nächste Mal nicht in eine Feder, sondern in Glas verwandeln. Ich werde dich zwischen zwei Fingern halten und mit dir hoch bis hinauf unter die Sterne fahren. Und dann lasse ich dich fallen.«

Der Schutzgeist tat einen Schritt zur Seite und war verschwunden. Chuka aber sah, wie die Feder eines Eichelhähers vom Fußboden aufwehte, zum offenstehenden Fenster hinaus.

Tatsächlich wurde Chuka, Peter oder Don später ein bekannter Häuptling seines Volkes. Und wenn man ihn fragte, ob er tatsächlich als Junge einmal in eine Feder verwandelt worden und durch die Luft geflogen sei, antwortete er lächelnd: »Es ist mir gleichgültig, ob du es glaubst oder nicht glaubst, solange ich es immer noch für wahr und wichtig halte.«

Berlin, Nevada
(1955 – 1980)

Es ist alles vorbei und vergangen, die Schreie
zum Schweigen gebracht,
das Blut
erstarrt in der Rede. Die Schreie in Luft
aufgelöst, das Blut
vom Gras aufgesogen, verwandelt in den
Saft junger Bäume.
Die Folterer wieder, was sie früher gewesen
waren – Hotelchefs,
Angestellte, Ingenieure, die Familien und
Haustiere großziehn . . .

Felix Pollak, Geschichtsstoff

1955 ergab sich für Max die Möglichkeit, in Berlin in einem Quartett mitzuspielen. Ein Quartett, das *klassische Musik* spielte. Du kannst dir vorstellen, was das für Max bedeutete nach all den Jahren. Deswegen übersiedelten wir von New York nach Berlin. Es stellte sich jedoch heraus, daß er zu lange ausgesetzt hatte. Er war zu alt, um noch einmal mit Kammermusik anzufangen. Zwanzig Jahre lang hatte er nicht mehr in einem öffentlichen Konzert gespielt, nie Beethoven, Schubert, Janáček, den er so über alles liebt und über dessen Musik er so viel spekuliert hat, nie Strawinski.

Er hatte sich eingeredet, das verlerne man nicht, und ich hatte ihn darin bestärkt. Aber als wir zurückkamen, als er mit den Kollegen zu proben begann, merkte er sehr bald, daß er technisch den Anforderungen, die nun gestellt wurden, nicht mehr gewachsen war. Um es ganz einfach auszudrücken: Er war zu alt. Und Barmusik zu machen – das mochte er in Deutschland auch nicht.

»Stell dir doch das mal vor, Charlotte«, sagte er. »Ich spiel da bei Kempinski oder im Café Kranzler, und einer meiner alten Kollegen von der Philharmonie sieht mich. Nein, das bringe ich einfach nicht über mich, nicht in Berlin.«

»Willst du zurück nach New York?« fragte ich.

»Nein, nein«, sagte er, »jetzt sind wir hier und jetzt bleiben wir hier, wenn es dir recht ist. Vielleicht reicht die Zeit, um noch einmal Wurzeln zu schlagen.«

Finanziell waren wir einigermaßen gesichert. Der Staat zahlte den Juden eine Entschädigung. Bei Max war der Anspruch darauf fraglich, aber er wollte ohnehin keinen Antrag stellen. Mir wurde das Grundstück meines Elternhauses in Worms zurückgegeben. Das Wohnhaus selbst war im Bombenkrieg zerstört worden, aber der Bauplatz hatte eine zentrale Lage, und ich konnte das Grundstück günstig verkaufen. Wir fanden in Berlin eine Wohnung, die uns gefiel und unseren Bedürfnissen entsprach, große Sprünge wollten wir nicht mehr machen. Einmal nach Amerika und wieder zurück; das reichte uns.

Ja, ich träumte immer noch von den Indianern. Aber in der ersten Zeit nach Max' Enttäuschung konnte ich ihn nicht allein lassen, und so schlug ich's mir aus dem Kopf. Wenigstens vorläufig.

Es war schwierig, mit ihm über seine Enttäuschung zu sprechen, ihn zu trösten, denn er wurde mit zunehmendem Alter immer mißtrauischer und empfindlicher. Mich selbst belastete die Vorstellung, daß er wegen mir 1935 aus Deutschland fortgegangen und eine vielversprechende Karriere abgebrochen hatte. Als wir darüber sprachen, sagte Max: »Aber ich bitte dich, Charlotte. Wir wollen doch Ursache und Wirkung nicht verwechseln. Rede dir keine Schuld ein, wo du keine hast. Ich ging, weil ich den Krieg kommen sah. Ich verließ Deutschland, weil ich unter dem Nationalsozialismus nicht leben mochte. Weil ich mir ausrechnen konnte, was mit dir, aber wahrscheinlich auch mit mir geschehen würde, wenn wir geblieben wären. Also: Es war Hitler, der dich wie mich aus Deutschland vertrieb. Hitler und der Nationalsozialismus haben meine Laufbahn als Musiker ruiniert. Zugegeben, ich bin jetzt manchmal ziemlich nörglerisch und unzufrieden. Aber ich weiß sehr wohl, daß es Leute gab, die ein viel schlimmeres Schicksal hatten als wir. Wir sind mit ein paar Schrammen auf der Seele davongekommen.«

Max wurde zu einem passionierten Konzertbesucher. Musik zu hören, über sie nachzudenken, seinen Enthusiasmus für große Musik vor jemand anderem auszubreiten – das wurde seine einzige Leidenschaft. Man könnte sagen, was für Blumenthal die Bücher gewesen sind, das wurde für Max die Musik. Gerade für die zeitgenössische Musik hat er sich leidenschaftlich engagiert. Er schrieb Konzertkritiken für zwei Berliner Tageszeitungen, war mit vielen jungen Komponisten persönlich bekannt und befreundet, reiste nach Donaueschingen und nach Darmstadt.

Dann begann seine Schwerhörigkeit. Zuerst verdrängte er sie. Die Ärzte hatten ihm erklärt, daß in seinem Fall mit einem Hörapparat nicht viel zu machen sein werde. Vor mir hielt er die Diagnose lange geheim.

Einmal kam ich zu ihm ins Zimmer. Die Lautsprecher waren wieder einmal voll aufgedreht. Ich hatte mir schon abgewöhnt, dagegen zu protestieren, weil er dann immer sehr gereizt reagierte und ich keinen Streit wollte.

Es lief ein Stück, das ich nicht kannte. Wir standen eine Weile da, hörten konzentriert zu. Es war tonal, melancholisch, gebrochen. Gefühlsbetont, aber nicht sentimental. Max fragte: »Na, was sagst du dazu?«

Ich hob etwas ratlos die Schultern. Er erwartete in solchen Situationen, daß man ihm seine Assoziationen beschrieb. »Nur Mut«, sagte er mit einem Lächeln, das immer noch eine erotische Resonanz bei mir auslöst. »Du weißt doch ... einfach sagen, was dir dabei einfällt.« Er hat so eine Art, einen in seine Spiele zu locken, da staune ich immer wieder.

Ich sagte: »Es kommt mir so vor, als erzähle die Musik von jemandem, der einen Alptraum hat. Vielleicht jemand, der in der Nacht hochschreckt, mit den Armen um sich schlägt. Vielleicht ist es auch jemand, der immer wieder Anlauf nimmt, sich selbst ein trauriges Geständnis zu machen.«

Max sah mich bestürzt an. »Gut hingehört.«

»Aber was geschieht da ganz am Schluß? Was spielt sich da ab? Meinst du, man könnte erraten oder sagen wir besser: rekonstruieren, was er da hat ausdrücken wollen?«

»Daran rätsele ich auch schon lange herum und kriege es nicht heraus«, sagte er. »Also zunächst einmal gilt ja immer: Musik ist Musik ist Musik. Aber bei einem Stück, bei dem der Komponist ausdrücklich ein Programm bekanntgibt, ist diese Frage wohl zulässig. Außerdem ist es wahrscheinlich so etwas wie Janáčeks letztes Wort über sein Leben. Ach ja, das habe ich dir noch gar nicht gesagt. Es sind die Klavierstücke *Im Nebel*. Mir kommt es vor wie ein in Zeitlupe ablaufender, von zwei Verkrüppelten getanzter Walzer.«

Er stellte den Plattenspieler ab, ging ans Klavier und schlug das Thema an, das er gemeint hatte.

»Doch«, sagte er, als wolle er sich selbst vergewissern, »das wollte er ausdrücken. Im Nebel eben. Wir gehen im Nebel.«

Er stand da, ins Grübeln versunken.

»Ich möchte dich etwas fragen, Max«, sagte ich.

»Frag nur.«

»Wenn du Musik hörst, bist du dann glücklich?«

»Ja, das könnte man sagen.«

»Aber es reicht dir nicht aus, Musik nur zu hören?« fragte ich.

»Ich bestreite nicht, daß es ein Trost ist«, sagte er ausweichend, »zumal es gewisse Anregungen für das Denken bietet ... Angst habe ich vor der Zeit, in der das auch noch aufhört.«

»Warum sollte es denn aufhören?«

»Nun, meine Liebe, du kennst die Diagnose meines Arztes.« (Ich kannte sie nicht. Er hatte völlig verdrängt, daß er sie mir verschwiegen hatte.) »Sie lautet: völlige Taubheit. Ich habe in der Musik nach Auskunft darüber gesucht, wie andere mit einem solchen Urteil fertig geworden sind. Beethoven, Smetana. Dann bin ich auf Janáček gestoßen. Offenbar sind diese Musikstücke sein letztes Wort über das Leben. Der Mensch muß sich damit abfinden, ein Wesen zu sein, das sich durch Nebel tastet. Ohne die Hoffnung, je zu erfahren, wo er sich tatsächlich befindet.«

Er ging dann noch einmal ans Klavier und wiederholte das Motiv, das er mir vorhin schon einmal vorgespielt hatte: ein Walzer, getanzt von zwei behinderten alten Leuten im Nebel.

Es gibt immer eine letzte Geschichte und eine allerletzte.

Ich spüre, daß ein Anfall kommt. Also ist dies nun die allerletzte...

Wegen Beth, hast du gesagt, Barbara, wärest du am liebsten mit nach Amerika gefahren. Erfahren habe ich von Beth zum erstenmal in einer Frauenzeitschrift. Dann der Film, den sie mal ganz spät im Dritten Programm brachten. Darauf schrieb ich ihr. Die Briefe gingen hin und her über drei Jahre, und schließlich kam ihre Einladung, sie doch zu besuchen und an der Demo teilzunehmen. Wie sie ist, hast du wissen wollen, und mir aufgetragen, darüber Auskunft zu geben. Also, Beth ist um die Fünfzig, ihre Großmutter hat noch in einem Tipi gelebt. Das Ranchhaus, das sie heute mit ihrer Schwester und ihrem Sohn bewohnt, hat ihr Vater 1920 gebaut. Zu jener Zeit waren Pinienkerne noch ein Hauptnahrungsmittel der Shoshonen. Inzwischen sind fast alle Pinienwälder von Bulldozern niedergewalzt worden, um freien Zugang zu den Schächten der Goldbergwerke zu haben. Die größte Mine heißt bezeichnenderweise Cortés, du weißt, nach diesem Eroberer, der Mexico City eingenommen hat und den die Indios für einen weißen Gott ansahen.

Und das Nevada-Testgebiet? Am 27. Januar 1951 wurde dort die erste Atombombe gezündet. Oberirdisch, wie auch noch die nächsten hundertzwanzig Tests. Welche Dosis Radioaktivität die Menschen in all den Jahren dort abgekriegt haben, würde mich wirklich mal interessieren. 1962 wurden dann die Tests unter die Erde verlegt, in den Bauch der Mojave-Wüste. Dort sind seither so an die vierhundert weitere Bomben explodiert. Und fünfhundert Tests sollen in den nächsten paar Jahren noch folgen.

Beth hat gute Gründe, sich da einzumischen, die Demonstrationen gegen diese Versuche zu organisieren. Ihr erster Grund heißt Fred, ihr Sohn, der Sohn dieses Spielers. Als sie Fred geboren hatte, sagte man ihr, daß er sterben werde, ehe er drei Jahre alt sei. Wissen ja immer alles ganz genau, diese Ärzte. Als Beth ihn in ihrem Bauch trug, hatte das Energieministerium gerade beschlossen, das Testgelände nach jeder unterirdischen Atomexplosion zu entlüften. Jetzt ist Fred siebzehn. Er kann sich kaum auf den Beinen halten; was er von der Welt wahrnimmt, ist ungewiß. Keeoks Gitarrenspiel, vielleicht. Keeok hat eine Bluegrass-Gitarre. Wenn Fred unruhig ist, spielt er ihm vor. Das beruhigt ihn. Die Ärzte sagen, das sei Einbildung. »Ist mir doch egal, was die sagen«, meint Keeok. Daß Beth dieses Kind nie hätte austragen dürfen, haben sie entweder nicht gewußt oder es ihr wohlweislich verschwiegen.

Es ist schwer zu beweisen, daß Freds Schwachsinn mit dem Fallout der Atombomben im Zusammenhang steht. Beweisbar allerdings ist, daß Beth seit der Entlüftung der Schächte eine inzwischen chronische Schilddrüsenentzündung hat, wie so viele Leute in dieser Gegend.

Der zweite Grund sind die Apfelbäume rings um das Ranchhaus. Sie tragen jeden Herbst noch Früchte, aber sie sind innen schon verrottet, ehe sie reif geworden sind. Ein Baum nach dem anderen geht ein.

Der dritte Grund schließlich sind die Kälber. Die Bewohner der Ranch sehen, wie viele der Tiere Krebsgeschwüre haben.

Viele Menschen in dieser Gegend sterben an Lungenkrebs. Die Behören sagen: Diese Indianer krepieren halt, weil sie zuviel rauchen.

»Und die Kälber«, sagte Keeok ganz trocken, »und die Wildpferde – rauchen die auch? Ach, Scheiße.«

Der letzte und wichtigste Grund nicht nur für Beth: Das Land des Testgebiets gehört den Indianern, den Shoshonen. Auch hier gibt es den tyischen Streit zwischen den »Onkel Tomahawks«, den Marionetten, die die Weißen in den Stammesrat bugsiert haben, und den Traditionalisten, die darauf beharren, Erde, Land könne man nicht verkaufen. Vor drei Jahren hat Keeok zum erstenmal Klage erhoben. Er sagt, wenn der Prozeß durch alle Instanzen gehe, könne sich das noch endlos hinziehen. »Wer bezahlt ihn denn?« fragte ich. »Als Anwalt des Klägers bezahle ich mich gewissermaßen selbst, Ma'm«, sagt er. Und: »Na seht ihr«, trumpft er auf gegen die Übermacht von uns drei Weibern, »zu was es doch gut ist, daß es Rodeos mit Preisgeldern gibt.«

Die Rechtslage ist kompliziert. Immerhin hat der Stamm sechsundzwanzig Millionen Dollar als Entschädigung bezogen. Aber Keeok klagt auf Mißbrauch der Vormundschaft. Der amerikanische Staat hat sich selbst zum Vormund des Stammes bestellt. Und nun versucht Keeok nachzuweisen, daß es ungesetzlich ist, wenn der Vormund Land, das seinem Mündel gehört, an sich selbst verkauft und nur einen Spottpreis dafür zahlt.

Du, es gäbe noch so vieles zu erzählen, aber ich muß aufhören.

Ich spüre, daß es kritisch wird. Es muß jetzt schon Morgen sein, und dann kommt Keeok mit einem Arzt, hoffe ich. Tschau, Barbara. Und sag Max: Es war schon recht, daß sich die Einundsiebzigjährige noch einmal auf den Weg gemacht hat zu den Indianern. Aber sterben möchte ich lieber in seinen Armen.

Hier endet die Erzählung, auf den von Charlotte besprochenen Kassetten. Barbara hat sie später abgeschrieben, ohne Charlottes Ausdrucksweise zu korrigieren. Mündliche Überlieferung, wie die *Winteraufschreibungen* der Sioux, hat Barbara gesagt. Daß ein Volk keine Schriftsprache hat, besagt noch nichts über die Qualität seiner Kultur, sagt Barbara auch.

Epilog
Nevada, Landstraße 306
Ein Adler steigt auf
(1980)

Ich werde verschwinden und nicht mehr sein
Aber das Land, über das ich wandere,
es wird bleiben,
und sich nicht ändern.

Onada

Das Feuer war heruntergebrannt. Keine Bilder mehr. *Immer öfter diese Fratze.* Die Navajo sagen, die Toten kämen nach drei Tagen als Hexen zurück, sofern sie nicht erlöst seien, und das heißt, solange nicht alles Böse aus ihren Gedanken getilgt worden ist. *Ich werde sterben.* Eine Weile hatte sie die Hoffnung gehabt, der Krampf werde nicht wiederkommen. *Vielleicht, wenn du in der Zwischenzeit eines dieser Mittel, die sie in den Krankenhäusern haben, bekommen hättest, wärest du davongekommen. Man sagt, den dritten Infarkt überlebt man nicht. Und was jetzt schmerzt, ist der dritte Infarkt.*

Das Geräusch des Hubschraubers war schon ziemlich lange zu hören gewesen. Zuerst hatte sie es nicht als solches erkannt. *Irgendein Geräusch von der Straße.* Bis dann Beth wach geworden war und ein paar Fichtenzweige in die Glut geworfen hatte. *Damit sie auf uns auf-*

merksam werden. Auch danach hatte es noch eine ganze Weile gedauert.

Ein Schmerz, als ob ein Pferd seinen Huf auf dein Herz stellt.

Der Hubschrauber war auf der Fahrbahn gelandet.

Endlich kam Keeok mit dem Arzt, der sie untersuchte und sich dann etwas ratlos aufrichtete. Er machte mit Beth ein paar Schritte von Charlotte fort. Er sagte etwas zu Beth, und Beth kam zurück.

»Er meint, der Transport sei riskant«, sagte sie.

Aber ich möchte da hinauf. Nicht, weil ich meine, daß man so in den Himmel kommt, sondern weil es schon hell ist dort oben.

»Es wird schon gehen. Sag ihm, ich weiß, daß es der dritte Infarkt ist.«

»Er kann die Verantwortung nicht übernehmen«, sagte Beth.

»Ich verstehe«, sagte Charlotte. »Ich übernehme die Verantwortung selbst.«

»Dann mußt du ihm etwas unterschreiben.«

»Er soll es mir hergeben.«

Beth sprach mit dem Arzt. *Sogar dafür gibt es ein Formular.*

Der Bogen lag auf einem Klemmbrett. Charlotte hob nur den Arm und unterschrieb.

Sie wollte aufstehen, aber der Arzt machte ihr ein Zeichen, sie solle sich wieder hinlegen.

»Hast du Schmerzen?« fragte Beth.

»Ja, sehr«, sagte Charlotte.

»Keeok und ich fliegen mit dir«, sagte Beth, als müsse sie ihr Mut machen.

»Die Sonne muß doch bald aufgehen«, sagte Charlotte.

Ich bin leer. Ich bin ohne Bilder. All meine Geschichten habe ich erzählt.

»Sonst hast du keine Sorgen?« Beth lächelte.

Charlotte sagte noch zu ihr, sie möge nicht vergessen, Barbara die Kassetten zu schicken.

»Du wirst sie ihr mit heimbringen«, sagte Beth, aber Charlotte merkte, daß sie es selbst nicht glaubte.

Da war wieder die Falschgesichtmaske. Sie sah sie nur, wenn sie den Kopf etwas zur Seite nahm, und wenn sie sie sah, wurde der Schmerz noch heftiger.

Keeok und der Pilot des Hubschraubers kamen mit einer Trage, hoben sie vorsichtig darauf und schnallten sie fest.

Sie erreichten die Fahrbahn, wo der Hubschrauber stand. Er war erstaunlich groß. Der Pilot kletterte in die Kanzel. Zwei Ketten wurden an der Trage befestigt und diese dann in den Rumpf hinaufgehievt. Charlotte kam sich danach so vor, als liege sie in dem gläsernen Leib eines riesigen Insekts. Für Beth und Keeok gab es hinter dem Piloten zwei Plätze. Der Arzt blieb neben ihr sitzen.

Als sie dann in der Luft waren, war es so, wie sie es erwartet hatte. Sie flogen über mit Kreosot bewachsene Steppe auf einen Höhenzug zu, der zunächst noch ganz eingedunkelt dalag, aber als sie dann näher kamen, wurde es rasch heller, und die Sonne kam als ein rosa, gasiger Ball hinter dem Horizont herauf.

Sie waren immer noch nicht sehr hoch, und einmal sahen sie ein weißes Pferd, das allein durch die Steppe jagte.

Es überbringt die Botschaft.

Es ist schön, es hat Schönheit, dachte Charlotte. *Verdammt, warum können sie nicht besser auf die Schönheit der Erde aufpassen.*

Dann fiel ihr Blick auf die beiden da vorn, Beth, die für sie so etwas wie die Verkörperung der Mutter Erde war, und Keeok, der um den Wert der Wildnis wußte und sie verteidigen würde, mit den Mitteln der Indianer und denen der Weißen. *Es sind wenige, aber solange es auch nur einer ist, bleibt immer noch Hoffnung*. Sie hätte das gern zu Barbara gesagt, aber Barbara würde es selbst herausfinden, dessen war sie sicher. Und so war es besser.

Die Kugelgestalt der Sonne war immer noch zu erkennen, als sie den Kopf zur Seite wandte und nach Osten hinüberschaute.

Plötzlich sah sie in dem Luftraum zwischen dem Hubschrauber und dem Kamm des Höhenzugs einen schwarzen Punkt in der Luft. Zuerst hielt sie ihn für ein Staubkorn an der Scheibe. Aber das Staubkorn kreiste in dem blauen Himmel. Es wurde größer und größer, und dann endlich sah sie, daß es ein Adler war. Sie konnte fortgehen aus dem Hubschrauber zu dem Vogel hin. Sie konnte in sein Gefieder greifen. Sie konnte sich Krallen aneignen und seinen Schnabel. Sie besaß Adleraugen. Sie spürte, wie der Wind sie trug. Sie sah jetzt einen Tannenwald und dahinter ein Felsenband, auf dem sich ruhig zwei Pferde herumtrieben, dahinter aber sah sie eine tiefe Schlucht, einen gewaltigen blauen Raum, dessen Färbung manchmal zu Lila, manchmal zu Grün hin spielte. Einen Raum ohne Menschen, ohne Bilder, ohne Geschichten, leer, nur aus Stein gefügt und Büscheln aus hartem Gras auf dessen Haut. *Ich kann doch gar nicht fliegen*, dachte sie. Aber dann bewegte der Vogel, der sie war, kurz seine Schwingen. Und die Luft trug sie, wie unsereinen die Erde trägt, wenn wir gehen.

Der Arzt, der einen Blick für so etwas hatte, faßte einen Moment später nach dem Handgelenk der Frau und stellte fest, daß ihr Herz nicht mehr schlug.

Es erstaunte ihn nicht. Es wäre ein Wunder gewesen, wenn sie den Flug überlebt hätte, dachte er. Als er aufsah, bemerkte auch er den Vogel. Der Hubschrauber war jetzt nahe an ihn herangekommen, aber das störte den Adler, der in ruhigen Kreisen über das Felsenband strich, offenbar nicht im geringsten.

Das Geräusch der Rotorblätter war zu laut, als daß Keeok die Worte des Arztes hätte verstehen können.

Der Arzt beugte sich vor und berührte mit der linken Hand Keeoks Rücken. Erst deutete er mit dem Zeigefinger auf die tote Frau vor sich und dann auf den Adler draußen.

Es zuckte um Keeoks zusammengepreßte Lippen, aber als er dann den Vogel erkannte, kam Ruhe über sein Gesicht, und er lächelte.

Hamburg – Nomborn – Farmington – New Orleans – Nomborn 1989/90

Quellenangaben und Danksagungen

Die Geschichte *Charlotte und die Indianer* erschien zunächst als Hörspiel in sechs Folgen im Kinderfunk des NDR. Der Autor dankt Rose-Marie Schwerin für ihr Engagement bei der Verwirklichung des Hörspielprojektes im Jahre 1989.

Charlotte und die Indianer ist ein fiktionaler Text, also eine erfundene Geschichte. Selbstverständlich aber gehen in alles Erfundene auch Tatsachen mit ein, beispielsweise in Form von Augenzeugenberichten und Dokumenten. Dies um so mehr, da es sich ja um eine fiktionale Rekonstruktion zum Schicksal zweier unterdrückter und verfolgter Völker, des jüdischen und des indianischen, handelt.

Für meine Geschichte war mir eine Reportage von Sabine Gross mit dem Titel »Ihr Weißen vergewaltigt die Erde« in der Zeitschrift *Brigitte* eine wichtig Anregung und hilfreiche Ergänzung eigener Beobachtungen am Rande des Atombomben-Testgeländes in Nevada im Sommer 1990.

Über die Vorstellungswelt der Osage-Indianer habe ich mich durch die Veröffentlichung von Francis La Flesche: *The Osage Tribe: Rites of the Chiefs. Sayings of the Ancient Men.* 36. Annual Report of the Bureau of American Ethnology 1914/15, Washington 1921 informiert, auf die ich durch Werner Müllers Essay *Archaische Gesellschaften und was wir von ihnen erfahren können* aufmerksam wurde.

Herrn Werner Müller und seinen Arbeiten über die Indianer Noramerikas verdanke ich wesentliche Einsichten zum Verständnis der indianischen Völker.

Über die Lokalgeschichte von Worms habe ich als Ortsfremder wichtige Anregungen aus Ludwig Kramarczyks Buch *Der Schlüssel – Gang durch Worms und seine Landschaft* empfangen.

Besonders hinweisen möchte ich auf Annelore und Karl Schlössers vorbildliche Dokumentation *Keiner blieb verschont – Die Judenverfolgung 1933–1945 in Worms*.

Das Charlotte zugeschriebene Gedicht *Zum letzten Mal fahr ich durch lang vetraute Straßen* stammt von der jüdischen Ärztin Hertha Nathorff bzw. aus deren Aufzeichnungen (veröffentlicht in: *Das Tagebuch der Hertha Nathorff*, Fischer Taschenbuch 4392). Über Hirsch Blumenthals Flucht nach Mexiko habe ich mich informiert anhand des Dokumentenbandes *Die jüdische Emigration aus Deutschland 1933–1941. Die Geschichte einer Austreibung*, Eine Ausstellung der Deutschen Bibliothek, Frankfurt/Main, unter Mitwirkung des Leo Baeck Instituts, New York, Frankfurt/Main 1985.

Schließlich habe ich Frau Edith Gradmann, Zürich, zu danken, die mich an ihren Erinnerungen an die Kindheit in einer jüdischen Familie in Worms teilnehmen ließ. Nicht unerwähnt lassen will ich, daß die Lebensgeschichte Alfred Bodenheims (1898–1966) und seine *Darmstädter Bücherstube* (veröffentlicht in: *Juden als Darmstädter Bürger*, Darmstadt 1984) den ersten Anstoß zu meiner Geschichte gegeben haben.

Die Gedichte sind nach den Bänden Felix Pollak: *Vom Nutzen des Zweifels* und Margret Atwood: *Wahre Ge-*

schichten, beide erschienen im Fischer Taschenbuch Verlag, Frankfurt/Main zitiert.

Elinor Kirsch und Cornelia Krutz-Arnold danke ich für ihre aufmerksame Durchsicht des Manuskripts und wichtige Anregungen.

Inhalt

RTB Jeans

Mitten im Leben. An den brennenden Fragen der Zeit.

Angelika Mechtel
Flucht ins fremde Paradies

Fahimeh und ihr älterer Bruder kommen aus Teheran nach Deutschland. Daß ihr Onkel nicht auftaucht, entmutigt sie anfangs nicht. Deutschland ist eine Art Paradies, wo es keinen Geheimdienst, keine Folter gibt. Aber was ist mit dem Onkel geschehen?
Originalausgabe
RTB 4066

Lutz van Dick
Feuer über Kurdistan

Avin und Leyla leben als Töchter kurdischer Eltern in Hamburg. Doch dann geht Leyla fort, um an den Befreiungsfeiern am Ende des Golfkriegs teilzunehmen. Doch plötzlich werden die Kurden brutal gejagt, eine Massenflucht beginnt. Avin ist verzweifelt. Lebt Leyla noch?
Originalausgabe
RTB 4086

Ravensburger TaschenBücher